野百合

林坚毅 著

春风文艺出版社
·沈阳·

图书在版编目（CIP）数据

野百合 / 林坚毅著 . -- 沈阳：春风文艺出版社，
2025. 2. -- ISBN 978-7-5313-6914-1

Ⅰ . I247.5

中国国家版本馆 CIP 数据核字第 2024SB8782 号

春风文艺出版社出版发行

沈阳市和平区十一纬路 25 号　　邮编：110003

成都市兴雅致印务有限责任公司印刷

责任编辑：周珊伊	责任校对：张华伟
装帧设计：四川悟阅文化传播有限公司	幅面尺寸：170mm×240mm
字　　数：250 千字	印　　张：21.25
版　　次：2025 年 2 月第 1 版	印　　次：2025 年 2 月第 1 次
定　　价：78.00 元	书　　号：ISBN 978-7-5313-6914-1

版权专有　侵权必究　举报电话：024-23284282

如有质量问题，请拨打电话：024-23284384

创作史

　　文学创作是作者一生的爱好与追求。作者1975年起从事业余写作，在《广西赤脚医生》杂志上发表处女作，1989年作为主要创始人之一创办《钦州日报》，1994年主编《沿海侨报》，2000年起从事专业文学创作至今。

　　近50多年来，在漫长而艰苦的笔耕生涯中，持之以恒，从不间断。一分耕耘，一分收获，到2023年12月出版个人专著15部，主编著作30部，发表各种体裁原创内容文章1000多篇。

　　2005年作为钦州市人大常委会代表，提交"建设平陆运河议案"被采纳，2022年8月平陆运河开工建设，预计2026年底竣工。

1995年，广西壮族自治区政协主席陈辉光接见作者林坚毅

作者林坚毅在中国作家协会门口留影

中国作家协会副主席陈建功与作者林坚毅合影

2012年诺贝尔文学奖获奖者、中国作家协会副主席莫言（右1）为林坚毅文学馆题馆名

北京作家康志恩与作者林坚毅在文学馆门口留影

作者林坚毅在北京天安门留影

作者林坚毅在鲁迅故乡绍兴留影

作者林坚毅写作照

作者林坚毅出版个人专著15部，主编著作30部

2005年作者林坚毅当选钦州市人大代表，提案《建设平陆运河》被采纳

平陆运河规划图　　　　　　　　平陆运河正在建设中

奋斗史

2008年前的北海市铁山港区营盘镇大王岭村是一个偏僻、荒凉、杂乱的小渔村，村庄道路泥泞，垃圾遍地，生产生活环境十分恶劣。

"少小离家老大回。"作者退休后，迈出独特的步伐，回家乡大王岭担任村主任十年，经过拼搏奋斗，事业有成，村庄面貌发生翻天覆地的变化。而今，道路整齐划一，楼房林立，鲜花四季常开，大王岭村获得"广西精品示范村"等共8个自治区、市级示范村称号，政治、经济、文化、旅游全面发展。

为了乡村振兴、产业发展，全村人团结奋斗，大力开发旅游产业，海面、海岸、海边多层次的景观形成了一个典型海滨生态养生旅游风景区。

2010年，广西壮族自治区党委常委、政法委书记温卡华（右2），北海市委书记王小东（左2）到大王岭村考察。左1为作者林坚毅

2009年3月12日，北海市副市长陈玉玉（女）到大王岭植树

大王岭公园

作者林坚毅在文化体育节开幕式上讲话

大王岭文化广场

大王岭点花灯传承人林坚毅

点花灯现场

点花灯传承人奖牌

建成的3平方千米王岭国际康养基地珍珠滩

大王岭村体育健身场所

村庄别墅

大王岭地标

· 12 ·

成长史

作者出身于渔村,父亲是一位有文化的渔业公司基层干部。

一生勤奋读书,1972年在北海市营盘中学高中毕业,后由母校直接保送上合浦卫校学医;几年后弃医从文,就读暨南大学新闻函授学院,从事记者工作;后到华中师大中文系读书,从事专职文学创作。

几十年来,得到党的培养,全家四名主要成员都加入中国共产党,成为干部,也分别获得中、高级职称。

为回报社会,感恩人民,2010年至2012年,作者免费赠4万册图书给北海市100家小学,期望家乡少年儿童茁壮成长。

1972年在营盘中学高中毕业,图为营盘中学首届高中毕业51周年同学聚会合影留念

1981年作者林坚毅在华中师大中文系读书留影

1980年至2007年在钦州市委机关工作留影

2008年至退休在北海市政府工作

作者林坚毅全家福

2024年7月1日,在"七·一"党员大会上。右1为作者林坚毅,右2为新兴社区党委书记卓文英(女)

作者林坚毅通过北海市科协向北海市100家小学赠书4万册

图为作者林坚毅（右）在图书捐赠活动上讲话

作者林坚毅向小学生赠书现场

总　序

钦州又闻笠屐香
——序"钦州文学家丛书"

陈建功

钦州与我的家乡北海毗邻，汉代同属合浦郡，由此也可以说，都曾受过孟尝太守的仁政，得以有"珠还"之幸。少小离家，莫说钦州，就是连家乡北海，我都知之不多。只记得离乡路上遇见一条大河，一车的旅客悉数下来，让"大鼻子"汽车开上了一条平板船，我们则立于两侧。载着车和人的轮渡，晃晃悠悠地过了江。过了江，祖母告诉我，这就是钦州了。当然那都是半个世纪以前的事了，现在南北大道坦坦荡荡，钦州成了车窗外闪过的风景。稍长我才知道，钦州曾经是一个比北海名气大得多的城市。孙中山先生的《建国方略》里，就曾设想将这里建成我国南方的第二大港。再往后，我才惊异地发现，钦州原来是一个人文渊源久远、文化积淀深厚的城市。北宋元符三年（公元1100年），宋徽宗即位，苏东坡获赦从海南岛儋州来归，就曾在钦州小住。东坡寻访钦州天涯亭时的身姿，被画成《东坡笠屐图》。清同治时，钦州知州陈起悼撰联赞曰："蜀山公占峨眉秀，岭海人争荔枝香。"

东坡先生的"荔枝之香"成了钦州人代代相传的时尚，何况还有近代的国画巨匠齐白石"愿风吹我到钦州"、戏剧大师田汉的"钦州何必是天涯"呢，这些，或许都如永不停息的春风，催生着钦州文化之花的绽放吧。

因此，当林坚毅、陈庆余先生把他们主编的这套"钦州文学家丛书"摆到我面前的时候，我并不感到丝毫的惊讶。近年来，钦州人民在钦州市委、市政府的带领下，确定了开放"大港口、大工业、大旅游"的三大目标，钦州面貌日新月异，钦州已经成为北部湾畔的一颗明珠。与经济社会的飞速发展同步，钦州作家也迅速崛起。此前，在钦州市作家协会的主持下，已经有"北部湾文库"出版，现在又推出"钦州文学家丛书"，可见钦州文脉兴盛，荔枝之香不绝。在我们面对着经济腾飞和文化落寞的现实几乎瞠目结舌的今天，在我们对情感的沙漠化日益忧心忡忡的今天，见到钦州的作家们仍然在耕耘着文学的绿地，顽强地为人类舒展开情感栖息的最后枝条，我不能不为之欣喜，也为之感动。

我相信，在钦州作家和文学工作者的努力下，北部湾畔代代传承的"荔枝之香"会氤氲于和谐钦州的土地上，为钦州人民崭新的生活画卷，增添更多美的享受！

是为序。

2007 年 6 月 27 日

（总序作者系中国作家协会副主席、书记处书记，中国著名作家）

序

一生情缘寄书香
——读书·买书·藏书·写书

我的一生与书结下不解之缘。读书、买书、藏书、写书是业余爱好。

先谈读书吧。我每天不仅看报、看电视,还要读书,读书时间选早上或晚上,早读空气清新,记忆特好;夜读之妙,妙在阒寂无声。一年四季,从不间断,不管春的温柔、夏的炽热、秋的高雅、冬的沉静,都让人感到分外的融融泄泄,妙不可言。书读后即画上线条,有的警句还要抄上卡片,分门别类装订好保存备用,有的诗句可以用来启发人生。例如齐白石的那首小诗,跃进眼帘:

画虫时节始春天,开册重题忽半年。
从此添油休早睡,人生消受几灯前!

后话买书。平生爱书如命,每逢星期六、星期日,如无特殊,必到书店或图书馆一趟;出差到外地,非到当地新华书店逛逛不可;发现《书讯》刊登的书目有心仪的书,不惜代价地寄款购买。

1992年6月，我到南京大学出版社校对书稿，偶然在南京新华书店发现海洋出版社有一套"海洋意识"丛书共7本，计50元，即买即寄回家。有时得了稿费就去买书。新书到手需在扉页上端肃地写下购书的地点和日期，再郑重地印上自制的"林坚毅藏书"印章。

再讲藏书。一本好书会使一个人或一家人、一代人甚至几代人都终身受益。我的藏书中以医学、旅游、新闻类居多，其余是文史哲经、花鸟虫鱼类书，共计五千多册。我不抽烟，衣着不讲究，把节约的钱用来买书，为日后读书写书准备充足的食粮。

最后提到写书。我的第一本著作诞生于1991年3月，书名《广西沿海旅游指南》，出版单位为广西民族出版社，在实现零的突破后，我利用业余时间，本着活着就要拼命写的敬业精神，年均出书一本，现已出版个人专著15部，主编著作30部。其中文学专著有长篇小说《野百合》《鬼谷狼河》，散文集《月夜采珠》《浪迹神州》；故事集《海豚的故事》发行20万册。从内容看，书中大致涉及旅游、医学、文学、生物、生活、新闻、科普等方方面面，可谓"食性较杂"。

写书既苦又乐，它的苦境在于耗去人的大量精力，从选题、组稿、写稿、送审、校对、印刷到销售，环环紧扣，出版一本书最快半年，多则一年至几年。总而言之是件苦差事，不知有过多少不眠之夜呀。三十多年磨剑的艰苦，回首总结，也有欢乐时刻。多部著作获得自治区级、市级奖励，其中《中国南珠》获广西优秀科普图书二等奖，《海产品食用疗法》获广西优秀科普图书三等奖，《中国南珠》《海产品食用疗法》《家庭医生500问》三本书均获钦州地区优秀科普图书一等奖。

由此得出，开拓者从理性出发著书，当为苦境，或者是苦中有乐，这是处世立业的代价；过来人从情趣出发书写是乐境，当为乐中之乐，这是安养延年的妙法。今避苦就乐，从吾所有。

"一生情缘寄书香。"这句座右铭永远激励着我。实践证明，通过出版自己的作品来实现文学梦想，有创作的乐趣、留给后人阅读、为自己立传的目的，同时，也能提升写作能力促使自己深入思考，提升思维深度并拓展广度，实现个人价值和社会价值的双赢。

作者写于林坚毅文学馆

2024 年 8 月 18 日

内容简介

20世纪70年代，医学生黎明作为一个革命家庭的子弟，医学院毕业后主动要求到西部边陲一个贫困的小县工作。因为在剿匪反霸斗争中，这里曾经洒下过他父母的血汗，他母亲就是在这里牺牲的，安葬在烈士陵园里。

黎明携着自己的女友（同班同学），怀着一腔热血来到陌生的第二故乡，憧憬着一个崇高的理想信念，决心不负老一辈的期望，把自己美丽的青春年华奉献给大山的卫生事业。

殊不知，理想与现实的反差打碎了他们的美梦，人生是严酷的，他们那朴实、单纯又热烈的初心跟现实中人们的尔虞我诈、相视如仇、动辄斗争的作为，发生了猛烈的碰撞。很快，他们天真烂漫的理想被打得支离破碎，前进的道路布满了艰辛……

黎明遭遇了自己的同事兼顶头上司的暗算，而他那漂亮、文静、矜持的女友更是处处受到精神与肉体的巨大压力和威胁。不论他们怎样辛苦地工作，如何忍让谦退，也仍不断地受到明枪暗箭的伤害，甚至有人为了占有黎明的女友而不惜诬害他，最后把他下放到一个边远大队去当赤脚医生。他执着于自己的理想，胸怀大志，期望通过繁忙的劳作来医治心灵的伤痛，来博得人们对自己看法的改观。可是苦难并不因此就离开他，他仍然处在人生的最低谷。他所结识的一位善良的女同事因为他而被人害死，他自己也遭受重创。这些事实终于使他觉醒，悟到人际的复杂与现实的多重面目。他深刻认识到要改变自己的境遇与命运，已非埋头拉车所能达到的了。于是他勇敢地站了起来，跟邪恶做英勇的斗争，向邪恶讨还血债。曾经倾心于他的女友早经受不了这生活的折磨，经受不了人生的打击而弃他远去了。黎明在万分悲痛中凭着自己的信念，终得人们的信任。虽然周围邪恶的元素尚存，但他已经不是过去的他，他成长为一个斗士了。虽然头顶上空还乌云密布，但他也看到了即将升起的太阳……

这是采用传统创作手法写成的长篇，构思曲折，情节动人，文笔流畅，把人性的残酷表现得淋漓尽致，也让人看到了未泯的良知。毕竟好人仍占多数，邪恶总会被正义压倒。

目录 CONTENTS

第一章　故乡之路 …………………… 001
第二章　山花怒放 …………………… 030
第三章　战鼓通红 …………………… 074
第四章　广阔天地 …………………… 097
第五章　舍己为民 …………………… 132
第六章　白衣红心 …………………… 157
第七章　鱼水交情 …………………… 186
第八章　夜静更深 …………………… 209
第九章　深山遇虎 …………………… 224
第十章　恶狼伤情 …………………… 252
第十一章　崖险花艳 ………………… 266
第十二章　前赴后继 ………………… 284

读后记 ………………………………… 304

第一章　故乡之路

一九七〇年初春二月，某天的一个傍晚。

太阳已西斜，天空仍然显得很晴朗。蓝天下，几只苍鹰在翱翔。一条蜿蜒曲折的大江，在阳光下泛闪着银波，把山城环绕了大半个圆圈后，伸延进远处陡峭的绝壁峭崖之间，缓缓向东流。遥远的天角，不时传来轰隆、轰隆的闷响。正在盛开的粉嫩粉嫩的桃花，还有雪白雪白的梨花，点缀着山下一层层梯田。冬翻的田里已灌满了水，正等待着插秧。虽然还有些许寒意，可山风一阵阵拂着垂柳刮来，泛起了田间层层碧波，更兼田头地角牛哞人欢，呈现一派繁忙的景象，便知是春天来了。

一条环山公路盘桓而下，先是还有几朵浮云在山腰缥缈，不一会儿，就被一阵风给撕成碎片，慢慢地飘逸上了山顶。

一辆满载旅客的班车，在盘山公路上呼呼飞驶，车后扬起一团团黄尘。车窗全部都敞开着，使旅客们的头发、脸孔，还有眉毛、鼻腔里、耳朵内，全都让灰尘给染成了黄泥色。靠窗的旅客多数不

怕冷，迎着料峭的寒风，面向窗外的青山眺望。最末一排的右侧窗边，有一位青年小伙子也被窗外的景色给吸引住了。他双目炯炯有神，极力压抑着心头的激动。当汽车拐进达梁坡坳口时，咄的一声突然减速放慢，突突地放了一排尾气之后，便慢吞吞地往高高的山头爬去，此时的马达声格外震耳。十来分钟后，前面有个急转弯，车即迅速靠右，并尖厉地鸣着一串长长的高音喇叭，之后小心翼翼地向前而去。过了坳，突突突的响声便没有了，原来是司机换挡下坡。破烂不堪的班车缓缓地往山下小心翼翼地驶去。不一会儿，人们的眼帘里展现出一座美丽的小城来。那一幢幢高楼，耸立在浓荫的树丛里。旅客们情不自禁地放声大喊起来："啊，兰城！"

在人们的欢呼声中，那青年也默默地微笑着，他似乎比谁都激动些。因为兰城，是他阔别二十年的故乡。他在心中默默地喊道："故乡，你比我想象中的还要美丽十倍呀。故乡，你的儿子回来了……"

这位小青年的名字，就叫作黎明。

此刻，他在心中一遍又一遍地念叨着这两句。他贪婪地凝望着故乡的容颜，恨不得把所有的景致都收进眼底。车到站里还未停稳，他即背起一只大大的旅行袋站了起来。他一手拎着一个大网兜，另一只手提着一捆厚厚的书。那网兜里有一只半新的白铁桶，桶里装着杂七杂八的东西：笔记本、钢笔水瓶、饭盒、口盅、牙刷、肥皂，一双旧篮球胶鞋和一双旧塑料凉鞋，还有一只精巧的宽口玻璃瓶，里面装了满满一瓶的毛主席像章、革命圣地纪念章和毛主席语录章等。他随着熙熙攘攘的人流走出车站，到大街口。他站着欣赏了一阵街头那热闹的景象，而后才穿过人群，横过街道，向城郊的革命烈士陵园走去。

　　陵园建在松柏苍翠的兰峰上，高高的革命烈士纪念碑耸立在山顶。高大的石碑上，镌刻着"革命烈士永垂不朽"八个镀金大字。碑下的一块巨大的大理石板，铭刻着牺牲烈士的英名。纪念碑的周围，是高大的松柏，葱绿苍翠，挺拔屹立。碑座的四周，是雪白的玉雕栏杆，间有美丽的图案。栏杆之间，嵌有盆花，尽是三角梅花、四季海棠、月月红，还有君子兰。黎明满头大汗地来到碑前，卸下了肩上的负重，粗喘着，他已经没有了冷意，于是飞快地解开了外衣的排扣，袒露着胸，任风吹去沁出的汗水。

　　纪念碑前，端端正正地搁着一只刚扎的花圈，花圈全用翠绿的松针扎成，上面插满了桃花和梨花。这是一个奇特的花圈，因桃花是一朵一朵地细心嵌插进去的，并用洁白的梨花花瓣组合成了个精致的"奠"字。花圈下方，系有一条素色的手绢，微风中不住地飘动。这手绢，是花圈主人的。黎明情不自禁地走近它，信手托起那张小手绢，呆呆地出了一会儿神。黎明蹲下去，凑近前用鼻孔轻轻闻了闻，小手绢还散发着芬芳的肥皂香。

　　"谁扎的呢？做得这么精致。"

　　他抬首四顾，但空无一人，只有微冷的风阵阵袭来，周围的树发出飒飒的响声。黎明又小心翼翼地拨开小手绢来看，只见上面用红丝线绣有非常秀气的"欧·英"两个字。姓欧，名字里有个英字。只是故意留了一个字不绣出来，是想让人猜哑谜？黎明不由得笑了。这时，晚霞把大半个天空给烧得通红。

　　之后，黎明又注目观察那排长长的牺牲烈士的英名。他努力地搜寻着，回忆着来此之前爸爸的吩咐。果然，他很快在名单中找到

了妈妈和叔叔的名字。立刻,他的眼角沁出了两滴晶莹的泪珠。他肃立着,轻轻垂下了头,默默地给妈妈和叔叔致哀。而今黎明的脑海里,早已经记不得妈妈和叔叔的容颜了。只记得爸爸说过:"你的模样,很像你的妈妈……"

曾玉新,女,中共党员,兰县县委委员,县妇联主任,公元一九四九年十二月二十七日,在兰峰战役中壮烈牺牲。

黎爱华,男,中共党员,兰县游击大队第二小队队长兼无线电报务组组长,公元一九四九年十二月二十七日,在兰峰战役中壮烈牺牲。

…………

黎明的泪水,一滴滴往下掉,把脚下的石面都滴湿了一片。而后,他不住地用手抚摸着妈妈和叔叔的名字,轻轻地哭泣道:"妈,叔叔,我来了……我受爸爸的嘱托,看你们来了……"

许久,他才止住悲痛,慢慢踱步到石栏杆旁,靠在那里沉思。这时,后面松树林里有些响动,把他吓了一跳。回首搜寻,隐约看见一棵松树后面凝立着两位姑娘。"她们正躲在那里,偷偷地朝自己张望呢,看来她们观察自己的动向已经好久了。唉,刚才的泪恐怕被她们看见了。"想到这里,黎明有些不好意思。她们中有一位的手上还捏着一朵洁白的野百合花。当她发觉黎明已经发现她们时,便互相牵了手轻轻移步离去了。黎明没有走,他仍原地站着,望着她们那渐渐消失在松林里的倩影好一阵不动。黎明看到有一位姑娘脑后的两条既粗又长的辫子一甩,消失不见了。

很快,前边松林里传来一个清脆的嗓音道:"红英,回去吧。"说罢便传来一阵碎步声,朝下山的石阶梯而去。只是春风送爽,隐约传过来清晰的两句话给黎明听。是那被称为红英的姑娘说的,她也踏着碎步随后,边追边甜润润地喊道:"小平你呀,跑得这么快,一点儿默契都没有!"

黎明轻轻地一笑,心想:"都什么时候了,还'默契'哩!看来,这花圈的主人,便是她们二位吧……"于是,黎明慢慢踅回到花圈前,再次小心翼翼地托起那方喷香的小手绢,无言地出了一会儿神。

"从今天起,我就要在这块流洒着亲人热血的土地上,继往开来地再战斗了……让火热的革命斗争,把我来考验吧!"

纪念碑对面十米远的地方,有一株两人合抱的大松树,挺拔入云。粗粗的树身上,弹痕累累。黎明来到松树下,用手抚摸着弹痕累累的树身,突然双手叉起了腰,迎着呼呼寒风高昂头,放喉唱起了一首他平时最爱唱的歌:"滚滚激流脚下卷,飞奔到海不复回……"

他的歌声刚落,便看见不远的山下,有一个人朝这边慢慢走来。稍近,黎明看清了他穿着一套褪色的旧军装,脚下踏着一双用汽车外胎切割成的凉鞋。那人六十开外年纪,背上背着一个行军背包,雄赳赳地渐走渐近。他面色黝黑到近于古铜色,一望便知是一张饱经风霜的面孔,但给予人亲切、朴实、慈祥的第一感觉。他头戴一顶旧遮阳帽,半挽着袖子,双眼明亮有神。不用问,他准是一位枪林弹雨中走过来的革命前辈了。因为爸爸曾对他说,兰城是一座革命老城,那里百分之八十的老年人都是革命战争年代出生入死走过来的老前辈。黎明迎着他,现出了微笑。他也朝黎明无言地一笑,站在距黎明有几步的地方,朗朗地说道:"小伙子,唱得真好,我老远就听到了。"

黎明上前，接过他肩上的背包。老人就老相识般笑着说："能上到山顶来真不容易，出了一身汗。"他解下腰里的行军壶，拧开盖，咕咚、咕咚仰头连喝两大口，随即把嘴一抹，解开衣扣，取下遮阳帽在手不住地扇着。他一只手扶着树身，向山下的小市望去。黎明站在他身边，闻到了他身上发出的一股股汗味，跟自己身上的汗味一样。这不由得使他感到一种亲近。好一会儿，老人才回过头来上下打量黎明一阵，开口问道："小伙子，是第一次上这儿来吧？"

黎明没有答他，反问道："您从哪里看得出？"

"从你的神色呗。"

黎明笑了，点了点头，"嗯"了一声。

老人很健谈，他笑笑又问："过去一直在大城市吧？"

"嗯，"黎明又点点头，想想不对，便忙补充道，"是在城里长大的。"

老人似乎没有留意黎明后面的话，自己一屁股坐到大松树下的一块石头上，从袋里摸出一支短烟杆在凉鞋边敲两敲，揉进烟丝，划燃火柴，一口一口地抽了起来。黎明看着，微微一笑。

"你笑什么？"

黎明不答，仍在咧嘴笑。

"笑我老头这杆烟？笑我像电影里的老烟杆？"

黎明终于禁不住，点头了，并放声大笑起来。老人自己也乐得放声大笑。他这一笑，总算把黎明刚才所有的拘束都给驱散了。

"这老伯，平易近人。"黎明心想。于是便也近他而坐，让人一望，就像是祖孙俩似的。

"小伙子，叫什么名字？"

"黎明。"

"嗯，是个有点儿意思的好名字。"他说，突然惊愕地看定黎明好一阵，似在回忆着什么。又望黎明一身朴素的学生装，肩上还打有一个补丁，脚上穿一双塑料凉鞋，粗手大脚，衣着简朴，便似很满意地点了点头，换了个亲切的口吻问道："今年有多大啦？"

"二十三了。"

"嗯，是一九四六年十二月出生的吧？"

"是。"黎明疑惑地望了他一眼，十二分奇怪他为何知道得如此准确。

"兰县人，也算是向阳村人吧？"

"是。"黎明更是奇怪了，也有些警觉地望着他，百思不得其解。后来转念一想，猜到准是爸爸所说的那一类老前辈了，这才赶紧换了一副亲切的面容来回答他的问题。"也许，人家不过是随便问问，并没有什么别的意思。"黎明心想。

"这么说，是刚毕业的大中专学生，分配来兰城工作了？"

"是。"

"学什么专业的？"

"我是医生。"

"唔，当大夫——这么说，是大学毕业了。"

"广西医学院。"

"是服从分配来呢，还是自愿来？"

"自愿来。"

"为什么？"

野百合

"不为什么，只是想回家乡工作。"

"你是这里人？"

黎明笑了笑："刚才伯伯猜中了呀！我真是向阳村的。"他望老伯风尘仆仆的一身，不由得增添了一层敬意。

"看来，你还未吃饭吧？"

"一下车，就上这儿来了。"黎明说。

"是共青团员吧？"老伯又问。

"两年前还是。"黎明说。

"什么意思？"

"现在是党员。"

老伯听了，不由得轻轻点一点头。

"伯伯，你刚下乡回来吗？"

"我从'五七'干校回来。"

"从干校回来？你怎么不走山下路，倒绕上山顶来？"

"这是我的习惯，"他说，"你看这棵松树……"他不往下说了，似有无穷心事。

黎明并没有留意到他的神情，也一时解不过他的话，不由问道："这棵松树怎么啦？"

"你看它，伤痕累累……"

"对，那是战争年代留下的弹痕。"黎明说，因为他最清楚。因为爸爸就曾在这大树下战斗过，因为妈妈和叔叔就光荣牺牲在这松树下……但黎明并不把这些讲出来。这都是前辈们的事了，自己如今只不过是立志踏着先烈们的足迹前进……松树上不知是什么人刻上了"敢于斗争，敢于胜利"八个字。

老伯见黎明一阵不说话，便说："走，先到我家吃晚饭吧。"

"谢谢你了，我想我还是先去报到的好。"黎明向他伸出手去，"交个朋友吧！"

不想他笑笑说："你敢吗？我可还是个'走资派'呢。"

"跟您一样，我爸爸也是个'走资派'。"黎明颓丧地说。

"好吧，那我们后会有期。"他说罢，背起背包，向黎明挥挥手，就顶着满空的晚霞，大踏步下山了。

黎明久久地望着他高大的身影，直到不见了，才把目光收回。

热闹的解放路尾，屹立着一幢别致的四层大楼，这便是兰县人民医院新落成的门诊大楼。大楼的后面，是医院的操场，四周种满花草树木。一条平坦的水泥大道笔直向前，水泥大道两侧是排排高高的大扁柏树。扁柏树后面，并列着三排长长的平房，长长的走廊前面，种有许多花。这三排平房的后面，有一幢新建的三层大楼。这便是县医院留医部的病房。再往后的平房，才是医院职工宿舍。这里处在凤山脚下，有许多别墅。四周静悄悄的，到处是花园一般的草坪，种着各色各样的花，有玫瑰、兰花、白菊，还有茉莉、芍药、芙蓉。这儿的空气十分清新。从这宿舍通往病房楼，要经过两道隔墙和两座假山。这里的环境十分幽雅，远离街道，远离噪声和空气的污染。宿舍之间，隔着假山、喷池、亭阁，风景就和南宁人民公园一样美。从这一点来看，便知这是一座有悠久历史的医院了。倒没有想到，县级医院也有这么好的。黎明左瞅右望，从今以后自己就将在这里生活、工作以及战斗了。多少年的理想今天终于实现，心中自有一番感慨。

在高雅的院长办公室里，黎明见到了县革委卫生局副局长李

野百合

薪，他俩是在南宁高校毕业生代表座谈会上认识的。办公室里坐满了人——都是医院的院领导、各部（门诊部、留医部、护理部）主任、负责人。院长钟永富脸瘦身胖，个子矮矮的，说话总带笑，人称"笑院长"。不等李薪介绍给大家，他就先说了："同志们，让我们欢迎我们的新战友！"他把黎明推到同志们跟前，一阵热烈的掌声响起，他又接着说："这位，是新分配来我们院工作的黎明同志。广西医学院毕业生，祖国未来的外科专家。"说罢，又带头鼓起掌来。大家也热情地鼓着掌，黎明腼腆地点点头。

李薪把手挥了挥，待大家静下来，他便接过院长的话说："黎医生，他在学校的档案材料我看过，品学兼优呢。"

说罢，他就先把钟永富介绍给黎明："来，认识认识。这位是钟永富院长。时钟的钟，永生的永，富裕的富。是位革命老干部，也是我县有名的外科权威。"

钟永富衣着朴素，面孔有些消瘦，两眼深陷，表情严肃略带笑意。他近前一步握住黎明的手，亲切地说："今天你来，我们不知道，所以没有让人去接你，对不起了。"

黎明报以微笑地说："没关系，钟院长太客气了。"

"这位是刘副院长。小黎来认识一下。"李薪伸出手将黎明拉到一位个子稍矮而胖、衣服整齐的男子身边。两人同时伸出手来握了握。

黎明道了一声："刘副院长！"

刘官讳热情万分，紧紧握着黎明的手，一迭连声说："欢迎、欢迎，革命的新生力量，未来的外科专家。"

李薪尽情地欢笑，琅琅笑声清脆地回荡。此时他收敛了笑容，

向诸位扫了一眼,然后面朝黎明说:"刘副院长还兼外科主任,今后你们就在一起工作了。"

听说是自己的领导,黎明十分高兴,谦虚地说:"刘副院长,望你今后多多帮助我。"

刘官讳点首微笑,将黎明拉到李薪跟前:"李副局长,你亲自挑选的人,显然个个精明能干。"边说边大笑起来。

李薪高兴得笑起来,对黎明说:"刘副院长曾经在苏联留学五年,是攻读外科专业的,他是有学识的,往后你们在外科一起共事,你要虚心向刘副院长学习。"黎明谦逊地点点头。

刘官讳站在黎明身边,只有黎明耳根子高,留着的大分头黑光油亮,镶金边的近视眼镜下面,是一只粗大的蒜头鼻,刚剃去的胡须还留下蓝色的痕影。给人的印象是个五短身材、举止文雅、极富涵养的高级知识分子。他的面孔上总带着三分笑,让人一看,几乎有些不自然。

黎明不理会这些,李薪又把他带到一位胖大姐跟前,指着她说:"这位是施主任,护理部的施大姐,是钟院长的爱人。"

"施主任。"黎明微笑着叫了一句。

施大姐笑眯眯地对黎明说:"别叫我主任,就叫我施大姐好啦。"

"施主任是人人尊敬的好大姐。"李薪笑着又说了一遍。

黎明便憨憨地再喊一声:"施大姐。"这一声可把许多人逗笑了。

"这位朱主任,是草医出身的革命老干部,是药制部主任。"李薪又把他拉到一位高个子、有些驼背的人面前介绍。

朱道枸的头顶开始有些秃了，面容黑瘦，两眼凹下去，犀利的目光发出凶势，给人一种害怕的感觉。黎明利索地伸出双手，与他握手。叫一声："朱主任。"

朱道枸似笑非笑地点点头，漫不经心地说了一声："欢迎。"

李薪又把他拉到另外一位大夫跟前："来，这位是内科庞国坤主任。"

庞国坤向黎明点一点头，表示欢迎。

就这样，李薪把医院的各科室主任、主治大夫等一一介绍给黎明认识。介绍完毕，他就在钟永富与刘官讳中间坐下。黎明也找了个空位子坐下来。李薪刚才多喝了两杯，心情有些抑制不住，话也比平常多："黎医生是'文化大革命'期间毕业的，思想水平理所当然就高一些，对于技术水平，可能理论有一套，实践就差点儿了，希望大家互相帮助。"

他话音刚落，刘官讳便利索地站起来，说："请李副局长放心，今后我们就是同事了，我们一定互相学习，携手共进。"说罢，走近黎明，热情地拉着他的手："黎医生，这光辉灿烂的前程，就要靠我们去奋斗。我们要把这渊博的知识，献给科学事业，造福人类。"

黎明微微点头表示合作共进，并轻轻地说："有刘副院长的支持，我一定努力，不辜负领导的期望。"

李薪又对黎明说："黎明，刘副院长的经历可不平凡。今后在他的领导下，要好好工作，虚心向他学习。"

兼任县医院党支部副书记的钟永富没有发表任何意见，此时，他以勉励的口吻说："黎明，要认真工作，不要辜负领导的期望。"

钟院长的和颜悦色，同志们的热情笑脸，给了黎明极大的鼓舞。

李薪看了看表，转脸对钟永富说："还有些时间。老张就要走了，我想我们是不是需要开个支委会，研究一下他提出的那些问题？"

钟永富点点头，要庞国坤负责通知所有支委成员立即来开会，然后对刘官讳笑笑，吩咐他明天带黎明到医院各科室参观，熟悉一下情况，自己就与李薪先离开办公室，进小会议室去了。

黎明跟在刘官讳身后走了出来。他一边不住地东张西望，一边倾听着刘官讳滔滔不绝的介绍。

"我们兰县医院，在整个自治区来说，是第一流的县级医院。"刘官讳说着，不时抬眼望望黎明，得意地哈哈笑起来又说，"能在这样的医院里从事医学工作，总不算埋没英才。"

黎明指着一排排新建房屋，欣慰地问道："这些楼都是最近新建的吗？"

"不是，这些都是以前建的了。若稳步发展，还准备新起两栋大楼呢。"刘官讳左手叉腰，右手摸摸下巴继续说，"我们县虽然是山区，我们医院虽然是县级医院，但在技术装备、人力配备以及分科诸方面，都不亚于大城市的先进医院。单是这栋外科大楼，都用去不少资金。"

"用了多少呢？"黎明好奇地问。

"三十六万元，包括全部设备。"

黎明半晌不答话，心想："县级医院设备都这么好，这个县的各公社卫生院也一定不错。"便随即问道："我们县的各公社都建立了卫生院吗？"

"这个，这个……"刘官讳不防备他会问到这些，望着黎明，尴尬地一笑，支支吾吾半晌答不出话来，只好说，"大概都建立完了吧。"

"大队都建立合作医疗了吗？每个小队都有自己的赤脚医生了？"黎明仍旧一本正经地问下去。他心里想："为什么一个副院长连县内是否建立卫生院都不清楚，还是乱猜，哪像个领导的话呢？"

刘官讳这次却很快地回答了，对黎明说："这些都是合作医疗的事，你是外科的，问这些干吗呢？"

黎明轻轻一笑："我随便问问，请刘副院长别见怪。"

"嗨，不该懂的，就别去问它就是了，知道吗？"刘官讳有些不高兴地说，"我们是搞外科的，只管外科的就是了。"

黎明觉得不明白，稀里糊涂地又问："刘副院长，那么县医院就不过问合作医疗的吗？"

刘官讳直截了当地说："那是行政领导的事，关我们业务部门什么事呢？黎医生，我们是管外科的，请你别分心想其他的。"他表现出非常不满的神态。

黎明更是丈二和尚摸不着头脑，堂堂一个副院长，竟说出这种话来，他不管后果，理直气壮地说："怎么能这样说呢？这可关系到每个医务工作者——"

不容黎明把话说完，刘官讳又气恼地冲着黎明说："得了，得了，黎医生。我们这里跟别处不同，有些特殊化。"

"有些特殊？"黎明不同意他的说法，"我在南宁时，听说兰县的每一个公社大队都办起了合作医疗，有了赤脚医生。这是真的

吗？"

刘官讳醒悟似的笑笑说："原来你问合作医疗的事，我还以为是什么呢！以前是有过这么一段故事，嗨，现在都成了历史啦。"

"为什么呢？"黎明将眼睛睁得好圆，好奇地问。

刘官讳轻蔑地说："这很难说的，我还没有研究过。"

黎明在心中暗暗自叹，一股凉意不由从心底升起。"这是什么领导呢？他的学识思想都放到哪儿去了？"想到此黎明苦笑一声，冷冷地看了这位冠冕堂皇的副院长一眼。刘官讳以为他还糊涂，便细声说："合作医疗和赤脚医生诸类事，按现实来说已经不大符合实际，所以就全撤掉了。"

黎明思考片刻，继续说："刘副院长，如果这么说，我认为是错的。"

刘官讳怒目圆睁道："你说错了，你有什么理由？"

黎明认真地说："因为目前农村的医学——"

"这还用我解释吗，不科学呗。"不待黎明把话说完，他就打断了黎明的话。

"怎么不科学呢？"

"你怎么要刨根究底呢？如果泥腿子都会开处方，那么我们这些正统大夫不就得去讨饭啦？"

"你——"黎明望着他，一时找不到合适的话来说。

刘官讳没有注意到黎明的神色，依然傲慢地说："所以，这些'新生事物'就变成了'旧物'了。"他边说边摇头晃脑，神气十足。黎明用鼻子轻轻地"哼"了一声，刘官讳这才发现黎明的神色不对，忙用手推了推眼镜，吃惊地望黎明一眼，用教训的口吻说：

"老弟，这些都不关我们的事，别操这份闲心了。"

"怎么能说不关我们的事呢？你身为副院长，那么职业道德何在呢？"黎明反感地问。

"看你又扯到哪儿去啦？理由不充足就别乱发言，你想知道，去问李副局长就清楚了。"刘官讳也生气了，他对黎明很不满。但初次见面，不好发作，只好忍下去，勉强说一些客气话。

"李副局长如何对待这件事呢？"

刘官讳斜眼望着黎明，心想，人不大，口气这么硬。要是不想办法镇住他，他可要问到底了。不但对自己没有好处，恐怕往后还会有更棘手的事呢。想了一阵，他才说："领导说，合作医疗出发点是不错的，就是方向不对。现在我们还处于社会主义初期阶段，是各尽所能，按劳分配。这些问题不合乎现实逻辑。明白吗？"

黎明立刻放声大笑起来，轻轻说："凭什么说不合乎逻辑？你这么说，我认为是错误的。合作医疗是社会主义的新生事物，是群众的创造。我们应当去保护它，去支持它。"

他一迭连声地止住想开口的刘官讳。

刘官讳上下打量着黎明，然后连声冷笑一阵，狠狠地说："黎医生，恕我直言，外科的地界，也到此为止了。前面的东西，你自己看吧，我没有时间奉陪啦！"说罢，看也不看黎明一眼，一甩手，"踏踏踏"迈开方步，扬长而去。

黎明自己把整个外科大楼走完了。时间还早，他信步走出大楼。在通向敷料室的路旁，有一间矮小简陋的油毛毡棚。这与医院雪白的大楼相比，真是天壤之别。侧耳倾听，里面传来噼里啪啦的杂声。他好奇地走到门口，往里面看，小小的棚子里堆满了木条、

木板，以及许多草草根根，还有什么锄头、切蔓刀等。一位五十开外的老工人和一位二十岁左右的农村姑娘正在里面忙着。黎明走了进去，来到老人跟前，老工人抬头瞧瞧，不住地打量着黎明，微微地笑道："是黎明吧？"

"嗯。"黎明奇怪地注视着这位老头子，他怎么知道自己的名字？他把目光移到老人身上："这里是医院的草药加工房吗？"

"是的。"老工人利索地回答。

"这全是人工切的吗？"

"是的，都是她的功劳。"老工人指了指正在角落里忙着的姑娘。那姑娘连头也不抬，也不言语，像根本不知道有人进来，也听不到老工人的话似的，只顾忙她的。她前面有一朵野百合。

"地方窄，只能站着啦。"

黎明蹲下身去，替他弄着草药，心里在嘀咕道："这么大的医院，怎么才有一老一少搞加工药呢？"于是，他好奇地问："这么大的医院，怎么只有这么小的一间加工棚呢？"

"小伙子，你也有意见啦？"老工人哈哈大笑起来，放下手中的刀，弯下腰，拾起一把斧子来，又拿过一根弯木头劈着。

"劈这做什么？"

"做一条长凳，切药用的。"

"这条木头这么弯，你找一根直些的不好吗？"

老工人微微一笑，举起斧头砍了几下，看看手中的材料，风趣地说："弯木料，直木匠嘛。"说得黎明也笑了起来，老工人的话，含有无穷的意义。

"这么小的一个棚子，能加工出这么多的东西，真不简单哪。"

"那有什么办法呢？这个棚子也是经过不少周折才得来的。"

"这才是艰苦创业嘛。"

这时，那姑娘抱着一大捆草药到外面去晒。黎明指她的背影问老工人："她是这里的工人吗？"

"不，她是安定公社推荐来的赤脚医生。"

"是来学习的吗？"黎明说。

"是的，但现在又变成一个临时工了。"

"为什么？"黎明对于任何事物都觉得好奇，都要问个明白。

"因为没人带，没人辅导，才到这间药棚来当临时工。"老工人停顿一会儿，眼睛明亮地说，"她可是一位勤快又好学的姑娘，有理想、有志向。别的大队，合作医疗都垮了，只有她那个大队坚持办下来。"

黎明听着老人说，很敬佩她的意志。"她是哪个大队的？"

"向阳大队。"老工人似有所思地问黎明，"黎明，山区不比城市，这里的一切都很艰苦，习惯吗？"

黎明不以为然地笑着说："工作嘛，如果谁都嫌弃山区艰苦，不愿到山村来支援、开发，那不是资产阶级思想吗？"

"对，你这种革命精神，要继续发扬。"

刚才那姑娘正巧走进来，要说些什么，秘书气喘吁吁地找过来，对黎明说："黎医生，原来你钻到这里来了，让我找得好苦——有你的长途电话，南宁来的。"黎明一听，喜出望外，急忙跟他去了。

原来是肖彦梅的爸爸肖教授打来的，他告诉黎明说："彦梅早上已乘车去兰县了，下午就到医院报到。"

黎明惊喜地跳了起来，搔搔头喊道："噢，她来啦！"挂完电话，心中有说不出的喜悦，她来了，真的来了。今后就能与爱人一道工作，生活在一块儿了。这是他梦寐以求的事，看来可能是肖教授点头了吧！他又想起自己的爸爸和肖教授两位老者。自己是独子，妈妈早为兰县解放而牺牲了，彦梅也是个独女，如今他们做子女的都离开了家，留下孤独的父亲。但不管怎样，这是革命的需要。想到此，他兴冲冲地去找钟院长。

见到钟院长，他便喜形于色地说："钟院长，我有一位同学也分来这里了。下午就到，刚才南宁来电话了。"

瞧他这个高兴的样子，钟永富故意问他："是你的同学吗？瞧你这么高兴，是男同学还是女同学？"

"是女同学，她是我们学校肖教授的女儿。"

看到黎明兴奋的神情，久经世故的钟院长便明白了一切。施大姐也在。夫妻俩对看了一眼，都为黎明高兴。施大姐欣喜地对丈夫说："给她安排住宿吧，别等她到了才忙活。"

钟永富笑嘻嘻地说："还用安排什么呢？就住在黎明隔壁的那间呗。"

肖彦梅思想斗争的胜利，像暖流像春风一样，流遍黎明的周身。这是她思想上巨大的收获，他在心里欣喜地想着。彦梅与黎明青梅竹马，他们一块儿读书，一块儿玩儿。从小学到初中、高中，一直到大学都还是同班同学。几年的医学院生活终于结束了，他们以优秀的成绩毕业了。在学院任教的肖老教授，通过一番努力，为他俩在学校里安排好了工作——助教，即给自己当助手。然而黎明的思想和许多同学一样：要到农村去扎根，到祖国最需要的地方去，到曾经流洒父辈热血的故乡去。所以他第一个向学校党委递交决心书。

回到家里，黎明刚进家门，爸爸就叫儿子坐在身边，打量儿子一阵，便细声问："毕业了，心中有什么打算？"

黎明未立即回答爸爸，他望着白发苍苍的爸爸。在枪林弹雨里滚打了前半生的爸爸，就只有他这一个儿子。爸爸就是他唯一的亲人，他也是爸爸唯一的亲人。自己毕业了，爸爸又有什么打算呢？他想到爸爸平时的教诲，望着爸爸，满怀信心地说："我向学校党委递交了决心书，要求到最艰苦的地方去。"

爸爸看着孩子那还带着稚气的脸："你认真地考虑过没有？"

他眨巴着那双大眼睛，深情地注视着爸爸说："爸爸，你不是常说要我到祖国最需要的地方工作吗？"

爸爸点点头，拍拍儿子的肩头："孩子，你想得对，去吧！到农村中去锻炼，去开创。"

黎明的眼睛充满了希望，看着爸爸那灼热的神态，像一缕光线照亮了儿子的心，他情不自禁地喊道："爸爸！"

爸爸笑着，颤抖的手抚摸着儿子的头发，语重心长地说："学院把你的报告转给我看了，写得还不错，去吧，我支持你去。去后，要勤恳工作，来报答党和人民的培养。"

黎明望着满脸皱纹的爸爸，坚定地说："爸爸放心吧。我不是小孩子了。"说罢，便靠在爸爸的肩头。

"爸爸知道，你已经是个光荣的共产党员了。要记住，不论在任何地方，都要做一个先锋战士去认真工作、学习、斗争。"爸爸严肃地对儿子说。

从小失去了母亲的黎明，一直在威严的爸爸身边长大，第一次离开爸爸，就要踏上革命的征途。此刻他在想，应该怎样像爸爸教诲的那样去工作、学习、斗争呢？为此，他与彦梅第一次发生了争执。这在他们的友谊长河里，还是第一次呢。两人都很为难。黎明的为难便是彦梅不愿到农村去扎根，去锻炼，去开创。她留恋大城市，害怕艰苦。而彦梅的为难，就是黎明偏要到山区去。平时彦梅说啥他都依，而现在呢？半句他都听不进，只是固执己见。

经过多少日日夜夜的思考，彦梅找黎明最后一次谈话，她强忍着泪水说："黎明，这次你必须听我的，别的我都依你。"她摇着黎明的胳膊，抬起含泪的双眼望黎明，几乎祈求着他。

黎明望着她那惹人怜爱的模样，似乎在告饶，便也抓起她的双臂摇撼，严肃地说："梅，这不行。我们是年轻人，应该到最艰苦的地方去，要是都不愿意到艰苦的地方去，那么那里的工作留给谁去干？我们不去是对不起党和人民的培养。"

"难道，留在学校里，就对不起党和人民吗？这是学院党委、驻院工宣队批准的嘛。"彦梅伤心地抽泣着，将脸别过一边，推开黎明的手。

"梅，农村最需要我们，让我们到祖国最需要的地方去。"黎明温和地说。

"不，还是服从分配的好。"彦梅硬气地说，抬头仰望着苍天。

"你错了，最需要我们的是火热的农村！"听了这句话，彦梅又一次热泪滚下来。黎明看着像个泪人儿的彦梅，痛楚地说："梅，农村需要我们，我们更需要农村。我的决心已定，谁也改变不了。现在形势不同，请你认真考虑吧。"

彦梅似乎抱有一线希望，止住了泪水，注视着黎明："黎明，申请到农村的同学何止千百个！让家在农村的同学去吧。我们留在学院，这也是组织的分配，革命的需要。"

黎明讷讷地笑，坚定地说："我不能改变决心，即使再有更大的暴风雨也改变不了我的心。"

两人同时相望，两双眼睛发出了光芒。

就这样，黎明终于离开了敬爱的爸爸，告别友人，离开哺育自己成长的邕城，来到了当年爸爸和妈妈革命的地方，来到亲人们抛头颅洒热血的故乡。兰城是哺育过黎明的英雄故乡。所以，他决定选择这一方向，为自己的故乡做贡献，为父老乡亲们做出一小点贡献。这样才对得起牺牲的革命前辈。妈妈不是在此长眠吗？如果妈妈能看到自己的儿子坚定地忠于党，那她在九泉之下也会得到安慰的。今天，不知是什么力量支持彦梅，她终于同意来了，她的思想转变了。作为她的朋友——也许是未来丈夫，他怎能不高兴呢？他恨不得立刻就是下午。

下午医院派职工陈勇与黎明到车站接肖彦梅。他们坐在候车室里等着。黎明焦急地东张西望，每有一辆客车进站，他都跑过去看看。嗨，来了几部客车都是从公社来的，没有一辆是邕城来的。

黎明此刻的心情是多么煎熬哇，脑际里总是浮现着彦梅的音容笑貌。坐在身边的陈勇是看不出来的，陈勇也不时地向下车的人们张望，似乎比黎明还焦急些。

黎明猜不透这次是彦梅赌气来还是肖教授的意思。到来时她的面部会挂有一丝笑意？还是……？他不敢再往下想，又自我安慰地想："这一定是她思想上有了转变，是她同意到农村来扎根的。"

在黎明胡思乱想时，有一辆载满旅客的客车进站了。

陈勇跑过去看，果然是邕城来的车，急忙招呼黎明过来看肖彦梅在不在。人们陆续下车，车上的人寥寥无几了，黎明突然看见一个熟悉的身影，立刻就辨出是肖彦梅。虽然坐了一天车，满身都是灰尘，但她那特有的气质还是没变。

黎明急忙挤着下车的人们上车去，激动地叫一声："梅，你来了，让人家等得好苦。"他缓步到彦梅的跟前，抓住她的手。

彦梅满面春风笑吟吟地说："急什么？看你说的，我不是来了吗？"说着，便要动手拎东西。

"你休息，让我来搬。"黎明便动起手来搬东西。

陈勇也一起忙着搬东西。彦梅带来了许多东西，大小皮箱各一个，两大纸箱的书，行李包、镙桶、小凳子等，都一齐拿来了。

黎明开玩笑似的说："拿来这么多东西，是不是家当都搬来啦。"

彦梅咯咯地笑起来："这些东西是爸爸给我们俩准备的。你真是，笑啥呀？"彦梅穿着一件花点衬衣，一条蓝黑色的长裤，一双白色塑料凉鞋，编着两条辫子垂到半腰，面上常挂笑容。

东西搬完了，黎明给彦梅介绍陈勇："这位是医院职工，陈勇同志。"他又指向彦梅，"这位就是肖彦梅医生。"

"肖医生，你好！"陈勇跟她握了握手。

"陈勇同志，今后我们就一道工作啦！"

介绍完毕，他们便将东西搬进三轮车。陈勇跳上车，回头对他俩说："你们在后头，我先走了。"说罢，踏车而去。二人见小山似的行李搬走了，才松了一口气。

走了一阵，彦梅似乎想到什么似的，轻轻地拭去了额前的汗，长吁一口气，方从手提包里取出三封信递给黎明。

"怎么这么多？"黎明接过信，先把每一封的封面都看一遍。

"一封是南宁的同学给你的，一封是驻院工宣队给你的，这封是爸爸给你的。"彦梅热情地说。

黎明先把工宣队给的信拆开来，从头至尾看了一遍，递给彦梅说："李师傅写来的，主要勉励我们扎根农村干革命。"他又拆开同学来的那封，看了一遍，也递给彦梅。再拆开肖教授厚厚的那封，慢慢地看着。一会儿，彦梅把同学给的那封信读完了，见黎明还捏着爸爸写的那封，便笑着问："爸爸都说些什么？"

黎明不语，只是笑笑，说："我们走吧，上烈士陵园去，到那里看一看。"黎明加快脚步，拉着彦梅的手。

"烈士陵园？"彦梅瞪着那双漂亮的大眼睛，惊奇地问，"在哪里呢？"

"在哪里？你跟我来就是了。"他只是拉着彦梅朝前走。

"好吧，去就去呗。人还未报到，倒先参观起陵园啦。"彦梅与黎明手拉手走着，横过人来车往的人民路，向烈士陵园走去。彦梅像乡巴佬刚进城似的，不住地东张西望，赞不绝口："真不愧是革命名城，小小的县城，这街道热闹极了，跟南宁市的朝阳路差不多。"

不一会儿，他们来到了幽静的革命烈士陵园。彦梅抬头凝视着险峻的兰峰，发出一阵感慨，赞叹道："今天亲临其境，果然名不虚传。唉！"

山清水秀把梅给吸引住了，她被这美丽的景致所陶醉，用手指

着又问黎明："有名的兰峰战役，就是在这里打的吗？"

黎明轻轻地点点头，似乎在沉思。彦梅面色丰润，白里透红，面含微笑。黎明回头拉着她的手，两人爬上曲曲折折的绕山石道。不一会儿，他们来到了高大的革命烈士纪念碑前。彦梅跑到那棵大松树下，用手绢拭了拭汗，又拂去额前的乱发。她面色总是流露出春天般的微笑，那双清晰的明眸泛闪着，现出晚星般的光芒。春风又一阵迎面吹来，掀动她的衣角，拂乱她的头发。她向山下望去，满城春色，阵阵花香飘逸，清香扑鼻。黎明随便坐在长石凳上，不时望望那只精致的花圈，又瞧瞧彦梅那天真烂漫孩子般的神气。此刻，他心中有多少说不尽的兴奋哪！

一会儿，彦梅又转过头来，情不自禁地说："这里的山水真美丽。"

黎明有说不出的喜悦，因为理想实现了，有这么好的工作环境，彦梅也战胜了种种障碍来到了自己身边。这一切不都是幸福的吗？黎明沉思着："下一步的工作将如何开始？工作就是斗争啊……"

"黎明，你在想什么？"彦梅走近他身边，轻轻地推了他一把。

黎明从思绪中惊醒过来，向远方望去："我在想，战斗即将开始了，我们要用什么行动去迎接这新的战斗？"

彦梅静静地听着，坐到黎明身边，深情地注视着他。她见黎明深思，便说："黎明，你又怎么啦？"

黎明握住她的手微笑着说："这么好的生活，怎么不令人向往呢？"

彦梅将头靠在他的肩头，此刻的她觉得好幸福，她瞧着黎明的侧脸撒气地说:"你还向往什么呢?现在不是身临其境了吗?"她银铃般的声音在他耳边回响。

"我向往未来的战斗生活。我们应该怎样做,才不辜负党的期望、人民的重托?"他诚恳地说。

"我也和你有同感。"她总爱笑,好像不知什么是忧愁似的。

"那么我们就要认真地、努力地去工作……"

她忽然发现了那只精致的花圈,便缓步走过去,双手抚摸着花圈,转身回望了黎明一眼,然后又聚精会神地凝视着纪念碑上刻的字。不一会儿,她找到了黎明母亲的名字,她眨动着长长的睫毛,默默地看着,想着黎明曾多次地讲给她听的战斗故事。过了一会儿,她才回过头来看黎明,黎明也发现她的眼眶里含满了泪水。

"黎明!"她的声音很微弱,泪珠快要往外掉。

黎明抬起头来,望着她。

她的泪珠已往下掉了。"你看,你妈妈的名字。"她用手指了指。

黎明起身,来到她身边,轻轻地为她抹去面上的泪水。

不想她竟温和地安慰黎明,轻声说:"别伤心,这是我们的骄傲。"

黎明点头,款款地望着她,心中升起了一种幸福。

她对他说:"这动人的战斗,鼓舞、激励着许多人。黎明,你多自豪,有这样一位英雄的妈妈,有这样一个革命家庭。"

黎明意味深长地对她说:"生长在这个时代,是我们这一代人的幸福和骄傲。革命先烈用自己的鲜血和生命,来实践了他们的誓言,把今天的幸福赋予我们。梅,我们要仿效先烈,争取做一名不

屈的战斗者。"

彦梅含着微笑，微微点头："黎明，要不是为此，我也不会来的。"黎明激动地拉住她的手，她将他的手甩开，轻柔地替他扣上一颗脱开了的纽扣。然后四只手又握在一起了，两双眼睛流露出爱神之光。

黎明说："让我们一块儿战斗吧！在斗争中接受考验，在光荣的职业道路上携手前进。"

彦梅依然点头，轻轻起身，信手摘下一枝花在手，又放到鼻前闻起来。

这时，火红的晚霞烧红了半边天，也烧红了他们的面孔。这山上山下，百花盛开，万紫千红。祖国的风景多么美丽呀，她也一样的美丽！黎明疼爱地望着她那副神采奕奕的面孔，有点儿想入非非。但他很快把这个念头摒弃掉，拿出另一副面孔来。春风吹拂着枝头那嫩绿的新叶，也拂着他们激动的脸庞。他望着她一副沉思的样子，便轻轻对她说："革命青年，志在四方。越艰苦的地方，越能锻炼我们。我们要想到胜利后的斗争，对我们来说，唯有斗争，才更是严峻的考验。"

彦梅实在有点儿禁不得他的这种看，便侧过脸去，凝望着远方，见他仍旧在这么望自己，便略带不高兴的语气说道："黎明，你真是。你总喜欢把我们的生活描绘得这么可怕，难道生活中除了'斗争'，别的什么都没有吗？开口'斗争'，闭口也'斗争'的。应该客观些对待眼前的生活嘛。"

黎明注视着她，把想责备她的话咽了下去，拿出微笑来，对她说道："对的，梅，生长在伟大的时代，我们真是幸福的一代。我们要为此而放声歌唱。"

彦梅似乎没有听到,她的目光已经投放到了山下县城那热闹的景象。她在心中判断着医院的方位。

黎明直起身子,缓步到松树下,脸朝向彦梅,跟着也往山下张望了一阵,说道:"梅,想想看,长睡在这里的是什么人?我们要想到,我们的今天,是革命前辈与亲人们用鲜血换来的。"

"黎明,我知道。挑在我们肩上的担子很沉重。当然,我们得用我们的力量,来捍卫今天的胜利果实。"彦梅若有所思地说。

"对,这就对了。祖国的每一寸土地都是鲜血浇灌的,我们要无限地珍惜它。为了祖国医学事业的发展,我宁愿用汗水与热血来浇灌。"

彦梅望着他,含着笑意说:"别忘了我们的职责。把我们的青春,献给祖国的医学事业。在科学道路上,努力奋进,为人类创建出不平凡的业绩来,为山区人民服务。"

"是的,这些都要靠我们的不懈努力。在前进的道路上,艰苦创业。"黎明有声有色地说。

"黎明,从今天起,我们再不分离。不论何时何地,我们要携手共进,开创美好的未来。"

他们甜蜜地笑了,两张笑脸洋溢着对未来充满期望的色彩。

第二章　山花怒放

肖彦梅才来到医院，就结识了许多热心的朋友。在一大群女友中，她认出了护校的欧红英。她神采奕奕地将小欧拉到黎明跟前。

"黎明，你看她是谁？"

黎明不敢正视她们，他轻轻微笑，稍带羞意地摇摇头。在学校里，黎明比较沉默寡言，很少认识其他女同学。

彦梅欣喜若狂地笑着说："她就是附设护校的欧红英同学，我的舞伴哪。你呀，唱也不会，跳也不会，怎么会认识她呢？"说完，便高兴得哈哈大笑起来，笑声像银铃般在人们耳边回响，把大家都逗乐了。

施大姐坐在她身边也笑吟吟地说："肖医生的话，真有意思呀。"

彦梅将手扑在施大姐的肩头，说："施大姐，你就叫我彦梅吧，咱们都是姐妹，别叫我医生医生的，怪别扭的。"

黎明接着说："叫名字比较好些，我同意，以后望大家也叫我黎明。"大家都兴奋地笑起来，室内掀起了一片欢乐的气氛。黎明移动身子，转向小欧问："你什么时候来这里的？"

小欧轻轻地微笑，向大家扫了一眼，贴着彦梅的耳边说："我比你们先来几天。"

彦梅以为她要说些什么了不得的事，原来是说她只比他俩先来几天。她便友好地拉了她的手，两个人愉快地笑起来。大家见状，便有点面面相觑，不知她们俩在说些啥。

"你们都说些啥？咋不给我们听听？"施大姐问道，面部挂着笑容。

"哈哈哈！"两个姑娘同时发出一阵欢笑，笑声清脆，在室中飘荡着。

施大姐不住地打量着彦梅的身材，她很惊叹彦梅的漂亮，心中暗想："这丫头，怎么不去读艺术学院？瞧她那副标准的身材，适合当舞蹈演员，怎么偏来学医学呢？唉，真可惜！"

不知啥时候刘官讳挤了进来，他是最喜欢凑热闹的。哪里有人谈笑，哪里就一定有他。今晚他穿得特别整齐，大分头梳得光滑油亮，还是戴着那副眼镜。他一直挤到黎明与彦梅的跟前，人们这才发现他进来了。

施大姐忙告诉彦梅："姑娘，这个是我们的刘副院长。"施大姐瞧着彦梅，手指着刘官讳。

彦梅起身，大方地跟他握了握手，叫一声："刘副院长您好。"

这可把刘官讳喜得心花怒放，眯缝着眼，乐得合不拢嘴。刘官讳握住她的手，点头哈腰地说："欢迎、欢迎。肖珩教授之女到我们这儿来工作，我双手欢迎。能够在此认识你，我感到很荣幸。"

彦梅被他紧紧地握着手，面颊立刻绯红，她将手缩回来，回到黎明的身边坐下，并用忐忑不安的目光瞟了黎明一眼，一双会说话的眼睛似乎在恳求他的谅解。可这并不是他的意思，因为坐在她身边的黎明是根本没察觉到这些事的。

刘官讳从衣袋里掏出两张戏票来，递给彦梅和黎明每人一张，然后脸上掠过一丝笑意，说："二位医生，今晚在人民戏院里有文艺晚会，欢迎光临。"

听说有文艺晚会，彦梅欣喜了许多。一向爱好文艺的她，急忙问道："刘副院长，有什么文艺节目呢？"

刘官讳见问，很歉意地一笑，两手一摊，拖着官腔，漫不经心地微笑着说："唉，遗憾得很。今晚的文艺晚会是县直机关周末文艺晚会，由各单位凑合着举办的。"

他此话却让彦梅高兴极了："欢迎我参加吗？"

"欢迎，当然欢迎了。"刘官讳欣喜地说，眼睛不住地盯住彦梅，指了指手中的票，说，"我知道今晚肖医生来，特地为肖医生准备两张票。"

施大姐瞧着彦梅这么兴奋，便说："我猜想彦梅一定有丰富的文艺细胞。"

彦梅轻轻地摇着头，表示谦虚。

刘官讳一迭连声地说："对对对……"乐哈哈地开怀大笑，旋即又收敛笑容，并有礼貌似的对彦梅说，"肖医生，你的声音如此清脆，你的歌喉也一定很不错。在此，我想邀请你代表我院来一两首女声独唱。"

"噢，好啊，我赞成彦梅去唱歌。"了解彦梅的欧红英，立即鼓起掌，高兴得跳了起来。

"这我可有点儿不敢。"彦梅说。

小欧笑吟吟地指着她，说："她在学校里，是歌唱家，又是舞蹈家。"

"这可是明星了，"刘官讳立即奉承，"今晚肖医生非来一两个节目不可！"

彦梅有些责怪地瞪了小欧一眼，小欧依然笑吟吟地说："还推呢？我看你心里早高兴极了。"

"瞧你说的，那么你去。"彦梅赤红着脸，两腮泛起了红润，含羞地瞧大家一眼。大家你一句我一言说着，彦梅推不过，只好对刘官讳说："刘副院长，节目是早安排好了的，恐怕不行……"

刘官讳不待她把话说完，便热情万分地说："行行行，这个没问题。周末晚会的主持人，其中我也是一个，不要紧的，可以穿插进去嘛。唔，就这样决定，第一个节目你先来。"

"嗯。"彦梅轻轻地点着头，便答应了。她转过身去对黎明说："黎明，你用小提琴给我伴奏吧。"

黎明笑着摇摇头："练都还没练，怎么能出场呢？你不怕出丑吗？"

"唱一首熟悉的，还用练吗？"

"对呀！"施大姐在一边鼓励道，"唱惯了的不用练。瞧你们俩可能都有一定的文艺素养。以后我们医院就会更热闹些了，逢年过节我们白衣天使自己开个晚会不好吗？"

"好。"刘官讳站在中间，指手画脚地打着官腔说，"既然同志们都有这个意向，那么我支持。"他瞅住彦梅："肖医生准备要

唱哪一首？"

彦梅的明眸闪出一道亮光，清脆地说："那我就献唱一首歌吧，刘副院长您意见如何？"

"好哇！肖医生做唱歌的，黎医生做伴奏的。这正是小妹妹唱歌郎奏琴啰。"大家同时发出一阵哄堂大笑，把黎明和彦梅笑得面红耳赤。刘官讳更是止不住地开怀大笑，但很快又收敛笑容说："要是观众拍手叫来第二首呢？"

"那就再唱一首吧，不要辜负了大家的盛情。"黎明在一旁说，彦梅听了，也轻轻地"嗯"了一声。

刘官讳高兴极了："好，同志们都热情支持。"他将左手一扬，露出腕上的手表来看一眼，抬起头对大家说，"时间不早了，我到那边还有事，你们准备吧，我先告辞了。"他把目光停留在彦梅的身上："肖医生，七点钟，我在舞台上恭候你们二位。"说罢，迈着方步，挤出人群走了。

当晚在宽大的县人民戏院里举行文艺晚会，作为节目主持人的刘官讳身兼数职，里里外外地忙碌着。他进进出出，指挥着这样儿那样儿。戏院里黑压压挤满了观众。舞台上布置得十分精致，几十盏耀眼的灯光一齐投射，台上如白昼一样明亮。

钟永富亲自带队，从科室主任到一般医生，从护士到领导，有空的都来了。百十来个人的队伍，坐满了三排。

彦梅与黎明并肩跟在钟院长身后。彦梅平素上台很少化妆，这晚她换上一件素色的水纹上衣，这样显得出色些。她用手绢擦擦凳子，两人便在院长身边坐下。彦梅放眼环视四周，转头对黎明含笑说："人真不少，可见蛮隆重的。"

黎明将小提琴横放在膝盖上,一只手轻轻抚弄着它,面孔现出似笑非笑的样子。彦梅用肘碰了他一下,指着舞台上繁忙的刘官讳说:"看不出,他这样一个一脸横肉的人,也有点儿这方面的文艺细胞。"

黎明向台上望了一眼,微笑着轻声说:"如果这么说,那么我这粗手笨脚的憨包儿,你又如何评价呢?"

彦梅瞅了他一眼,有点儿不高兴地答道:"瞧你,想到哪里去了?当然,'人不可貌相'嘛。黎医生,谁敢说你粗手笨脚呢,还不是你自己谦虚过甚?"

"你误解了,梅。我懂你不过是想赞扬他别具一种风流。"

彦梅瞥了黎明一眼,轻轻地笑,想了想,说道:"如你所说,那善歌善舞之人,都别具一种风流了——包括你我在内?"

"也许吧。"黎明打趣地问一句,"还有什么要问的?"

"没有了。"她认真地答,面色很平静。

"照你这么说,我们都是风流人物吗?"他侧过身注视着她问,不住地弄着小提琴。

彦梅似乎开玩笑而又认真地说:"好啦,好啦,好啦,我甘拜下风,行了吗?"她似乎忘却了身边还有许多观众,用手指着黎明的鼻尖,"你呀!真是……"

黎明流露出深爱的表情,微笑说:"真是什么?"

"你真够调皮的。"她温和地说。

"你想说啥就说啥吧!"他不假思索地说。

钟院长身边空着一个位置,彦梅立刻想起了施大姐。她张望四周,果然不见。小欧也不见。恰巧此时,小欧笑盈盈地来了。彦梅

忙起身招呼她,把她拉到自己身边坐下。小欧坐下来,将一大把香糖塞到彦梅手里。

彦梅笑着拧了她一把:"这么大了,还满身孩子气。"说着,彦梅递半把糖给黎明。想不到他摇头不接,说不吃。彦梅与小欧便嚼起糖来。彦梅问小欧道:"施大姐怎么还不来呢?"

"施大姐又为别人顶班了。"小欧扔一颗糖进嘴里说。

"为什么顶班?"彦梅好奇地问。

"好让别人来看演出。"小欧告诉她。

"钟院长身边的空位,是留给谁的?"

她用嘴朝台上努了努,彦梅便知道是留给谁了。

"施大姐的雷锋精神,真令人敬重。"

"可不,医院里谁都这么说。在兰县,施大姐是个有名的好人呢,在街上谁见她,不叫她大姐呢?"小欧轻轻地说。

晚会还未开始,彦梅与小欧扯些家常事,彦梅热切地问:"你家在城里还是在乡下?"

小欧温和地答道:"在城里。"

"好啊,在哪条街?"彦梅扶住她的肩问。

小欧笑的时候,脸上有两个忽隐忽现的酒窝。她侧过头,将手搭在彦梅的肩头,微笑地说:"我家在人民路。肖医生,欢迎你们到我家来玩。"

"明天是星期天,我们一块儿到烈士陵园,再到你家去,好不好?"彦梅欣喜地说。

"好的。"小欧轻声地答道。

"我想让你带我们玩,我们初来,人生地不熟。"彦梅娇气而又热切地说，用手拂拂额前的乱发，头发散发出清香的气息。

"那当然可以啦，但我们兰城没什么好玩的。"小欧抚弄着彦梅的辫子，向往地说。

"你家里共有多少人？爸妈干什么工作？"彦梅不时找话搭讪，她的心是热情的。

小欧为难地望着她。如果稍微留神，可以从小欧的眼神中看出一些波澜，显然是彦梅问到了她的伤处。半晌，她才轻轻地说："家里只有我和爸爸，爸爸成年累月在乡下跑。"

"哎——"彦梅不住地还在继续问她，"你妈妈呢？还有兄弟姐妹吗？"

小欧轻轻地长叹一口气，摇摇头勉强微笑着，此刻谁能看得出她眼眶内已含满了许多泪水。她声音有些哽咽地说："一个都没有了。"彦梅把目光集中到她的脸上，这才发现她的眼圈有些泛红，知道自己已触到她的伤心事，自悔不该问，又一时找不到适当的话来安慰她，自感为难。倒是小欧心宽，瞧着彦梅讪讪地笑着说："这都是过去的事了。肖医生，明天你一定和黎医生到我家去玩。"

彦梅嫣然一笑道："我们一定去的。哎，小欧，在学校你也是个舞迷，怎么今晚没有你的份儿？"

小欧看着台上，说："有你这高手在，我还敢出场献丑吗？再说个个上台，那谁当观众呢？"她的话把黎明和彦梅都逗笑了。

这时，舞台上传来了刘官讳那熟悉的声音："兰县人民医院肖彦梅和黎明二位同志，请到后台来，有事找。"

"去吧，喊你们了。"小欧催促他们道。

黎明瞅彦梅一眼，她会意地点头。于是二人就离开座位到后台去了。刘官讳手中拿着一张单子，见他二人进来，连忙笑着迎接，把手中的单子晃了晃，笑着说："节目排好了，你们是第一个。时间快到了，喏，从这小门出去，里面就是化妆室。"

黎明摆手说："我们不用化妆。"

"你呢？"刘官讳问彦梅。

彦梅摇摇头，也道："我也不用。"

刘官讳呵呵笑了一阵，这才说："这也好，朴素点儿，更显得大方些。"他虽这样说，心里却在想："她要是再化一化妆，那还得了？那台下观众的喝彩声岂不要把舞台都喝倒吗？所以，她不化妆倒好，免得将来追求者们把医院的大门挤破！"接着，他装腔作势地故意现出思考的样子，然后慢吞吞地说道："要是没什么了，那么晚会就要开始啦。"

说罢，他疾步走到化妆室小门口，掀起门帘来，对里面正忙着化妆的许多青年男女说："同志们，快一些，就要开始了。"然后回头来对彦梅笑笑，转过身子，掀开幕布，到台前去了。

彦梅盯了他刚才放在台上的节目单一眼，第一个节目果然是自己的独唱。她走近黎明悄声说道："这人真有两下子。"

此时，刘官讳走回来了，对他俩笑了笑，然后放开喉咙喊道："小芳，小芳！"

里面有人应了一声，接着出来一位年轻的姑娘，打扮得鲜艳夺目，满面红颜，眉毛画得纤细而长，嘴唇是玫瑰色口红擦的，像樱桃一般。彦梅一眼就看出她是报幕员。姑娘笑吟吟地缓步到刘官讳跟前，问一声："老刘，就要开始啦？"

刘官讳将那张节目单递给她："你准备好了没有？现在就要开始了。"

说罢，他就噔噔噔地迈着方步，又掀开一角布幕，到台前去了。不多时，传来他高亢的声音："同志们，请静下来，静下来。县直机关周末文艺晚会，现在就开始啦。还没有找到座位的同志，请赶紧找座位坐好。别乱走动，以免影响秩序！"一会儿，他回转来，告诉小芳可以去报幕了。

当小芳报幕转回来时，宽大的帷幔拉开了。在一阵热烈的掌声中，彦梅与黎明上台了。台下几百双眼睛，立刻集中到他们的身上。当然，在南宁市万人晚会上，彦梅都能静下心来。况且这里是县城，所以她是满不在意的。她神态自若，迈着轻盈的小步，来到麦克风前不远的地方，投给台下观众一个无声的微笑后，轻轻侧过头，对黎明点了点，示意可以了。她的动作很优雅、自如、熟练，就像一位专业独唱演员一样。台下鸦雀无声。黎明左手把小提琴搁在肩头，下巴轻轻一按，右手提弓，将琴弓轻轻一运，便悠悠地拉起了小提琴。随着婉转、悠扬的琴声，彦梅也合着拍子纵情唱了起来。

宽大的戏院里，立即荡漾着圆润、清晰、动情的歌声，把所有的观众都吸引住了。几百双眼睛直勾勾地盯着。人们不仅赞叹她惊为天人的容貌，也在羡慕她有这么一副嗓子。灯光映照着彦梅白里透红的脸蛋，也映出了她乌黑的眼珠。

小欧在台下出神地望着，不时瞧瞧彦梅，又瞧瞧拉着小提琴的黎明，把眼睛睁得大大的。当一曲终了的时候，台下立刻发出一阵雷鸣般的掌声，观众一致呼喊着："再来一首！再来一首！"小欧

也使劲鼓起掌来。

小芳走出来报幕，请彦梅献唱一首歌曲。

唱毕，在热烈的掌声中彦梅与黎明笑盈盈地走下台，回到座位上。单位的同事纷纷打过来手势给他俩，祝贺他们演出成功。

刘官讳很快尾随而至。他大大咧咧坐在钟院长旁边那个空位，远远地伸出手给彦梅："肖医生，衷心祝贺你演出成功！"

彦梅只投给他一个微微的笑意。

一个愉快的周末文娱晚会，开到深夜才结束。回来的路上，正值皓月当空，疏星闪烁，晚风习习地吹拂他们兴奋的面庞。彦梅紧挨着黎明，二人在铺地的月光下行走。一路上人们都在高声地谈论着，只有他俩不作声，在默默地享受着这美好的月夜。

初涉社会，对黎明来说，一切都是那么新鲜，又是那么美好。生活似熟悉也陌生，医学是那么近身可又显得如此遥远。然而，他知道，有多少人对生活抱着极大的希望，也有多少人对生活失掉信心。这就全靠自己努力了。这几天，因为才来，院里还没有安排黎明和彦梅两个上正班，让他们先做一些医疗以外的杂事。

今天一早，黎明与刘官讳坐在办公室里，忽然一阵电话铃响了。刘官讳顺手拿起电话筒听着，黎明坐在一旁听得很清楚，安定公社向阳大队军属盘大妈的小儿子不慎失脚跌下山崖，左臂跌断了。公社卫生院医生全都下到各大队去了，没有人出诊，盘大妈心急如焚。当前又是农耕大忙，难于找劳动力将受伤的孩子抬到县医院，盘大妈满以为县医院能派人出诊。

"不行，我们抽不出医生！"刘官讳一阵狂吼，犹如猛虎发威。

坐在一旁的黎明吓了一跳。刘官讳的态度素来就是如此，遇上有人与他顶嘴,就像把油往火上倒。"刘官讳以粗野的态度对待贫下中农,这太没有涵养了。"黎明看着他这副模样,心中内疚了许久。

他挪挪步子,站起来,用恳求的目光望着刘官讳说:"刘副院长,骨折是外科急诊,没有人,能否让我去呢?"

刘官讳根本没有听到黎明的请求,还是气呼呼地对着话筒吼着:"说没有人就没有人,你们还说些什么?"说完,将话筒扔过一边去,气愤地说,"这些社员宠惯了,蛮不讲理!才说没有人,就说我们冷血无情!"

黎明捡起话筒,对刘官讳说:"刘副院长,让我去吧。"

"你?"刘官讳这才好像刚发现黎明似的,瞪了他一眼,摘下眼镜来抹抹上面的水珠,又戴上。黎明期待地望着他,他斜眼瞅黎明两下,摆摆脑壳说:"不行。"说罢,披上白大褂,飞速地奔出办公室。

"为什么不行呢?"黎明紧步跟上,在他背后大声地问,"刘副院长,让我去吧!我还没有正式上班。"

刘官讳收住了脚步,回过头来打量黎明一番,漫不经心地说:"你?"然后朝前走去,嘀咕地说,"青年人热血沸腾,都想干一番事业。不过这个诊不能出。"

"为什么不能出?"黎明奇怪地问。

"你要问为什么吗?"刘官讳左手叉着腰,右手指向窗外的天空,摆出一副官架势,"这很简单,我问你,每次有电话叫出诊,你保证回回都去吗?"

黎明听着这莫名其妙的话题,有点丈二和尚,摸不着头脑,一

双灼热的眼睛紧盯住刘官讳。对于一个有同情心、有理想的青年人来说，用如此冷的态度对待贫下中农，那是多么不该啊！

"当然，不——"

"不，不什么，我说不能去就是不能去。"他打断黎明的话，说罢冷笑几声，甩手就走。

黎明上前拦住："刘副院长，你说这话是啥意思？"

"哈哈哈……啥意思？"他停下步，望了黎明片刻，那个眼神，似是歧视地看着，半晌，尖声尖气地说，"告诉你，乡下人最无赖了，他们喊你出诊，你去了治得好，他们回回叫你去不可。治不好，大帽子就扣在你头上。这些，我碰得多啦！明白吗？"

想不到一个堂堂的副院长竟然如此对待群众，黎明甚觉可笑，他换上一副严肃的神色，目光严厉地盯着刘官讳，道："刘副院长，出诊是我的职责。我们是人民的医生，就应该为人民治病。"

"得啦，得啦。"刘官讳不耐烦又不客气地打断黎明的话，傲慢地嘲讽黎明说，"年轻人干劲十足。你刚来，诸方面都想干得出色些，出出风头，我非常理解。"

"刘副院长，你怎么可以这样说呢？有诊不出有病不治，我们作为医务工作者，医德何在？"黎明也打断他的话，寸步不让，狠狠地瞅着他说，"而且你说错了，我并非想出啥风头。"

"什么？"

刘官讳怒目圆睁，狠命瞪着黎明，暴跳如雷。他手指着黎明的鼻尖，高声呵斥道："说话干净些，别乱胡诌！你指谁没有医德？你指谁没有职业道德？想扣人大帽子也不是这样的嘛。"他双手叉腰，昂首望天，双眼垂下，轻蔑地说，"医院医院，医病的院。他有病,理当送来。送来不医,那才有理由怪人哪。老弟,你来之前,我们院里谁不尽心地干?可没谁乱说胡诌些啥。可如今,你真是胆大妄为,专揭别人的不是。"

黎明怕把事情闹僵,便换了个温和的神态望着刘官讳,缓缓地说:"刘副院长,也许刚才我的态度不对,请你原谅。医院的成绩,没有谁敢否认的。我说的问题是这次出诊,既然抽不出人,那么我向你请求,让我出诊。"

"黎医生,你的精神是非常可嘉的,但这个诊,怎样也不能出。"刘官讳似乎也改变了态度,声音缓和下来。

"为什么呢?"黎明仍然幼稚地追根问底。

"因为刚才我说的那些话,明白吗?你能保证每个电话来都能够出诊吗?你做得到的话,我就让你去。做不到,最好闭紧嘴巴!"说罢,他不再理会黎明,转动身子,拔腿就走。

黎明见此,心中油然升起了一股怒火。但他还是忍住了,望着刘官讳的背影,长叹一声。他想不通,为什么在这个时代也会有这样的医生置群众的病痛于不顾呢?想到此,他追上两步,再次向刘官讳请求道:"刘副院长,让我出诊!"

刘官讳只顾朝前走,不再理他。

黎明放开步子往前跑去,展开双手,拦住他的去路:"刘副院长,这个诊就让我出吧!"

刘官讳见黎明还是挡住自己的去路,顿时火气冲天,便气势汹汹地指着黎明道:"我说不出就不出,你怎么老是咬住我不放?"

两个人僵成一团。

几个值班大夫上来劝,但劝不住,谁都知道刘官讳的脾气,见

新来的黎明又是个倔小伙子，只好无可奈何地旁观。刘官讳更未曾料到黎明敢顶撞自己，先是不服气，后来看不起，愤怒地将眼镜用力一推，将脸别过一边。

"你怎么这样讲话？"黎明愣住了，谁能想到一个领导竟用这种语气对待下属呢？作为一个领导，不管对任何事物，都应该以慈祥和善、心平气和的态度，认真交谈、讨论。

刘官讳见黎明愣住，又得意地说："你管得太宽了，你算个老几？"这时，他见围拢看热闹的人越来越多，觉得做上级的与下级争吵，会大失体面，便将声音放缓了些，"好吧，我管不了你，让院务会来决定吧。"

黎明忍受着人格的侮辱，看着卑鄙的刘官讳，只好捧腹大笑起来："这是什么制度呢？出个诊也要院务会讨论决定。哈哈哈……"

黎明的笑声震撼了整个走廊。

这时，电话铃又丁零零响起来。刘官讳站着一动不动，黎明气急败坏地瞪了他一眼，走进去，拿起话筒，还是向阳大队请求出诊的电话。刘官讳进来，从黎明的手中夺过话筒，吼着说："告诉你，我们没——"

黎明一怒之下，也把话筒抢了回来，寸步不让地指着刘官讳："刘副院长，既然如此，那么办公室里还安这电话干吗？"

刘官讳想不到黎明会这样不把自己放在眼里，他被激怒了，伸手按着电话，指着黎明："你要干什么？"

"问我要干什么，你不更清楚吗？"

刘官讳张口结舌，半晌才说："你要造反了。"

黎明还拿着话筒，两眼紧盯着刘官讳，克制住情绪的冲动：

"刘副院长,这个诊要不要出,对面在等着回话。"

刘官讳瞧也不瞧他一眼,将头甩过一边,气急败坏地说:"你小子好大的胆子,来了没几天,把外科楼都要掀翻了!"

"那谁又想到你作为领导,竟说出这样的丑话来呢!"黎明寸步不让。

"黎明,你——"

黎明望着刘官讳摆着的官架势,也"哼"一声昂首朝天。刘官讳气得火冒三丈,半晌说不出话来。黎明这么说,似乎让他失了些体面,官架子也矮了半截。过了一会儿,刘官讳方才反应过来,装模作样、慢条斯理地说:"黎明,我过的桥比你走过的路多呀。现在我是领导,你是被领导。明白吗?"

黎明冷笑道:"那么领导同志,这个诊,要不要出?"

"这你管不着。"刘官讳吼道。

一大早争论的都是这些话,黎明听惯了也不足为怪:"管不着?只要是革命的事情,谁都管得着!"

"是我当领导不是你当领导,可别没大没小。"刘官讳说。

"放心吧,刘副院长,没有谁跟你抢那个位子。"黎明轻蔑地瞅着他。

"不该你管的,你就别管。"

"我想这完全该管。一个稍微有一点儿革命事业心的人,都应该管。好吧,你是领导,你来回话。"黎明把话筒递给刘官讳。

刘官讳不接,只是说:"院规都没了,还用我接干吗?"

黎明大笑起来:"哼,院规,那一套早就应该扔进垃圾堆去啰。"

"你说什么？想造反吗？我警告你，我是副院长。"刘官讳气愤地指着黎明说。

"副院长又怎么样，副院长就可以把群众不当回事吗？"黎明大义凛然。

刘官讳刚要讲上几句粗野难听的话，钟永富已闻声赶来，老远就生气地喊："你们在干些什么？有啥事情好好解决嘛，大吵大闹的像什么样？"

刘官讳见是钟院长，立刻喜出望外，似乎是找到了靠山，一手扯着钟院长，另一只手指着黎明，愤怒不已地说："这小子真厉害，他要造反啦。"

钟永富先不管他的话，瞧着这帮围上来凑热闹的医生，挥挥手说："你们都回去上班，有什么好看的？！"然后便叫黎明与刘官讳把事情起因说出来。黎明将事情经过说给钟院长听，钟院长听完后不禁点头微笑："原来如此，我以为是什么大不了的事。既然黎明要求出诊，那就应该让他去嘛。年轻人，应该锻炼锻炼。"

刘官讳坐在一旁，得不到钟院长的一句好话，气呼呼地不时瞪着黎明。

"不，这绝不是小事情。"老张冷不防走了过来，"黎明是对的，这也不是无原则的纠纷，是关系到执行什么路线的问题。"老张拉来一把椅子坐上去。老张这一来，使刘官讳一下子矮了三截。老张严肃地对刘官讳说："身为一个人民医生，怎么能将置人民病痛于不顾？"

黎明得到老张的支持，想到刚才的争执，也说："刘副院长刚才的话是不对的，要让群众听到，有多难过呢？"

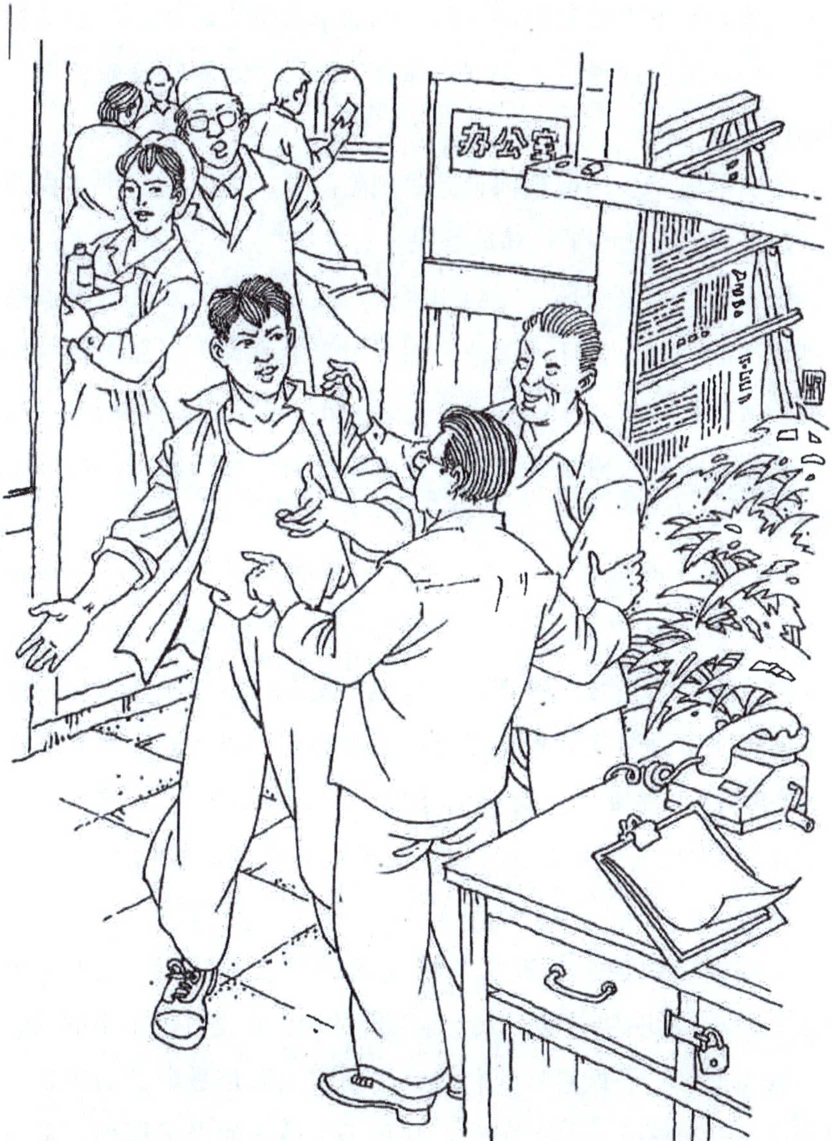
办公室

老张点点头，望着桌上的电话机说："把电话机安到医生办公室来，要为贫下中农着想，才是正确的革命卫生路线。"他望着刘官讳，一针见血地说，"老刘，你身为人民医院副院长应该把人民牢记在心上。"

黎明近前一步，抱歉地说："刘副院长，请原谅，刚才我的脾气不好，我们应该心平气和地解决才对。"

钟永富也出来圆场："黎明刚来，又是年轻人，脾气暴躁些，你别放在心上。"他环视诸位，然后瞅着老张说："那么就这样决定吧！让黎明出诊，时间不早了，要赶路，也该去准备准备。"

老张点点头，对黎明说："你就去准备吧。年轻人，以后遇事冷静些。"

黎明欣喜地微笑点点头，走近刘官讳，喊了一声："刘副院长。"

刘官讳受了老张一顿训，心里很不是滋味，黎明在喊他，也只好顺水推舟，强装笑脸点头致意："我也有不对之处。张支书与钟院长的批评，我接受。黎明的态度，我也不计较。"说罢，主动伸出手给黎明，"黎医生，让我们携手和解吧。我们都是为了工作。"

黎明随即跟他握了握手，转过身子，拉住老张的双手喊道："张支书。"黎明望着老工人一张慈祥的脸，心里有说不出的温暖。

张支书微笑着诚恳地对他说："向阳大队是最艰苦的大队。那里山高，社员居住分散。但是，那里是个革命的老根据地，贫下中农思想觉悟高。全县的合作医疗基本上都垮了，只有那里坚持办起来。目前那里的合作医疗也遇到一些问题，你下去后，不但要治病，还要把合作医疗的工作抓起来。"

黎明听着老支书的话，坚定地点点头。

"还有，"张支书又说，"下去后，要依靠贫下中农，遇到困难，找大队党支部帮助解决。"

"我一定遵照你的意思去做。"黎明两眼炯炯有神，闪着光。

钟永富起身走过来，说："要注意，下去后，不能蹲在那里太久。你刚来，做事要注意影响。"

黎明点点头："钟院长，我一定记住你们的话。"

钟永富满意地点头微笑，对张支书说："老张，支委已讨论你提出的问题。与会人员的看法基本上一致，我已经叫秘书做了书面汇报了。汇报材料可能秘书已交给李副局长了。"

张支书回道："李副局长已给我看了，我也跟他谈了一些。明天一早我就要走了，有不通之处，你们可以直接请示县委。"

钟永富沉默地听着，平静的面容掠过一丝微笑道："至于有不通之处，我会立即向上级领导汇报的，你放心去吧！"

"老钟，办合作医疗，是当前全国的大方向。欧书记对这件事也很关心，你找个时间向县委汇报，取得县委支持，尽快搞好工作。"张支书慈祥地说。

钟永富不住地点头。

黎明和张支书告辞走出办公室时，黎明叫了一声："刘副院长，我走了，再见！"他得意地向刘官讳摇手，拔腿便往外跑。

刘官讳瞧着他高兴的身影，怒不可遏。他心中暗道："你小子，别狂得太早。好戏还在后头。"

一路上，张支书拍着黎明的肩膀说："基层不比医院，工作艰

苦些，遇事多和群众商量。"

黎明"嗯"了一声。他望着这位慈祥的老工人，不禁心中感叹着：假若每一个革命工作者都像张老这么热心，那革命的事业不是会更蓬勃地发展吗？

黎明回到宿舍里，彦梅轻轻地走了过来，当她听到黎明要一个人出诊时，非常惊讶。她走到黎明跟前，那双美丽的、水灵灵的眼睛深情地望着黎明，心中油然升起无限的怅惘。她不明白，为什么才分配来几天，就一个人出诊，理当多一个人陪同去才是。

"黎明，一个人去能行吗？"她极担心地说道。

黎明却不以为意地笑着安慰她："怎么不行呢？你放心，我不会在半路被狼吃的。快则三五天就回来了。"黎明顺手拿一张小凳子递给她，招呼她坐下，怜爱地瞅着她。

彦梅不理会他，信步到窗前，望着阴沉沉的天空，不安地说："看，天快要下雨了。"屋内忽然掀起了一阵沉闷的气氛。

黎明仍然笑了笑，坦然地说："怕什么？再大再猛的暴风雨我也不怕！暴风雨尚不可惧，况且这般和风细雨！"说罢，他缓步到彦梅身后，双手扶着她的肩膀。彦梅转过头来，清澈的眸子瞅着黎明，将头靠在他宽大的胸怀，他的心急速地跳动，她听得很清。黎明也陷入了沉思。

"梅，别难过。我很快就回来。"

"你说得好轻松，却不知人家心里有多急。"

"梅，我怎么不知道你的心呢？放心吧，一切都会好的。你看，暴风雨就要来了，让我们一起接受革命的洗礼吧！"

彦梅见黎明如此激动，根本不把困难放在眼里，不由得也笑了，扭过头来指着他，道："瞧你说的！"

两人一起到药房去准备出诊的东西了。从药房领药回来，彦梅想起黎明与刘官讳争吵的事。她噘起嘴，斜眼瞅黎明，撒着娇又不住地埋怨他说："刚刚来，就跟人家吵架，别给人家留下不好的印象。"

黎明微笑着，温和地望着她，说："我也知道不好。但他那种态度，谁不生气呢？总之，事情已经过去了，以后我听你的，多注意些就是啦。"

"你呀！"她怜爱地指着他脑门，"老脾气不好好改，会碰到许多麻烦的。在社会上可不比在学校。社会上形形色色、五花八门的啥人都有。"

黎明只是乖顺地笑了笑。

彦梅又严肃地说："俗话说，'不怕官，只怕管'。跟领导顶牛，到头来总是自己吃亏。"

"好，我都听你的，接受你的批评。"黎明笑着说，"刚才若是你听到他说的那些话，就不会相信他是个领导。唉！真不可思议。"

"那么争吵就能解决问题吗？你不信，等着瞧，人家不会买你的账，总有一天人家会和你算细账的。"彦梅生气地说。瞧他这副可怜相，又轻轻一笑。

黎明听了她一番责备，无言以对，只好默不作声。

彦梅又噘起嘴央求道："答应我，以后别跟人家闹事，行吗？"一双大眼睛睁得好圆，期待着黎明的回答。

黎明怜爱地望着她，为了不使她生气，滑稽地笑道："好的，

我的姑奶奶，我都听你的。"犹豫片刻又说，"不过——"

"不过什么？"彦梅追问道。

"原则问题，我绝不让步。"说完，他不敢正视彦梅，转身向窗外望去，生怕看到她那不愉快的容颜。

彦梅意味深长地提醒似的说："往后遇到啥事情，都要忍耐些。做事要三思而行，不能莽撞。"

黎明感激万分，缓步到她跟前。彦梅也站起来，他抓住彦梅的双手紧紧握住道："梅，以后多多提醒我！"

刹那间，两双清晰的灵眸互相仔细端详着，似乎从这双眼睛看到了无限的光辉。彦梅将他的手摊开，伸开双臂，抱住他的周身，依偎在他温存、宽厚的胸前。两颗纯洁的心紧贴在一起，可以清晰地感触到对方的热血在沸腾。

初春，还稍微有些凉气，人们的棉衣还没有脱下。但是，公路两旁的稻田已长出绿油油的秧苗，在微风中摇晃着，随着和风飘来阵阵芳香。山野里，百花争艳，各种各样的花草树木争先恐后地吐露芳香。此刻，黎明跳下自行车，将自行车安放在路旁，准备坐下歇一歇，他忽然看见路坎下有一株野百合！野百合含羞似的朝他微笑，随着微风吹拂，在欢快摆舞。黎明好奇地摘一朵在手，仔细瞧瞧，顿时，望出了神，这让他想起了不少往事。他很快又将野百合放到鼻尖闻了闻，灵动的双眼向无边的田野眺望。山间不时传来布谷、布谷的鸟叫声。春燕也回归了，在蓝天下愉快地飞翔，穿梭冲云。春意甚浓，鸟叫声、牛哞声、敲鼓声和唱歌声交织成一首交响曲，给人以心旷神怡之感。社员们正在田间忙碌着。田头地角，开满桃花梨花。洁白的晨雾，笼罩着大地。但火红的太阳正从山那边冉冉升起，红艳艳、暖烘烘的，朝霞划破迷雾，把大地染成一片金黄色。

黎明让这一派生机勃勃的景象吸引住了，他飞速地蹬着单车，一路欣赏着两边的景致。下午三时，他来到了安定公社。公社卫生院大门紧闭着，医务人员全到春插第一线去了。在公社革委办公室里，留在机关主持日常事务的龚继源副书记，也刚从附近生产队回来，两腿还沾着泥。他在大门口碰上黎明，黎明把情况向他报告，他十分高兴。

他给黎明倒上一杯开水，递到黎明跟前说："从公社到向阳大队，有十五里山路。车不通，今天你先休息，明天再派一个人跟你去。"

"不用了。"黎明干脆地摇摇头说，"病人还等着呢，休息一会儿，我马上出发。"

龚副书记爽快地笑了，看着胸怀大志的黎明，坦然地说："那也好，只怕你走这么多路，不习惯，累坏身体。"

"锻炼嘛，什么不是靠锻炼出来的？"黎明喝了一口水，满怀信心地说。

龚副书记很抱歉似的说："公社卫生院的医生分别下到平星、罗圩、石头弯一带去了，仅有几位女同志在家，也到附近生产队参加抢插，卫生院实在抽不出人来。"

黎明理解他的意思："为人民服务，还分什么你我？都是革命的事业嘛。"

龚副书记爽快地说："好，既然这样，吃过晚饭再去也行。公社有一匹马，你骑去吧。"

"这些都不用，"黎明谢绝了他的好意，"我吃一碗粉就走。"他怕晚饭太迟，病人一定等得心焦了。龚继源也只好由他。

黎明向龚继源道了别，随即吃了一碗粉就上路。一路上，社员们在路旁的田头地角愉快地劳动。黎明走到哪里，人们的目光就向哪里望去，他还隐隐约约听到人们说："医生来了。"黎明边走边问路，步履匆匆。

下午五点一刻，黎明就来到了向阳村。这是二十多年前自己童年时生活过的地方吗？他站在村口的大木棉树下，向村子里望了望，努力思索，回忆童年的往事。可是，一点儿印象都没有了。童年的梦就像云烟一般消散了。如今的向阳村，一排排整齐的新房，前前后后都长满了直挺挺的白杨树，还有桃树、梨树、李树，都在吐花。村外山脚的层层梯田，绿油油一片。从山脚的水电站里，拉来一排电灯线。这一切，都那么新奇，陌生。似乎又那么熟悉。黎明三岁就离开了它，如今怎么会记得呢？陌生的故乡啊，没有你，怎会有我的今天？

他怀着无限激动的心情，来到了盘大妈的家里。盘大妈已经得到公社里的电话通知，便像迎接归来的儿子一样迎接黎明。她拉着黎明招呼他坐下，很快从锅里端来一碗热气腾腾的糯米稀饭，上面漂浮着一层香喷喷的蛋花、葱花，又端来大半碗黄灿灿的蜂蜜，笑眯眯地说："吃吧，医生，辛苦你啦。"

黎明望着食物出神，他不是不饿，这是贫下中农的心意呀！他也不客气了，爽快地吃完了这碗稀饭。盘大妈要再添一碗，他再三推辞，放下筷碗说："饱了。"便拿起药箱过来，问道："病人呢？"

盘大妈把黎明带到儿子的房间，还未进门，先喊了起来："小康，医生来啦。"

"妈，快叫医生进来！"小康在里头叫喊着，黎明跟盘大妈走了进去，只见小康挣扎着坐起来。

黎明索性走到他跟前，见他左臂肿得有小腿粗。"怎么跌的呢？"黎明坐到小康的身边，轻轻地检查他的左臂。

小康忍住痛说："脚滑，踩不稳就摔了下来，左手先着地。"

"当时十分痛吗？"黎明边检查边问。

"当时不算痛。"

"为什么三更半夜去爬石崖呢？"

盘大妈在一旁替儿子说："年轻人不听话，半夜去山洞掏硝泥。我说天亮再去，他又说怕耽误生产，现在……"盘大妈责备儿子。

"掏硝泥有什么用？"黎明疑惑不解地双眼瞅住他们，期待着他们的解答。

小康天真可爱的面庞露出春天般的微笑，朝黎明得意地说："硝泥是上等肥料，施到田里，秧苗长得快，跟尿素一样好。附近一带都掏干净了。"他虽然身有伤痛，但讲起话来还是那么利索。

黎明边听边点头，看着他那副孩子气的神情，温和地边说话边看他的伤处："今年几岁啦？"

"明年就十七了。"人家问他今年的，他却答明年的，"妈妈说，满十八岁一定叫我去参军，和哥一道扛起枪，保卫祖国！"

"哦，对对，参军是光荣的。"黎明与盘大妈望着他，同时笑了起来。黎明详细检查一番之后，发现不是骨折，而是肩关节脱

位。娘俩儿这才舒了一口气，黎明也为他们高兴："复位后，稍休息一两天就可以活动啦。"

"现在是不碍事，以后也要注意些。"黎明一边叮嘱他，一边拿出几片药给小康，"吃这药，复位时可减轻疼痛。"

"不用，"小康摇摇头，用右手指指左臂，"你看，肿得这么粗，也不见得怎么痛。"

黎明也不勉强，扶定位置，就开始给他牵拉。小康咬着牙看黎明，还一边不住地给黎明打气哩，额角渐渐沁出了许多汗珠。黎明托住位置，然后猛一出力，只听得咔嚓一声脆响，脱位的左臂终于复位了。

"好啦，小康。怎么样呢？"黎明拭去汗，笑问他。

盘大妈也凑上来："小康！"

小康轻轻挥动几下肿胀的手，又用力挥几挥，果然完好如前，盘大妈为儿子擦擦汗。小康调皮地把手一举，说："敬礼！"

他的举动弄得盘大妈和黎明都笑了起来。

盘大妈摸摸儿子的手，激动地说："要不是医生来，这手真不知怎么办。这下可好啦！"她激动地说，不知怎么感谢黎明才好。她望着黎明，双眼含满了泪花。

黎明见此，忙安慰盘大妈道："只要我能做到的，我都尽力做。"

小康高兴得要跳下床，被黎明和盘大妈同时制止住了。黎明从药箱里拿出两瓶"扭伤灵"来，叫他用这药，每天擦几次，能消肿止痛，说着便将瓶盖打开，用药棉沾上药，轻轻给他擦起来。擦了一会儿，小康觉得轻松了许多。盘大妈要动手洗锅做饭，被黎明阻止,他背起药箱,问道:"请问盘大妈,有位邱大爷,是这村里的吗?"

"你要找邱大爷?"盘大妈见问邱大爷,立即放下手中的东西,面带兴奋的神情望着黎明说,"邱大爷住在村口的那头,数过来第三间,门前有一排小白杨树的就是。邱大爷是我们大队的党支书。"

黎明谢了她一声,拿起拐杖就出门了。出来到外面,已是黄昏时分,太阳早就坠入山岗,天空暗下来了,远处的山,已笼上一层薄薄的雾。村子里,舂米声、打磨声和家禽的啼叫声,交杂成一片。向阳村是一个比较大的村子,居住着一百多户的壮、汉、瑶各族人民。全村的房屋几乎全是新建的,共分成七排,每排房子中间,铺成一条条干净、清洁、宽敞的街道。还种上了许多树木,有人高的白杨树,正长着碧绿的嫩叶。家家户户挂着喇叭、电灯。洁白的墙上,"农业学大寨""人民公社好"的大幅红字,清晰地映入眼帘。这里,显现出一个社会主义新农村的景象。喇叭里,正传来悠扬的歌声。黎明让这情景吸引住了。他站在十字路中间,正在忖度哪里才是村口的时候,朦胧中只见一位姑娘挑着满满一担水,迈着碎步正朝自己走来。黎明看不清她的面孔,待姑娘渐渐走近了,他才迎上两步,问道:"同志,邱大爷家在哪里?"

姑娘停下碎步,稍侧一侧头,轻悠悠地换了换肩,这才打量黎明一眼,高兴地问:"是医生吗?"

黎明点点头,"嗯"了一声。

姑娘把手向前一指,笑吟吟地道:"从这里直走到头,到一棵大木棉树下的上一排,数去第三家,门口有一排白杨树的就是了。"

黎明向她道一声"谢谢",望着她担着桶往上去了,这才顺着她所指的方向走去。

走到门口,大门是敞开着的。黎明走进去,往屋里瞧了一阵,不见人。他放下药箱,高喊一声:"邱大爷,在家吗?"

不一会儿,里头传来了一阵笑声,接着走出来一位满面通红、精神旺盛的白发老人来。老人高挽衣袖,身前还挂着白围裙,显然是刚从厨房出来的。见到黎明,就热情地拉过凳子来给黎明坐。黎明急忙自己动手拿凳子。邱大爷倒茶完后,便坐下来。

黎明温和地望着老人问道:"您是邱大爷吧?"

邱大爷乐呵呵地点点头,头上的银发在暗淡的黄昏景色中一晃一现的。他高兴地说:"你是医生吗?什么时候到的?"

"到好一会儿了。"黎明乖巧地应答老人。

"看过小康啦?"

"看过了,问题不大。不是骨折。"

"嗯,这就好。"

黎明不住地打量着这位革命老人,他就是自己日夜想念的邱大爷吗?是他抚养过自己吗?他在心里反复自问。光阴似箭,二十多年一晃而过。他已记不清老人当时的容貌,老人也认不出当年的小黎明了。黎明只觉得阵阵温暖,心中不知有多少话要说,但他都克制住了。

"刚从县上来的?"邱大爷慈祥地问道。黎明点点头,邱大爷说:"可麻烦你们啦。"

"为人民服务嘛,这是应该的。"

邱大爷双目端详着黎明,这是一位干脆利落、洒脱憨厚的小伙子，两裤脚高挽，凉鞋上还沾些泥巴，背着一顶凉草帽，旁边那只红十字药箱，几乎跟他的脸蛋一样红润。老人笑眯眯的，心里不知有多幸福。

"上午才去的电话，下午就到了。来，先吃饭，我们再好好谈。"说罢，笑着站起身，进厨房去了。

片刻间，他摆好桌，端来饭菜，黎明也不客气地坐上去。这是邱大爷先前已煮好的饭菜。

"吃吧，我们边吃边谈。"老人叫黎明吃，便拿起筷子，搛菜放到黎明碗里去。

由于累与饿，黎明吃得很香甜。"邱大爷，今年您六十八岁啦？"

"嗯，眼力不差。"邱大爷高兴地笑起来，但不知黎明为什么知道他的岁数，老人只认为是黎明乱猜对的。"刚才你去看病的那家的盘大妈，是位瑶族军属大娘。大儿子参军了，现在还在部队，是个党员哪。她的老三染了疟疾，抢救无效去世了。"

黎明听到是病死，便放下筷子，全神贯注地凝视老人，同情地问道："这里的疟疾多吗？"

"多，向阳、平星、罗圩和石头弯，是全县有名的疟疾高发区。"老人停顿片刻，又继续说，"以前上面也派了人下来搞抗疟。但是，人手不够，抗不彻底，夏季一来，疟疾又有所抬头了。"邱大爷说到此，双眼流露出无奈的神情，但很快又回过头来，不住地搛菜给黎明。

黎明思忖片刻："这可是大问题呀。"

"可不是吗，"邱大爷似受到了委屈，又找到了诉屈的地方似

的，眨动着睫毛说，"当前，革命、生产正在深入发展，要是疟疾再发生，影响就大了。去年夏收那阵，整个大队竟是'稻谷黄，病满床'。唉……"

"这里的疟疾，看来有相当长的历史啦。"

"那不是吗？新中国成立前，我们这里都叫人瘟，一年不知死多少人呢。新中国成立后，抗疟才取得一些成绩。"邱大爷越说越陷入沉思，只顾滔滔不绝地说着，也没察觉黎明是否在听。

"这几年都服药吗？"黎明认真听着，关切地问。

"前几年还有人下来发，去年开始就不来了。"

说到此，邱大爷放下饭碗，转身拎过烟筒，掏出旱烟杆来，装上烟，点上火，吧嗒、吧嗒地抽了几口，从口鼻吐出烟雾，弥漫的烟雾在空中徐徐飘散，室内掀起了一阵沉闷的气氛。

黎明侧过头，一双灼热的眼睛不住地望着老人。这拖拉革命的老人啊！他的胸襟是多么坦然、宽厚、和善。瞧他那双凹进去的眼睛，多么慈祥。他就是救过小黎明生命、抚养过黎明的邱大爷。

邱大爷默默地抽着烟。黎明也沉默了许久，然后才开腔打破沉寂："邱大爷，你把这里的合作医疗情况讲一讲吧！"

提到合作医疗，邱大爷便立刻眉开眼笑，爽朗地笑着说："我们办合作医疗，都是靠自力更生，没有依赖公家一分一毫。只是缺医少药，卫生部门又不支持，所以办得很艰难。"

黎明激动起来，眨动着那双大眼睛道："公社卫生院的医生呢？"

邱大爷摇摇头："地方大，他们人手少，就很少来了。"老人停顿片刻，和善地瞅着黎明说，"公社现在也没人了，几个技术好一点儿的，都调县里去了。"

"那么就没有新的分配来吗？"黎明焦急地问。

"有哇，因为县里要办正规医院，都留在上面了。"

"原来如此。"黎明醒悟似的点点头，"卫生院的房子破破烂烂，城里的医院都是高楼大厦。卫生工作的重点不是放到农村，而是放到城里了。"

黎明浅短的几句话，却说到了邱大爷的心坎上。

黎明看着老人慈善的脸，说："大爷，要是我们自己办学校，培养赤脚医生，贫下中农同意吗？"

"咳，巴不得这样呢。"邱大爷把大腿一拍，爽朗地哈哈哈笑起来，"不过，经费呢？"

"自己办的，还要什么经费？"

"能行吗？"

"怎么不行？只要大家有这个决心，拧成一股绳，鼓起勇气干起来，就一定行。"

"对，对。这就是自力更生精神。"

黎明放下筷子，挥了挥拳头，坚定地说："我们有党的领导，有贫下中农的支持，还怕啥呢？"

"好，'世上无难事，只怕有心人'。孩子，我们就等着今天啊。"老人坚定地说。

黎明望着饱经风霜的革命老人，老人也望着他，拉住他的手，另一只手轻轻地拍着黎明的肩膀。两双眼睛同时发出异样的光彩，顿时，屋里掀起了欢乐的氛围。

吃罢饭，两人拿凳子到火旁聊天。邱大爷说到晚上九点钟有会

开。黎明举目向外边望去,夜幕已笼罩了山岗,电灯光透过云雾,闪烁着点点光芒。他想起了临行前爸爸的嘱咐。二十多年过去了,这个邱大爷是不是爸爸所说的那个革命老人邱大爷呢?是,一定是。黎明在心中思索许久,决心先探一探。

"邱大爷,我听说兰县是个有名的革命老根据地,向阳村又是抗敌模范村,一定有许多动人的战斗故事。"

一提到革命战争,邱大爷的精神就振作起来了。他侧头望黎明一眼,然后将目光移向山那边眺望,激动地说:"有一个叫黎为华,他是县游击大队的政治委员。一九四九年兰峰战役打响了,为了兰县人民的解放,他的妻子和弟弟献出了宝贵的生命。"老人说到此,润润嘴。在黑暗中黎明看不清他的神情,但从他的话音中,可以想象得出老人此时的心情,他的眼眶里含着泪花。黎明也知道这个老人就是那个邱大爷了,他心中激动万分,正要高喊一声"爷爷",老人又叹气一声说:"二十多年过去了,不知黎政委现在在哪里?他那苦命的小宝贝黎明,是不是还活着也不知道。"

"爷爷。"黎明激动地向老人扑去,声泪俱下,"我就是当年的那个小黎明啊!我还活着。"

老人泪花满面,将黎明抱在怀里,爷孙俩紧紧地拥抱在一起。邱大爷在心中念叨着:"他就是二十多年前那个小黎明吗?他真的是吗?"仔细瞧他面孔,头部耳根都看个遍,果然是他,不错。啊!二十多年过去了,小黎明终于长大成人,已经是个人民医生了。当年真不枉老伴用生命来保全这棵红苗。老人感觉到一阵阵欣喜,欠欠身,为黎明拭去面部的泪水。二十多年了,爷孙俩又重逢,这是一大喜事啊。邱大爷与黎明都喜出望外。

直到星期三的下午，黎明才回到医院。彦梅见到他，立刻喜上心头，笑吟吟地把他领进院长办公室。办公室里，李薪、钟永富，还有刘官讳等，都坐在那里。黎明走了进去，还未开口，刘官讳便满脸微笑地向他伸出手来，一迭连声道："黎医生，辛苦啦。"

黎明瞧他那虚伪的表情，心中油然升起无数的反感。刘官讳却已经拉住他的手，将黎明拉到自己身边坐下，仍然热情地寒暄。在局长和院长面前，刘官讳演了一出负荆请罪的戏，可让李薪高兴极了。

"黎明，你看刘副院长襟怀多么坦白呀！他对你是很关心的。将来不要为一点点小事就吵起来，大家都是为了革命工作，希望你们团结一致，把工作搞好。"

黎明听了他们的一番话，思索片刻，轻轻一笑："刘副院长，我确实很佩服您的胸怀！在这方面我远远不能与您相比了，还望您多原谅。"

刘官讳知道黎明的话中带讽，但他面部仍然平淡如常，不露声色，不发怒，依然显出一副笑容可掬的样子道："彼此，彼此。这叫作不打不相识嘛。"

李薪等都一起哄堂大笑。彦梅在一旁也看得出他们谈话间隐含的深意，望着钟永富，又将室内扫了一眼。钟永富起劲儿地笑着，很快又收敛笑容："这些芝麻小事，最好都别放在心上。以团结为重，搞好工作。黎明，你刚出诊回来，好好地洗换洗换，休息两天吧。"

"钟院长……"彦梅欲言又止，神情不宁。

钟院长明白过来了，侧过身去瞅着刘官讳，不假思索地问道：

"刘副院长，你打算安排黎明在哪个组？"

刘官讳摇头晃脑，沉思一会儿，说："既然彦梅在外一组，黎明也就在外一组吧。看以后再调整。"

钟院长点点头："外一组主要是负责普通外科。比如各种外科疾病，保守疗法、外伤包扎、烧伤等等。"

黎明爽快地回答说："我明天就开始上班。"

李薪瞅着黎明，露出慎重的神色："外一组的工作也非常重要，是整个外科的基础，琐琐碎碎的事很多……"

"请李副局长放心，干什么都是革命工作。我一定尽自己的能力去干！"黎明利索地说着，室内顿时掀起一片欢乐的气氛。

刘官讳咧开嘴笑道："外一的工作是很忙，主治医生又请假回家探亲，外科副主任原是兼管外一的，可是又到广州进修了。现在加上你们二位，总共才有六个医生。"

黎明静静地听着，不时抬眼瞧瞧在座的诸位领导，只是点点头。"好吧，你们回去休息。明天开始上班。"钟院长打发他们回去休息，望着他们的背影消失在走廊。

彦梅与黎明回到房间里，黎明发现自己的房间变样了，布置得十分整齐、美观，还有些浪漫。东西摆设得有条不紊，给人以舒适之感。那台袖珍收音机放在枕边，一盏小巧玲珑的台灯刚好靠近床头。桌前的墙上，挂着一幅毛主席视察大江南北的画像。两旁是一副对联，是黎明平素最喜欢念的鲁迅的两句诗："横眉冷对千夫指，俯首甘为孺子牛。"书架上，按编类堆满了书。黎明环视一阵房间的陈设，知道是按自己的脾气爱好布置的。晚上，黎明喜欢躺着看书，彦梅考虑到这些，把台灯放到了床头边。黎明高兴地瞅彦梅一眼，不知说些什么好，只是不住地打量着她，好像是从未见过似的。他知道彦梅有生以来最讨厌的就是奉承。

彦梅回自己的房间——她住在黎明旁边那间——搬来了糕点、饼干和糖果，放到台上。她关切地望着黎明说："吃吧，你一定很饿的。这几天在乡下是怎么度过的？"

黎明剥一颗软糖放进口中，津津有味地嚼着："这三天，我过得很愉快。群众待我真好。"

彦梅将一杯茶水递到他跟前，他接过茶杯喝了一口，便放下杯子。"群众对你好，你对群众好不好哇？"彦梅噘起嘴巴说，瞧着黎明。

黎明不甘示弱地说："那当然好，群众请我去看病，我还充当了两天的内科医生呢。"他得意地望着彦梅，像孩子似的。他坐到软软的床上，望着她，本想把碰到邱大爷的事情告诉她，让她高兴高兴。

彦梅摆摆头，"唉"一声撒娇地说道："黎明，你才去三天，但比三年还长呀！"

黎明见彦梅关心自己，心中便得意了许多，将身子欠过一边，侧头瞧着彦梅："那么我去一个月，就像一辈子见不到我了。那你要怎么熬过呢？"说完，便欣喜地摆摆脑壳。

谁不知道当爱上一个人时，一刻钟不见犹如一年呢？只有没有爱过的人，才不能发现这一点。黎明的话使彦梅又气又好笑。彦梅移步到他身边拧了他一把，与黎明都欢笑起来。她的笑声像银铃般，当微风吹拂时，似乎唱起了悦耳的情歌。他们在一起时，总觉得那么幸福。当黎明离去时，她总有一种失落感。

此时,她深情地望着黎明,双眼闪耀着爱神之光:"黎明,我发现一件事!"

黎明惊讶地望着她:"你发现了什么?"

彦梅仍然深情地注视着他,不时还噘起嘴巴:"我发现你像一位诗人,因为诗人才能捕捉到生活的每一个细节。"她似乎含羞地说,将头偏过一边。

黎明细细地望着她,他从未这样认真地看过她。这一看,他发现了她才似一位诗人,在她身上可以捕捉到许多前所未有的东西。他起身缓步到她身边,拉住她的一只小手,深深地埋在自己胸前:"梅……"他只是叫了一声,心中却不知唤起她多少遍。他们就这样默默地相望许久。彦梅想将手缩回来却被他有力的手紧紧捏住。彦梅含羞地将头低下去,他也低下头去吻着她的香发。此时,他们是多么幸福哇!但愿就此不再分离。"梅,我比不上你。"他含愧地说。

彦梅松开他的手,走过一边:"别这样说,我才比不上你哪。"

"好,别谦虚了。我们应该想怎样把工作搞好。"他微笑着说。

"我总觉得有时候时间过得很快,有时又很漫长。"彦梅叹气说着,"我总想恨不能一下子做完自己想做的事,让时间过得快些。然而,这些烦乱的工作总是做不完。"她瞪着大眼睛望黎明。

黎明轻轻地笑着,然后严肃地说:"你的思想还跟不上形势。你对自己每一件平凡的——然而是革命的——工作还没有真正爱起来,正视起来。不要嫌工作烦,革命的工作就要从平凡开始。"

"那怎样克服呢?"彦梅噘起嘴说。

"学习呗,你学一段《纪念白求恩》,它会告诉你一切。"黎明起身，打开箱来，对彦梅说，"你对房间布置确实想得周到，不过还少一点。"

"少一点什么？"彦梅睁圆着眼睛，期待着黎明的话。

"把白求恩大夫的这句教诲也贴上去，那就会增加一些毅力。"黎明若有所思地说。

"什么话？"彦梅再次问他。

"努力吧！向着伟大的路，开辟前面的事业！"黎明雄心勃勃地说。

彦梅领悟其含意，她看到了黎明对工作是那么认真、严肃，真令人敬佩。自己跟他相比，差得太远了。她无话可说，站起身来，疼爱地为他拍去肩上的尘土，又亲切地说："你把身上的脏衣服换下来，让我替你洗。"说罢，便走了出去。

黎明并不马上换衣服，他觉得很累，几天的疲劳在袭击着他。"这只是万里长征的第一步，今后的路程更长，工作更艰苦。锻炼吧！接受革命的考验，用意志去战胜一切！"白求恩的高大形象，又出现在他眼前。想到这里，他浑身增添了力量。

"黎明！"

黎明抬头一看，刘官讳已进来了，手上还拿着一个包袱。黎明急忙起身："刘副院长，请坐。"

他并没有坐，把大布包往床上一放，打量了房间的陈设一眼，很快又露出笑容来。"请原谅我的直言，"他看着黎明说，"刚才，你刚走，关山镇公社摩云岭大队来了一个电话，说是一个患了绞窄性疝的病人，送不出来，生命危在旦夕呢，要我们赶快派外科医生去。你也知道，医院抽不出人，我想……"刘官讳说到此，故

意停顿下来，做出犹豫的样子。

"让我去呗。"黎明爽快地说。

"我也是这么想的，反正你也还未正式上班。"刘官讳喜出望外，眼睛眯成一条缝，望着黎明，"不过，救护车又要大修，是不是……"

"为了赶时间，我马上就去。"黎明利索地说。

"对，对。时间就是生命。"黎明这么说，正中刘官讳的下怀，他坐到床上，"看来，要在乡下动手术啦。"

"就我一个人吗？"

"不，不。还有公社卫生院的一个护士在呢！"

"一个护士……"

"是呀，"刘官讳双手一摊，显出无奈的神情，"人手是少些，困难不小。但是……也只能如此了。唉！"

"好吧！"

"他们说，病情很急……"他边说边偷瞄黎明。

"放心吧，我马上下去。"黎明慷慨地回答他。

"好！"刘官讳立刻露出得意的笑，指着床上的那包东西说，"手术器械我已替你准备好啦，麻醉药也包在里面了，都是手术室准备的，你打开来看，还缺什么……"

话未说完，窗外电光一闪，接着轰隆——一声巨雷炸响，窗框都震动起来了。眼看一场大雨就要到来。刘官讳望着外边漆黑的天空，讪讪地说："糟糕，大雨下来还踩得了自行车吗？看来要靠步行了……"

"步行就步行。"黎明不假思索地说，然后漫不经心地换上水鞋，把雨衣拿了出来。

这时，雷声一阵紧似一阵，风呼呼地刮着。刘官讳立刻走出去，彦梅恰巧走进门来，她朝着刘官讳的背影望了一眼，然后侧过头来笑着对黎明说："黎明，我们翻一翻照相簿吧，久不得看了。"她手里拿着一本红封面厚厚的影集，递到黎明跟前。可看见黎明的打扮，彦梅不由得大吃一惊："要上哪儿去？"

"出诊。"

"出诊？！"彦梅似乎不相信自己的耳朵，愣着站在那里说不出半句话来。过了一会儿，她才回过神来，轻轻问道："才回来，又要出去，是哪个公社的？"

"关山镇的。这有什么办法呢？革命工作嘛。"不知什么时候，刘官讳悄悄地出现在门口，神气地对彦梅说。

彦梅面色苍白地瞪了他一眼，一阵伤感涌上心头，眼眶里噙满了泪花，泪水快掉下来了。她为黎明焦急、担心，可她把要说的话都硬咽下去了，忍住泪水不让它掉下来。刘官讳见此，心中暗自高兴，得意地说："肖医生，这是工作嘛。"他斜眼盯住彦梅。

彦梅根本不理他那一套，颤抖着声音对黎明说："你瞧瞧，一场暴风雨就要下来了。"

黎明向窗外的天空望去，天空布满了乌云，雷鸣闪电。他一点儿也不畏惧，坚定地说："让暴风雨来得更猛烈些吧。"

"雨停了，明天再去不行吗？"彦梅焦急地说。

"梅，不能在暴风雨面前畏缩呀！只有迎着它勇往直前！"黎明似乎自我鼓励地说。

"路难走哇！"彦梅还是那么焦急。可刘官讳心里早就乐开了。

"这不算什么,在革命的征途里,这是一次小小的考验罢了。"黎明满怀信心轻轻地说。在他心怀里,已窥到了前面的斗争。斗争将是剧烈的,就像这即将来临的暴风雨一样猛烈。回避不了,只有不屈不挠地前进。

彦梅无可奈何,她还抱着一线希望,将眼神移向刘官讳道:"刘副院长,什么事这么急?"

"绞窄性疝。肖医生,你说急不急?"刘官讳脸上掠过一丝笑,眼神不住地紧盯着彦梅。

"他刚回来,换一个去不行吗?"彦梅不满地说,面朝过一边去,瞧也不瞧刘官讳一眼。

刘官讳满面堆笑道:"你说换谁呢?肖医生。"

彦梅将头一昂,斩钉截铁地说:"我去!"

"你去行吗?"刘官讳奸笑着问。

"绞窄性疝是要手术的,他一个人去难道行吗?"彦梅担心地问。

"肖医生,谁说只他一个呢?在那里,还有卫生院的人。"刘官讳故意放低声音,满脸横肉似笑非笑地说。

黎明不明其意,反而怨起彦梅来:"梅,你这是怎么啦?你曾经对我说过的话又忘记啦?这是工作问题,我去去几天就回来。天黑路滑,前面有多大风雨,我也不怕,这是革命的工作呀!"

刘官讳看到这情景,心想黎明不会不去的,就似乎知趣地笑着说:"你们谈吧,我不打扰了。"说罢,才走到门口,又转过头来说了一句,"黎医生,事关紧急,不得拖延哪。"

"你放心吧。"黎明大声应道。门也随之砰一声关上了。黎明望着彦梅，彦梅将头低下去，偏过一边不愿看黎明。她紧锁着双眉，咬着下唇轻轻抽泣。黎明索性走近她，一把将她拥入怀里，此刻的彦梅将头埋在他胸前越哭越伤心。他轻轻地抚摸她的头发，安慰道："把眼光放远些，梅。不要只顾眼前，相信我们会战胜一切。"

彦梅抬起头来瞧着黎明，像个泪人儿似的："我只为你担心。"

"担心什么呢？"黎明为她拭去眼边的泪水，轻轻地吻着她的双眼。

"人家这明显是在报复你！"彦梅稍停一会儿哭泣，但仍然伤心着。

黎明直爽地说："那就让他报复个够吧！不过这也是为了工作。"

"他是借用工作之便来对你进行打击、报复。"彦梅生气地说，"我早就看穿他的阴谋诡计了。"

"梅，你怎么这么性急？没有证据，别乱说话。"黎明劝慰彦梅道。

"我性急，还是你心直？人家随时都可以向你报复，你还不知道！照这样下去，不但对你的前途有影响，对一切都影响较大。"彦梅几乎埋怨黎明说。黎明看她那犹豫的眼神和心情，不知道有多沉重啊。

"自从我步入社会的第一天起，我就有这样的思想准备。我早把个人的生死存亡置之度外，一心扑在工作上，哪知社会是那么复杂多端。但任何打击报复我都不怕。"黎明激动起来，坚定地说。停顿片刻，他又抚摸彦梅苍白的脸说："梅，想宽些，看远些。别老围绕个人小圈子转，这对生活前途都不好。"

彦梅难以忍受心中的委屈，瞧黎明那憨包的样儿，泪水又不住地往外流："我这是为你好。"她抬起泪眼，似等待他的安慰。

黎明怜爱地看着她，索性将她的手拉过来，彦梅生气地推开他，他仍然亲切地说："梅，我知道你是为我好，但也要想开些，别往坏处想。生活再艰苦，道路再险难，也要坚强地克服。"

窗外，一片漆黑，随着一道道闪光，轰隆的雷声连绵不断地炸响，眼看一场暴风骤雨就要来临。他想："这只能吓住胆小鬼，革命者是无所畏惧的。我们是革命者，为什么不能像在暴风雨中的雄鹰迎着暴风雨，展开双翅高傲地飞翔。在这种情况下不能畏缩，应该勇往直前。"想到此，他看着彦梅，无限深情地又说："梅，抬起头来，不要流泪。流一滴泪就失去一分勇气。快拭干泪水，别让那些幸灾乐祸的人笑我们。"

彦梅静静地听着，止住了泪水，对他说："黎明，我不哭了。"

"好的，不哭就好了。"黎明拿过洗面巾为她拭去腮边的泪水，然后将她拉入怀里，轻轻地抚慰她说，"坚强些，别伤心。这样的考验我觉得太少了，我恨不得冲锋陷阵，奋战沙场！"

彦梅依偎在黎明的胸前，像小孩似的眨着那双漂亮的大眼睛。黎明寻到了她温热的嘴唇，热烈地吻着她。"轰隆——"又一声巨雷炸响，惊醒了他们幸福的时刻。电光一闪一闪的，雷声紧接着又一声，雨意更浓了。黎明看了看天，又看看彦梅，为她理着额前的乱发："我走了。"

彦梅轻轻地点点头："我送你一程，黎明。"

"别送了，外面风雨大，要注意身体。我又不是小孩子。"黎明坚决地说。

"不，"彦梅坚决要送，"去关山镇，也要经过兰峰公园下面，我送你到兰峰下吧。"她不管黎明是否同意，拿过一把布伞撑开，命令似的说，"走吧！"抬步就要出门。

黎明抢过她手中的伞折好，放回原处，便一手提药箱，一手提起那个沉重的手术器械包来。

彦梅抖开帆布雨衣，给他披上，扣好，望着他深情地说："一路上小心。到了那里，不管事有多急，都先给医院来电话。"

黎明点点头："那当然。"他把药箱背好，器械包紧夹在腋下，这才又接过她手中的电筒，耸了耸肩，满怀信心地说："放心吧，多则一个星期，少则三两天就回来的。"

"你一个人走黑夜，谁放心得下呢？山陡路滑，千万别摔倒。"彦梅关切地叮咛他。

"在什么地方摔倒，就在什么地方爬起来呗。"黎明还是乐呵呵的，丝毫没有忧虑。他弯下腰，很快挽上裤脚。

彦梅拉开房门，朝外头望去，黑暗的夜空里，电光一暗一闪，巨雷阵阵轰响，雷鸣震耳欲聋。外边刮起了大风，倾盆大雨铺天盖地而来。黎明迈开步子向门外走去，迎接着暴风雨去战斗，他也不回首看彦梅一眼，只顾朝前走……

风雨中，彦梅站在那里看着黎明的背影出神，任由风吹雨打。雨湿透了她的头发、衣服以至全身，她仍然愣愣地站在那里，像一个木偶人一样。轰隆隆……又一阵雷鸣闪电，朦朦胧胧之中，彦梅仿佛听到了黎明在雷声风声雨声交杂中坚定而有力地高声呼喊，有力的声音在夜空中清晰地回荡："这样的考验算不了什么，让狂风暴雨来得更猛烈些吧！"

第三章　战鼓通红

彦梅时时在想，生活的脚步就像车轮飞速一般快，一刻也不肯停留。只有那些在斗争中为了他人的幸福而忘我工作的人，在斗争中不屈不挠，为了革命理想而放声高歌，一往无前的人，他的生活才是最有意义的，他的青春也才是最壮丽的。黎明，就是这样的一个人。占据他心胸的是那永远做不完的工作，以及伴随工作而来的欢笑。他完全是个乐观派。

生活的本身，变化也非常之大。黎明去后，彦梅的心惴惴不安，总有一些失落感。她是黎明生活中的一位热情、亲近的女朋友，可是她对黎明的理解太少了。她认为黎明变了，变得怎样呢？她说不清。她只觉得现在的黎明与学生时代的那个黎明相比，差距太大了。那时候他十分憨厚、热情奔放，是最善于学习，喜爱生活的。现在，黎明发生着巨大的变化，而这种变化，却又难以捉摸出来。黎明变得连学生时代的许多东西都远离了他，他正向着一个她能看得见但又极难模仿的，也许永远无可比拟的方向变去。确切些说，他正在向那崎岖的小道上走去……正因为此，她不能不承认，他也变得更可爱些了，也更使人担忧。感情的变化，也是较难克制的。彦梅是一位不轻易吐露内心深情之人，尤其是她处于这样的阶段。在与黎明的长期接触中，她发现黎明有许多可仿效的地方。这就是她对黎明的感情，感情是无法用语言来表达的。她站在走廊里，面对茫茫夜雨，什么也看不见。"暴风雨呀，你为何下得这样大？你下小些吧！"她极力地望着，想着，在心里念叨着。她默默祝他一路平安，早早胜利归来。又一声霹雳巨响，把她吓了一跳。雨下得更大了，她这才从深思中惊醒过来，手往自己身上摸摸，浑身上下全都湿透。彦梅急忙退回房间，两手拧着湿发，又用面巾抹抹身上的雨水。窗外一阵凉风吹来，带来许多凉意，她关上窗，拿出一件花衣服披在双肩，一歪身坐到床上，举目向四周扫了一眼。墙是这么雪白无瑕，小房间是这么舒适清静。梳妆台上，那面小镜正面朝向她，镜里清晰地映出她自己的面庞，愁锁双眉，毫无笑容。她伸手去将镜子翻到背面，里面是她自己学生时代的一张美丽的小照。

　　彦梅独坐凝思片刻，起身走近桌边，托起腮仰头望着天花板出神。耳边总是鸣响着黎明的声音："社会，是一所好大好大的学校，这所学校有着永远也学不完的东西。让我们学到许多过去在学校里从未学到的知识。"黎明在这里指的是什么知识呢？嗯，在这个社会上，他们在学校里学到的东西，还有许多都没能用上。比如外科知识吧，自己是搞胸外科的，现在却来当腹部外科的医生了，不知到什么时候才能够发挥自己的一专之长呢？毕业了，走上工作岗位，这是一点儿小理想的实现。但是，跟自己所想的那个理想，

差得太远了。当然，理想不一定都与现实相吻合，这是客观存在。不管怎样，也应该为自己的生活、工作着想一点儿。她又想起黎明与刘官讳争吵之事。在医院里，绝大多数同志都很热情，团结友爱，可就偏偏还有那么一小撮人专门钻人的空子。人与人之间的关系搞得这么紧张，这到底为什么呢？这就是黎明所指的斗争吗？啊！是的，哪里存在着人类，哪里就有矛盾、斗争。要是黎明不曾与刘官讳有过争吵，这斗争又会如何？难以深思这一切。黎明这次冒雨夜诊，是那次争吵的恶果。不管从哪个角度来说，他是领导，手中有权，报复是随时都可以进行的。这多么可怕呀！报复意味着一种丑恶的心理状态。他可以通过工作上、生活上和思想上等许多方式，取得正当的"借口"对黎明进行报复。一旦黎明稍微不注意，即便注意，暗箭也难防啊。而黎明呢，根本不把这些当作一回事，只知一味地工作……

才来不久，就发生了这样的事情，如果长期这样下去，那岂不是毁了自己的一切吗？生活真会捉弄人哪！她不敢再往下想了，谁也预测不准明天又要发生些什么事情。

房门吱——一声被轻轻推开，刘官讳探头探脑地走进来。

彦梅回首一看，不禁吓了一跳，瞧着刘官讳那恶狼般的奸笑，她心中自语道："黎明走了，他来干什么呢？看他这样儿，真不识好歹，四十出头了，还找不到对象，得警惕一些为好。"彦梅恰要开口说话，刘官讳面部露出一丝邪笑道："肖医生想些什么呢？"边说边疾步到彦梅跟前。

"刘副院长……您还未休息？"彦梅立刻站起身来，用手指着靠在墙边的那张凳子，"您请坐呀！"

刘官讳不马上坐下去，反而定神注视着她，他的眼睛流露出凶光，彦梅脑际立刻闪过一个念头，灵机一动，将身子闪过一边，索性走到墙边将那一张凳子拿过来给刘官讳。刘官讳这才醒悟似的蹲下身坐在凳子上，眼睛滴溜溜地不住打量着彦梅的小房，环视一阵，赞道："肖医生真不愧是名教授之女，房间陈设得这么雅气。"

彦梅不知道该怎么回答他好，转身去拉开门，又转回来用湿面巾轻轻拭了拭脸，揉揉眼睛。她不想让别人见自己流泪，尤其是在讨厌的人面前。刘官讳却恬不知耻地随便动手翻着彦梅的东西。他拿起镜子，看看彦梅的相片。彦梅走过来，轻轻夺去。

刘官讳讪讪地笑："咳，照得真不错，笑得多甜美。"他立刻又发现台灯下有一沓稿纸，上面写满了字，便拿起来翻看。"哎呀！是论文！"那是彦梅与黎明在实习时撰写的实习论文。他翻看一阵，抖动着稿纸问道："这一定是肖医生的字体吧？"

彦梅则朝着他手中的稿纸瞅一眼，勉强地干笑："是的。"

刘官讳又恬不知耻地大加赞赏："字写得这么好。中国有句老话，观其字就知其人，不错，这字体就与肖医生一样漂亮！"说罢，便得意地哈哈大笑着，坐到椅子上，面向彦梅。彦梅根本没有认真听他讲的话，瞧他那自作多情的样儿，已经够饱了。他见彦梅不语，竟以为姑娘动情了。此刻他想，也应该把自己的才能亮一亮，这样会取得姑娘的欢心，便自我吹捧地说："我呢，汉字写得很不好，像鸡爬一样，我写外文最拿手，外语说得也不错。"

彦梅不待他说完，伸手从他手中拿回稿件，折在一处，望了一眼，拉开抽屉，塞进里面，淡淡地说："刘副院长，连这也值得夸奖的话，可夸奖的东西太多了。"

野百合

彦梅的话语带双关，刘官讳明知其意，还厚着脸皮大显声誉："哪里，好的就说好的呗——"立刻又转开话题，"我在西安读六年大学，全是攻读俄语。后来到苏联留学五年，所以我的脑子里装的也全是俄语！"刘官讳得意地笑起来。

彦梅忍不住嗤之以鼻，眨了眨眼睛，随即说了声："真不错。"

刘官讳又显摆地说："回国之后，差不多把中国文字都忘啦。"

彦梅听他口出狂言、毫不知耻，便不客气地刺他一句："连本国的文字都忘记，那不是蜕化变质了吗？"

为了讨好姑娘，刘官讳根本不在乎讽刺不讽刺，依然自鸣得意地说："肖教授是一位著名的外科医生，在区内外历次外科学术会议上，我曾多次与他交谈过。肖教授的学术确实令人钦佩。"他边说话边留心观察彦梅的神色，见彦梅不语又说，"苏联对于知识分子十分爱护，只要你有才华，要钱给钱，要名给名，所以他们的科学事业非常发达。"

"那么你为什么不留在国外，捞个名利地位呢？"彦梅十分看不惯这种自我吹嘘的人。像刘官讳这种人，她根本不把他当作一个正直的人看待，瞧这样儿，哪像是个革命的知识分子呢？

刘官讳皱皱眉头，故意放缓声调又说："因为中苏关系崩了。唉，当时我正在名教授指导之下，攻写博士论文呢，殊不知都是一场梦。回国后本想找一所名牌大学就读，去完成学业。谁知回国后就被下放到这个鬼地方来，连地图上也没办法标注的山沟沟，我只好违心地来了。"

刘官讳这么说，使彦梅心中非常反感。作为一个领导怎么能这么说话呢？彦梅轻蔑地望着刘官讳那愚昧的神态，不假思索地说：

"下放到这里来，有什么不好呢？现在党号召我们面对农村，扶贫农村，深入到农村去改变落后面貌。"彦梅润润嘴，顺手拎过一本书在手中翻弄着，又毫不客气地继续说，"这里虽然是山沟沟，但它是祖国神圣土地的一部分。党和人民之所以召唤我们这些知识分子到农村来，是为实现党的政策，来保护农村的新生事物——合作医疗。我想，这完全合乎我国的国情。"

彦梅一口气说出一大堆道理来，把刘官讳说得面孔一阵红一阵白，坐在那里不知该说些什么才好。过了一会儿，他似乎自我解嘲地说："那晚周末文艺晚会，你的歌声真使我感动，这歌在我心中久久回荡着。假如我有朝一日还能够欣赏这悦耳的歌声，我的感情定会像脱了缰绳的马狂奔豪放，热血沸腾。"说到此，他侧过脸瞅着彦梅："是呀，古人说得对，'人生能有几回闻'……"

彦梅甚觉一阵阵惊恐，他为什么对自己说这些话呢？莫非他对自己真的有什么不好的想头？她不敢再往下想，她心中明白，这个老光棍是自作多情的。想到此，她索性走到窗前，心中念叨着黎明："我的爱人哪，现在你走到哪里了？我多想你呀！你是不是被风吹雨打冷透了身子？是不是摔跤了爬不起来？是不是雨淋湿了身子发高烧在半路晕倒了？"——不，这都是可怕的幻想罢了，但愿他能平安到达目的地。她一想起黎明，心中便涌起无数的怅惘，心也剧烈地跳动着。

彦梅回过神来，用手拂拂额前的乱发，稍微瞟一眼刘官讳，很快又将目光移向门角，充满烦愁地说："刘副院长，你说说，黎明大概走到哪里了？"

刘官讳目不转睛地盯住彦梅许久，听到姑娘招呼，立刻振起精神来:"可能走五十分之一的路了吧。"说完欠欠身子,晃了晃脑壳,在心中盘算着该用啥法子才能打动姑娘的心呢。

他看见彦梅又陷入了沉思,心中高兴极了。他知道姑娘此刻的心情,她在想黎明,在想她的心上人。刘官讳起身走到彦梅身边,彦梅侧过头来,瞧见他满脸邪气,姑娘警惕地、小心翼翼地挪开几步,她不愿意看到刘官讳那布满淫威的面目。

"刘副院长,你怎么了?"彦梅转身缓步到台桌边。

刘官讳自己在窗口边折腾了片刻:"哦,没什么。"他语气不利索,又走到原位坐下,那双可怕的眼睛不住地紧盯着彦梅的胸脯,面部掠过一丝奸笑道,"肖医生,你在想些什么呢?"

"我在想黎明,我怕他在半路发生意外。"彦梅抿起嘴,她故意在刘官讳面前大显关心黎明,气气刘官讳。她恨恨地瞅了刘官讳一眼又说:"这个病人怎么这么讨厌,什么时候不病,偏偏此刻才生病,害苦了黎明。"

刘官讳明知彦梅的话是针对自己而言,但他为了达到那居心叵测的目的,取得彦梅的欢心,而不惜厚着老脸皮对彦梅百般挑逗。他不管彦梅对他是否动心或有多厌恶,人生就只有这么一回了。

他在心中思索了一阵,脑际立刻闪过一个念头,编造假故事吓唬她:"唉,就是嘛!我也正为黎医生担心呢!那条路晚上又经常出现怪物。"说罢,他观察彦梅的表情。

"什么怪物?会吃人吗?"彦梅惊急地问道。

刘官讳见彦梅面色有些惊慌,心中暗喜道:"你为那小子担心,这下我就让你吓个够,看你对我怎么无情。"

"那条路的两旁,都是茂盛的森林,常有一种能用两腿立起

来、头毛又细又长的怪物出现，这种怪物会吃人，这种怪物吃人先咬住脖颈吸血。当地人都把这种怪物叫作'人熊'。还有许多动物，诸如吸血鸟哇，啃肉猫哇，等等，都会吃人的。"刘官讳得意地比比画画、滔滔不绝地说着，不时又斜眼偷瞄彦梅。

彦梅半信半疑，心中蒙上一层疑义。她与黎明都是在大城市长大的，这么黑的夜路黎明怎能走呢？彦梅焦急万分，面色苍白，憔悴的眼神忧然微眨，心中总有一种不祥的预感。

她将头稍偏一些，皱起眉头说："刘副院长，真的有怪物吗？"

"那当然有，谁骗你呢？"刘官讳似笑非笑地说，他以为彦梅全吓住了，心中有说不出的高兴。

彦梅将左手抬了抬，稍微俯着看了看表，厌恶地朝刘官讳道："哦，今晚过得真快，十一点半了。"

这下刘官讳显得比较通情，他领会彦梅的含意，立刻起身，走到彦梅身边，有礼貌地说，"肖医生，快到十二点了，我先告辞了。"走了两步，又转过身来，"肖医生，有什么书没有，给借一本。"

"我这里没什么书。"彦梅干脆地说，巴不得他快些出去。

刘官讳不住地打量着彦梅匀称的身段，不愿离去似的说："没有就罢了，你好好休息，下回我们再谈。"说罢，一步一回头地瞧着彦梅。

彦梅看着刘官讳离去的背影，外面的雨还不住地下着，她走过去关紧房门，然后疲倦地和衣靠在床上，望着墙壁出神。她思索着刘官讳说的话，有许多话真可笑。瞧他今晚满脸的笑容，和与黎明争吵时的凶面相比，就像另外一个人一样。唉，知人知面不知心。

她顺手从枕头下取出《叶尔绍夫兄弟》来，信手翻了两页，觉得有些困惑，实在看不进去，又厌烦地将书扔过一边。拿起小手绢揉着，愣愣地望着蚊帐顶，蒙蒙眬眬有些睡意。

第二天，彦梅起床很早。她来到医生办公室里，值夜班的医生正在写交班记录，见她进来，向她点头一笑。她轻盈地换上自己的白大褂，计划先到病房去走一走，却在走廊里碰见小欧。

"你怎么来得这么早，肖医生？"小欧问。

彦梅望着她："还算早吗？都快到时间了。昨晚是你值夜班吗？"

小欧点点头答应，她手里拿着一堆手术通知单。

彦梅随即问道："都有些什么手术？"

小欧说："刘副院长说还有几个腹部手术需要进行，看来忙不过来，要转给普外协助。"

彦梅点点头，进病房去了。病房里，病友都已跟她认识了。他们觉得这位新来的医生脾气很好，一天到晚总是笑着，都亲热地跟她打招呼。彦梅对工作也很热情。

一会儿，刘官讳也来了。接完班，由刘官讳带着去查房。很快查完房回去，刘官讳取出一大堆病历单，堆到她面前："肖医生，上午由你开医嘱，下午一道参加手术。"

彦梅轻轻地点头表示应允。刘官讳在办公室里转了一会儿，便上院长办公室去了。

早饭后，彦梅与刘官讳一道顺利地做了三个腹部手术，很快地又过了一个下午。刘官讳手术果然很熟练、利落，也很热心地手把手指导她。这几个腹部手术对彦梅来说，当然也算不了怎么难。在

医学院的时候,她在爸爸的精心指导下,曾经做过许多复杂的心肺手术,也做得非常顺利。爸爸是搞外科专业的,彦梅理所当然也想和爸爸一样搞外科专业,而分来这里后,刘官讳将她安排在普外,打乱了她的计划。不管干啥都是革命工作。但细细一想,如果长期这样下去,技术上一定会生疏起来的。

走出手术室,大家都忙去洗换,彦梅却漫不经心地洗手,脱去白大褂,走到办公室去挂个电话给黎明。结果不知摇了几次,总机都说找不到人来接电话。真烦死人哪,不知黎明到那里没有,还是在半路出事了?彦梅神色忧郁,低着头慢慢地朝宿舍走去,心中念极了黎明,茶饭不思。她把饭菜端回房间,锁上门,上烈士陵园去了。

她来到烈士陵园,站在松树下仰望着天空长叹一声,立刻又回过神来,向关山镇的方向举目张望,寻思着黎明的出现。她默默地望了许久,什么也看不见,只有兰江,远远发出哗哗的声音,正穿山过峪,湍湍东去。她甚感一阵阵失望,用手拂了拂额前的头发,这才俯身坐到石凳子上,伸手摘下身边的一朵小花,将花朵拿到鼻尖闻了闻。

她那双清晰的星眸凝视着前方,此时正是夜幕降临,漫无边际的山已渐渐暗淡朦胧,山下传来了广播播送的音乐声,全城万家灯火。她坐在那儿出了一会儿神,又回过神来,起身信步到石碑前寻望着黎明妈妈的名字。微风阵阵吹拂大地,拂得枝头的树叶沙沙作响。黎明不在身边,她总是那么郁郁寡欢,犹如失掉什么东西一样。"黎明啊,你在哪里呢?"她多想见到他呀!她深沉地想着,回顾着往常的欢声笑语。黎明喜欢悄悄地来到她身后蒙住她的眼睛，或者轻轻地叫她一声"梅"。

"梅！"喔，是谁在叫她？正当她苦苦地思念着黎明时，一个男子的声音在她耳边轻轻地响起。她甚觉一阵阵惊慌，回头看，灯光下果然立着一个男子。她定神瞧瞧，刘官讳已满脸堆笑地近前两步，她的心怦怦地急促跳动。刘官讳谄媚地说道："你看，天快要黑了。一个人站在这里不怕吗？"

彦梅感到很吃惊，心中惴惴不知所措，他什么时候跟上来的？他要干些什么呢？彦梅极力地思考着。近几天来，他总是借机会跟彦梅没话找话，每每表现得过于殷勤，出自女性的敏感，她总感到不安和难堪。也许出于这个原因吧，所以他对黎明才那样。为此，她在心中产生了无名的反感、恼火。彦梅是个宁可自己受委屈，也不愿得罪别人的人。她心中想了一阵，才勉强地笑道："刘副院长，你要上哪里去呢？"

刘官讳见彦梅开口，便欣喜若狂地凑近彦梅，讨好般地说："我从下面经过，看见一个姑娘独自上来，有点儿像你，我就顺势跟着上来。果然是你。"他用那双凶眼环视陵园一阵，又把目光集中到彦梅的身上，"山顶风大，看你穿得这么单薄，会着凉的。"

彦梅眨眨眼睛，也感到有些凉意。但她不喜欢别人对她表示关心。尤其是刘官讳这样的人，她更不能接受好意："谢谢，我不要紧的。"

刘官讳指着下面的山岗："白天在这里看下去，满城生机，风景如画，熠熠生辉，给人以心旷神怡之感。这个小城里环境是可以的，只是生活艰苦些。"

彦梅沉默不语，微微将头侧偏，向山峰望去，一阵微风又拂面

而来，初春的风还挟带着些凉意。她缩缩脖子，又皱皱眉头。刘官讳望着她一身冷气，不免有些嫉妒而不满地说："嘿嘿，我知道你在想黎明。"

彦梅昂首挺胸，那双大眼睛微微垂下，长长的睫毛眨动两下，瞅着刘官讳理直气壮地说："是的，我在想我的黎明。"言罢，跺了跺脚，将头侧过一边去。

她这么答，刘官讳心中却暗道："你的黎明，我就等着瞧是不是你的黎明。"他心中恨极了，巴不得把彦梅吃掉，但面上又不敢发怒，脸上仍然挂着笑容，心平气和地说："黎明不会这么快回来的。乡下病人多，药箱里的药没用完，就回不来！"

听他此说，彦梅心中一阵阵冒火，一阵阵气紧。沉默了半晌，她才轻轻地吐出一口气。

刘官讳伸手摘下一簇花瓣，放在鼻子下边不住地闻着说："肖医生，想开些，别郁郁寡欢，这样会愁出病来的。"

彦梅立刻嗤之以鼻，举头仰望着星空。一轮洁白的明月高挂在树梢上，一只猫头鹰站在树顶，缩着脖子，突然咕——的一声尖叫，把彦梅吓了一跳，她惊慌地环视树梢。

刘官讳趁势扶住她，温和地说："别怕，这是猫头鹰。"刘官讳嘴里倒是这么说，可心中早高兴极了。他巴不得彦梅吓晕过去，自己可以趁机将她拥入怀里，年纪这么大了，还从未拥过女人呢！彦梅还是惊魂不定，抬眼不住搜看着。刘官讳用一只手往上指给她看："看，那不是吗？一只猫头鹰。"

她也看清楚了，这才放下心来，立刻回过神来挣脱他的手，后退两步，微微吃惊地说："吓了我一跳。我要回去了。"她素来就胆小，说罢，索性向小道走去。

刘官讳急忙跟上来，与她一道下山。一路上，彦梅只是低着头走自己的路，极少开口，刘官讳却滔滔不绝地说着许多话。她根本听不进去。经过人民电影院门口时，刘官讳竟敢拉住了她："梅，我准备好两张票了。我们今晚看电影吧。"

她极怒地将他的手甩开，拒绝了他："刘副院长，你怎么可以这样呢？你自己看吧。"

"这——"刘官讳一时语塞了。

"我没心思看。"说罢，彦梅急步朝前走。

彦梅回到宿舍里，虽然还没有吃晚饭，但她不觉得饿。刚才的那一幕仍然浮现在脑际，她感觉有些头晕目眩，心目胀痛，慌神失措，她不知道自己现在该做些什么才好。如果这一切让黎明知道了，黎明定会伤感失神。她恨这个老光棍，恨这一切的一切。自己来兰县都是为了黎明而来的。就因为爱他，才抛掉好的工作、大城市的生活，伴随他到这艰苦的山区来。这又能怨谁呢？怨他吗？不。俄国车尔尼雪夫斯基曾那么说过："爱一个人意味着什么呢？这意味着为他的幸福而高兴，为使他能够更幸福而去做需要做的一切，并从这当中得到快乐。"是的，自己爱他，是为了他投身到火热的农村、革命的工作中去。

一个星期很快过去了，黎明还是没有消息传来。这使彦梅更感到不安，可能黎明把打电话的事忘记了？……他是否病了呢？想到此，她更坐立不安，浮想联翩。但繁忙的工作和手术又不容她分心，唉，烦恼极了。当她结束一天繁忙的工作，洗净手，脱去白大褂，走出外科大楼的时候，怀恋又占据她的心胸。她虽然面带笑容

与热情，但如果谁稍微留神，总会察觉出她那郁郁寡欢的眼神有许多哀伤。她的身体也消瘦了许多。

按照这里医院的规矩，凡下午有手术的医生，一般没有什么要紧事时，都不安排上夜班。因此，其他人不是休息，就是看电影去了。刘官讳曾经邀请过她几次，但都被她婉言拒绝。今天，又这样很快地过去了。她离开手术室出来，觉得全身比往时累，便轻轻地扭动扭动站了一整天的身子，信步走进阅览室。拿过几份画报回来，随手翻翻几页，看了一阵，实在看不下去。

几个护士走过她门前邀她去吃饭，她这才发觉时候不早。也许是顾虑太多的缘故，她一点儿也不觉得饿，便拿起洗换衣服和锑桶，向浴室走去。

小欧正在那里搓衣服，见她走过来，立即迎面笑道："肖医生，来了这么久，还未看过一场电影，今晚我们是否看一场呢？"

"是旧片，不想看了。"彦梅朝她笑了笑，拧开水龙头，接上一桶热水，提进浴室里面。

小欧把自己那桶衣裳倒进盆里，很快也打上满满一桶热水，提进去递给她。彦梅道了一声谢谢，小欧热情地说："肖医生，把你换下来的衣服给我。我先替你搓搓。"

彦梅摇摇头笑道："不用，你洗你的吧。"说罢拉上门。

小欧笑着说："这没关系，搓一搓就行了，快些递出来。"她催促道。

彦梅只好从里头递出来。小欧接过衣服，跟自己的一块儿放到热水里。

"小欧，这些天你也没回家一次？"彦梅问道。

"爸爸又不回来，回去也就我一个人，回去干啥呢？"小欧笑着说，"下个星期，黎医生回来了，你们一定到我家玩啊！"

"那当然。"彦梅在里头应了一声，"你准备怎么招待我们呢？"

"怎样招待你们呢？"小欧欣喜地说，"糖果嘛，本是你们请我吃才对。干脆敬你们一杯茶算了。"

彦梅咯咯地笑开了："好，有你敬的好茶，那我们一定去。"

洗了一阵，小欧温和地问道："肖医生，这几天来，你怎么好像有心事？"

彦梅在里面淡然一笑，避开话题说："小欧，今晚有夜班吗？"

"有，九点到十一点的班。"小欧答道。

"你忙就去呗，衣服留下我自己搓。如果有空，下了班到我房间玩一会儿。"彦梅邀请她。

"好咧。"小欧同意了。

洗完澡回到宿舍里，还是不想吃饭。她发现头有些眩晕，头重脚轻的感觉，身子又软又累。她想给自己找支体温计探一探，刚到床上躺下，门外有人笃笃地叩了两声。她脑子机灵地一转念："是他！"

她皱皱眉头，为摆脱刘官讳的纠缠，决定不去开门。门又轻轻地响了两声。"这人真愚蠢极了。"她在心中已愤恨到极点了，默默地坐着不动，她想让他知趣地走开。可是，门又响了两下："肖医生在吗？"

是施大姐的声音，彦梅高兴了，立即跑下床去拉开门。果然是施大姐，还有苏艳。她急忙招呼她们进来。苏艳一进门，就深深吸

了几口气,围着房间转了转,含笑地望着彦梅,说:"肖医生的房间清香、整齐、漂亮。"

施大姐也笑着问:"这么好的一个星期六晚上,你都不出去走一走?"

"今天就是星期六了吗?"彦梅似信非信地问。这段时间来,她似乎把时间都忘记了,一天到晚,就是从宿舍到手术室,又从手术室到宿舍。多一步也不想走。

"看你,工作起来真是废寝忘食,连星期几也记不清了。你不去玩吗?"苏艳赞她道。

"有什么可玩的?"彦梅不假思索地说。

"咳。"苏艳走近她,伸开双臂一把将她抱住,慈祥的眼神不住地端详着她。看着苏艳母爱般的温和,彦梅含笑着推开她,摇头道:"我觉得身子有些不舒服,不想去玩。"

苏艳靠近她而坐,仍不住地望着她,摇了摇她双肩道:"怎么是这样呢,像林黛玉似的。"她笑望了施大姐一眼,又轻轻抚弄彦梅的长发,干脆地说道:"姑娘,像这样的生活我也刚刚过来。当爱神缠住姑娘的心时,她会连甜的酸的也分不出味来。"

彦梅绯红着脸,瞧着她,不知怎么开口好。苏艳的话一上来,也像奔跳的马一样扯不住。她虽已做了两个孩子的母亲,但年轻时代的泼辣热情,一点儿也没有减掉。

她扯扯彦梅的袖口,含笑地说:"彦梅,那晚上你的歌声实在很动人。我一眼就看得出……"说到这里,她笑着住了口。

"你这个人哪!"施大姐也坐到床上,笑着推了苏艳一把,"自己倒不觉得怎么样,你看你,说得彦梅都抬不起头了。"

苏艳仍旧笑着："这有什么，事实就是这样呗。"她看了施大姐一眼说，"当然，生活是考验人的，我也亲身体验过。你们一切都刚刚开始，应当很好地安排自己的生活，别枉过这美好的时光。"

"苏主任是一片好心。生活的道路是艰辛的，考验人的。"施大姐慈祥地说。

彦梅抬起眼望望她们，感激地说："谢谢你们的关心，我总把生活看得太简单了。苏主任，希望你们今后多多帮助我。"

"好了，不谈这些了。"苏艳温和地笑着说，"青春是美好的，但青春是短暂的，一晃就过。假使人的青春能够追回，那有多好哇。"

"人的时光不能追回，但一个人的青春可以永远保留。"施大姐接过她的话说，"这就要把一个人的青春，跟革命事业联系在一起。"

说了一阵话，苏艳轻轻地笑一声，对她说："彦梅，我很羡慕你，因为你有这么一个美好的青春。我呢，现在只能用歌声来追忆了。"

彦梅和施大姐同时笑了起来，施大姐说："苏主任一向是个不知愁的人。"

"过早体会生活的艰辛，的确影响很大。这对我也是个教训，但说也没用了。"苏艳惋惜地说。大家谈了一阵，苏艳告辞了。

房间里，只有施大姐和彦梅两个。施大姐帮彦梅整了整衣领，突然间，门吱——的一声又开了。两人同时举目望去，原来是苏艳，后面还有刘官讳。

"施主任，有人找你。"苏艳说。

施大姐急忙出去了。

彦梅也起身来给他们让座。苏艳熟练地走去倒了两杯水,就坐在床边说:"黎明这人也真是,下去这么久了,也没有电话来。"

刘官讳站在房中间,将手中的两张戏票晃了晃,笑着对彦梅说:"自治区文艺工作团首次来公演,这是招待票。我想邀请……"

"一起呗,我也去呢。"苏艳看了彦梅一眼,"散散心嘛,待在家里会愁出病来的。"

彦梅极力地摇摇头:"我精神不好,不想看。"

"这怎么行呢?"刘官讳愚昧地强求着,他不愿让机会白白错过,"肖医生不是挺喜欢文艺的吗?"

苏艳望着彦梅的神态:"你身体不舒服吗?"她走近彦梅的身边,伸手去她额前摸了摸,有些滚烫,不禁同情地道,"哎呀,你发烧了,我给你检查。"她张罗着要给彦梅探温。

刘官讳见此,坐也不是,站也不是,难堪地讪讪笑道:"你看,我说过嘛,穿衣服少会着凉,你偏不听……"

彦梅将头侧过一边去,不愿听他的话,她头晕目眩,心跳耳热,就默不作声地拄着腮。苏艳知道她病得难受,加上心情不好,就笑着对刘官讳说:"刘副院长,肖医生病着,你自己去看吧!"

刘官讳沉不住气,讪笑着:"嘿嘿,不看也罢,你好好休息。"

苏艳看了因发热而满面绯红的彦梅一眼,疼爱地说:"我给你要药去。"说罢,推着刘官讳出门,回身轻轻把门扣上。

待她出了门,彦梅拿出探温针来探,竟烧到了39摄氏度。她心想,自己的病也不算轻,便脱下鞋,和衣半躺在床上,把棉被拉到半身盖着。躺了一会儿,还不见苏艳来。她挣扎着下床,感觉一阵阵眩晕，头重脚轻，站立不稳。她急忙扶住椅子，才没有倒下。站着喘了一阵气，随手取湿面巾，往凉水浸了浸，拧干，轻轻在额上擦起来。过了一会儿，烧稍退了些，胸部还有些闷。她往椅子上坐下来，想给家里写一封信，但又不知要写些什么好。想了想，还是等黎明回来，再商量着写吧。

一会儿，门又开了，苏艳走进来。还有小欧在后笑吟吟地也随之而进，她两手正捧着一碗热气腾腾的面条，走近床前，轻轻放在桌上。彦梅急忙站起来，小欧拉住她亲昵地埋怨道："病了也不吭一声。"

她感到了同志们的热情帮助，禁不住热泪盈眶。同志就是亲人哪。苏艳给她倒来一杯开水，安慰着她："来，吃药。"递一粒药给她，"吃了药就会好的。"又将其余的几粒放在近床前的台面上。

她顺从地将一粒药服下去，微微抬起头来，对苏艳说："苏主任，我不要紧的。你有事就去忙吧。"

苏艳搓搓手："没什么事，只是看戏罢了，其实看不看都行。"

小欧也笑着说："苏主任，你就去吧，有我陪着肖医生呢。"

"那也好，我就去了。"苏艳说。

小欧把她送到门口，苏艳小声叮咛她："肖医生病着，别扯得太久。她心情不好，多安慰一些。"

小欧笑着应诺，待她走远，才进房来，关上门，劝彦梅上床。

两人在枕边漫无边际地扯了一会儿，小欧又起身给她探温，烧又退了一些，她高兴地瞧着彦梅道："你吃一些面吧，还暖着呢。冷了就不好吃啦。"

她也觉得有些饿，小欧把面碗递给她，她接过面碗。吃了几

口，胃口不开，又不想吃了。"我不想吃了。"说着便放下面碗。

小欧倒开水来给她漱漱口，说："你疲劳了，休息吧。时间有的是，有话我们以后再说。"说着，给她盖好被子，关上门，出去了。

彦梅躺在床上，翻来覆去总是难以入睡。她想到了许多事情。为什么这个老光棍死死逼着黎明冒雨出诊，而黎明去后，他却对自己进行……唉，黎明啊！你是个十足的憨厚儿，人家是存心破坏我们，你只是左也革命工作，右也革命工作地拼命干着。想起当初的理想多豪放，而如今，一切都将化为泡影。初来的那一天，在烈士陵园里，自己还笑黎明太过虑呢，而谁又想到，在短短的几天内，竟然一切的理想都消逝得无影无踪，离现实生活那么遥远。彦梅想了许久，摇头自叹，迷迷糊糊地正要睡过去，突然听到小欧在外面急声地喊着。她急忙披上衣服，起身去拉开门。

小欧立刻拉住她的手，告诉她："刚才乡下来电话，说黎医生病了，病得不轻呢。"

"怎么？"她似乎不相信自己的耳朵，拉住小欧急切地问道，"你说清楚些，他到底怎么啦？"彦梅边穿衣服边问。

小欧说："刚才摩云岭大队来电话，说黎医生下小队已病了几天。目前还在发高烧，讲胡话，要医院派医生去看他呢。"

彦梅心急如火，心乱如麻，不知该怎么办，忧郁的眼神望着小欧急切地问："你说怎么办？你告诉领导了吗？"

小欧这才"哎"一声，醒悟似的说："我还没有告诉钟院长，接完电话就跑来告诉你。"

彦梅急忙拉着小欧，一块儿去打电话。谁知那边已挂了线，怎么也摇不通。她望着话机出了一会儿神，又拖小欧去找钟院长，幸好钟院长没有去看戏。

小欧敲了两下门，钟院长开了门，从里头伸出头来问道："有什么事？还不休息吗？"她俩便把事情告诉了钟院长。

他清楚是怎么回事了，便笑着安慰彦梅："看来不要紧的，可能是雨淋，感冒了。这些小病谁没有呢？"

"感冒怎么这么久呢？"彦梅很不放心。

"才几天，怎么算久呢？他这样的身体，不会生什么大病的，你们常在一起，还不比我清楚吗？"

彦梅眨着大眼睛望着小欧，轻轻叹一声。钟院长看着她不放心的样儿，又笑着说："这样吧，明天我们再设法联系，问一问情况。要是很严重，我派人去接。"小欧在一旁点点头："也只能这样了，今晚急也没有用。"

彦梅这才稍放下心来。钟院长打了一个哈欠，对小欧说："肖医生身体不适，你关照一下吧！"他又将目光转向彦梅说："把心放宽些，问题不会很大的。"说罢，进屋去了。

她俩默默往前走，彦梅皱紧眉头，沉着脸。小欧理解她的心情，为了让她能够宽心，指着灯光雪亮的外科大楼，说："肖医生你看，这栋大楼跟附院的留医大楼有点儿相似。"

彦梅也停下脚步，略略看了一眼。真的不错，高高的楼房上，每个窗口都射出灯光，雪白的窗帘整齐地挂在窗边，静悄悄的，许多病号都休息了。这里的工作条件不算很差，环境优美，周围还有许多热情的同志。只是还有少数人在背后搞名堂。

两人边走边聊，不一会儿，回到了房间。小欧拿出体温计又再

给彦梅探了一回，烧又比刚才退了些。小欧又催她服一片药，安排她睡下后，这才轻轻关上门出去。

彦梅感觉舒适了许多，头也没有那么晕了，心里只是念着黎明的病，看来，今夜又是睡不着了……她望着墙出神，心中念叨着黎明快些回来。

第四章　广阔天地

直到第十天的中午,黎明才搭着一辆下乡装货的汽车回到医院。正在值班的彦梅听闻黎明回来了,立即高兴得蹦跳起来。她连白大褂也顾不得脱去,急忙飞奔下楼。

刘官讳非常不满,早就在心里嫉妒极了,在后面厉声喊道:"肖医生,别忘了现在是什么时候。"

彦梅不理他在后面叫些什么,旋风般地来到宿舍,一见到黎明,脸上露出高兴又心疼的神色。她看见黎明变得面黄肌瘦、两眼深陷下去,身上沾满泥巴。他的脸上还带些微笑,目光还是那么炯炯有神。瞧黎明这可怜的样儿,彦梅心中有说不出的怜爱。她跑过去抱住黎明,激动地喊道:"黎明……你回来了,让我想得好苦哇。"彦梅将头埋在他胸前,黎明俯下头去吻着她的香发。瞧他消瘦下去的身子,彦梅再也不忍心埋怨他了。她抬起头来,瞧了又瞧他的面部,然后才轻轻地问道:"你得了什么病?快告诉我。"

黎明看着她可爱的脸庞,温和地笑着说:"乡下病人多,许多

社员病了，还坚持在田里劳动。"人家在为他的病着急，他却说到工作上来了。他指了指台上那一沓厚厚的处方："你看，每天都要诊治百十个病人。药箱里的药早就用光了，我还到公社卫生院领了两次药呢。"

彦梅还紧盯住黎明的脸，生气地说："我现在是问你的病，不是问你的工作。"

"这不要紧的，只是一场感冒。"黎明漫不经心地答她。

"那为什么打电话来要人去接呢？"她不相信，直截了当地问着黎明。

黎明蹲下身，生怕彦梅责怪他似的埋下头去，脱掉水鞋，又抬起头来笑了笑："打电话的是大队党支书。他怕我发生什么不测，才打电话通知医院的。"

彦梅看看黎明，又看看那一大堆处方："你一定跑了许多小队。"

"不下去，难道还等病人找上门来吗？"黎明反问她，"再说，我们初来，走一走，熟悉熟悉情况，对工作也是有帮助的。"

"那你为什么不给我打电话呢？"彦梅撒气地噘起嘴巴说，其实她在心中已经原谅了他。

"可……可不是，"黎明抱歉似的笑起来，"工作忙，记不得这么多。"说着，他不敢正视彦梅。

彦梅想到自己这许多个日思夜想，望着他这可怜相，又气又好笑，深情地说："以后不许再这样了。"

黎明顺从地点点头："保证！"

彦梅打开箱，帮他找出一套衣服来放在床上，关切地说："瞧你一身疲惫不堪,还不快去洗澡换衣服。洗完澡就好好休息,脏衣服留着我下班后再洗。"她边说边端详着黎明,好像是第一次认识似的。

黎明也仔细地端详着她,发现她也消瘦了许多,便随即问道:"梅,我发现你也瘦了许多,你是不是也病了呢?"

彦梅欣喜地蹦跳起来,狠狠地拧了他一下,调皮地扮一个鬼脸说:"瞧你说的,我不是挺健康的吗?自己病了还说人家病。"

黎明瞅着她,不好意思地笑了笑,摸了摸脑后说:"你也是……"

彦梅望着他思忖的眼神,再次催促道:"还不快去洗澡,还愣着干吗?我去交班就回来。"说罢,又怜爱地扫了他一眼,便迈开步子走出门了。

黎明望着她的背景消失在走廊上,才回过神来。他感到腰两侧隐隐作痛,难以忍受。尤其是左侧腰部,像刀割一样剧烈地痛。他勉强地忍着,捏紧拳头,咬紧牙关。片刻间,额头冒出了许多颗豆大的汗珠。他的肾结石又发作了。他倒身躺在棉被上,休息了一阵,才勉强地爬起来,顺手提起锑桶、面巾,一步一步地朝浴室走去。

每走一步都是那么痛苦、艰难。他作为一个医生,自己的病发展到什么程度,他都很清楚。他不仅患有肾结石,而且还有严重的尿路感染,解出来的小便全是血色。加之那晚冒雨出诊,被雨湿透了身子,患上了重感冒。这场病几乎把他折磨得失去了原貌,他忍受着刀割一样的疼痛。如果这一切不是为了革命工作,谁肯吃这些苦呢?作为一个革命工作者,应该以顽强的毅力与不屈的精神去战

胜困难。黎明就是这样的一个人，不管病有多痛，工作有多艰苦，他都坚持着，从不叫一声苦。他就这样埋头苦干，实现贫下中农的心愿。他虽然病倒了，但志气未衰。他不愿让别人知道他有病，更不想因此而停止工作。在乡下，在贫下中农的帮助下，他服了一个多星期的草药。疼痛稍微减轻一点儿，他就坚持着跑下屯，送医送药到田间地头。此次回来，还是由于党支书的"命令"。由于坐汽车的颠簸，肾结石才发作的。

洗完澡，黎明艰难地提着半桶水回宿舍来，急忙打开药箱，吞下两粒药。他本想留着脏衣服给彦梅洗的，但又想到她上了一天班，一定也累极了。自己还没有倒下，现在还能做，就自己做吧。等到起不来的那一天，让她洗也不迟。他便将换下的脏衣服扔进水里，浸了一阵，提到走廊外，又转回房里拿来一张小板凳和一截肥皂，动手就搓。搓了一会儿，腰又有点儿隐隐作痛，他放下衣服用右手捶了捶腰部。

正在此时，有一位四十开外的男社员，赤着脚，手里还拿着一只绿口盅，正朝他走来："医生同志，请问有没有开水？"

黎明忍着病痛，站起身来接过他的口盅，到房间里倒了满满一盅给他，随口问道："病房里的开水用完啦？"

那人摇摇头显得为难地说："我们不是来就医的。"

"是抬病人来就医的吗？"黎明又问，递过一张凳子请他坐。

他并不坐下，望着黎明长叹一声说："唉，我是送我母亲来就医的，医院又不收，真没法子。"说着，他的眼神里流露出伤感来，似期待着黎明的帮助。

黎明看着他为难的样子，同情地说："那为什么呢？"

他听了这话，眼神立刻闪烁着光芒，就像找到救星似的看着黎明："老人病了半年多，服过许多草药，卫生院也打过不少针，还是不好。现在病情严重了，肚子胀，手脚肿，动都动不了。大队打了一张证明到公社，公社又说这种病公社医不了，要到县医院才行。"

黎明点点头，请他坐下，他这才坐下来，把口盅放到台上。

他又继续说："我们大队不通车，六个人抬了两天一夜，好不容易才到这里。可医院又说这个病治不了，就不收了。医生啊，你看看，难道要让我母亲眼巴巴地死在医院门口吗？"说罢，眼泪便从眼眶流出来，他不敢正视黎明，站起身来顺手拿起口盅就要走。

黎明急忙起身叫住他："你等一等，我和你一起去看你母亲。"

黎明暂时忘记了自己的病痛，从药箱里拿出一副听诊器、一支体温计来，那男社员一见，顿时睁大眼睛，把满怀希望的眼神投到黎明的身上。他带着黎明去到留医部大门口的草地上，那里正铺着一张旧席子，上面躺着一位六十多岁的老太婆，身上严严地盖着一床新棉被。周围的地上，蹲着几个男社员，见黎明拿着听诊器，就都围了过来。

黎明蹲下身去，轻轻地掀开棉被，只见病人腹部高隆，下肢肿胀发亮，一脸痛苦的样子，紧闭着双眼，还在呻吟着。

"妈，医生来了。"刚才那社员轻轻地唤他母亲一声。

他母亲这才慢慢睁开眼睛，看了黎明一眼，什么也不说。那社员急忙递水过去，把口盅放到母亲嘴边，他母亲喝了小半口，就摇摇头表示不喝了，仍然闭上眼睛哼着。

黎明掀起她的衣服一看，腹部胀得很厉害，大小静脉都显露

着，这是腹部高度积水呀。黎明给她听了一会儿心肺，又用指头在她腹部轻轻叩几下，这才站起来，问刚才那社员："有卫生院的证明吗？"

"有，有。在这里呢。"他急忙从衣袋里掏出来，打开来说，"医生，这里面有三张，一张是我们大队的介绍信。"他像怕黎明不相信似的，补充说，"我们三代是贫农，上面写清楚的。"

他把证明全都递到黎明手中，黎明把卫生院的那一张拿过来看，上面写道："患者鲁大妈，贫农，本公社七家山大队人。经检查（并检验），初步诊断为慢性疟疾和早期肝硬化，伴有脾肿大、贫血和水肿。因我院条件有限，特请转县医院治疗。"

是安定公社卫生院的，还有疾病诊断证明的公章。

黎明看毕，又问了病史。他结合自己刚才检查的体征，思索一阵，觉得这个诊断还是正确的，就问道："你们给哪个医生看过了？"

刚才那社员见问，忙答道："是一个胖胖的、个子不算高的医生，讲话很难听得懂，还戴一副眼镜。"

黎明用手朝外科大楼一指："是那里的医生吗？"

"就是那里的医生，听说还当副院长呢。"他又告诉黎明说，"我们本来昨天就到了。等了半天，才请得他来。他看了一眼，就问我们有没有证明。我把证明给他看，他看了后说这个病治不了，叫我们趁早抬回去，有鸡杀鸡吃就是了！医生，你说这话不令人伤心吗？"说到此，他说不下去了，泪水直往外流。他用袖子拭去泪水，把脸侧过一边去。

此时，黎明也不知说些什么，走过去扶住男社员安慰道："你们应当把情况跟他讲清楚。"

"说了呀，嘴皮都快磨破了，他说不收就是不收，病人满了，床位没有。我说我们愿意等，愿住走廊，他都不肯收。"男社员边说边留神看黎明，似乎在乞求着，"医生啊，你是这里的医生，你去帮我们说一声吧！"

黎明听了他一番苦求，思忖片刻，就说："好吧，你们再等一等，我去说一说看。"

彦梅好不容易才等到下班的时间，她飞速地从病房里转到办公室，收拾办公桌上零乱的病历、手术单、记录单等。收拾完，这才脱去白大褂，到更衣室里洗净手，穿上自己的衣服，喜气洋洋地朝宿舍奔去。

黎明的房间大开着，人又不见。走廊里放着他一桶脏衣服，小凳子、肥皂都在。彦梅猜想他一定上厕所去了，便动手来为他搓衣服。她心中有说不尽的喜悦，边洗衣服边哼歌。一会儿，便搓完了衣服，黎明还未回来。她又拎去水池边过清水，过完衣服，拿回来晒罢，还是不见黎明的影子。她有些奇怪，到底他去哪里了呢？出街是不会的，八成是到饭堂去了。

她收拾完东西，替他关上门，转身朝饭堂走去。半路上小欧急匆匆地跑过来，她急忙上前问一声："小欧，你见黎明了吗？"

小欧上前两步，神色有点儿慌张，用手向办公室那边指着："我正要去找你，黎医生在院长办公室里，跟刘副院长又吵起来了。"

彦梅心里一阵紧缩，脸色立时苍白，心想到底又为什么事吵起来呢。不由她多想，立刻朝院长办公室走去，远远地就听到杂乱的

争吵声。

走近院长办公室，彦梅放慢了脚步，只听到刘官讳一声怒吼："你是存心来捣乱的。"

接着，就是黎明不太高的声音，听去却清楚而有力："你把贫下中农挡在大门外，首先就不对。"

黎明的话音未落，又传来了刘官讳愤怒的喊声："老实告诉你，黎明！这样下去，你是没有什么好下场的！"

刘官讳这么说，彦梅再也忍不住气，气愤地走进去。彦梅一进来，两人同时不作声。彦梅把头昂得高高的，望也不望刘官讳一眼，就走到黎明跟前，生气地说道："你下乡回来，累坏了身子，还不快去休息。跑到这里来干吗呢？"

黎明听不懂彦梅的话意是刺刘官讳的，反而火气上升，冲着彦梅吼一声："谁叫你到这里来？快回去，别管我！"

黎明吼起彦梅，刘官讳心中得意了许多，斜着那双邪眼，以幸灾乐祸的神态瞧着黎明，面色露出无可奈何的样子，对彦梅说："肖医生，你是聪明人。这次你也亲眼看见了吧，我是被黎明逼的。"

彦梅知道刘官讳说此话是故意刁难黎明的，所以她气呼呼地白了刘官讳一眼，很快又朝着黎明看一眼。

黎明看彦梅一眼，然后冷笑两声道："刘副院长，别恶人先告状。你刚才那股威风都放哪里去啦？"

"黎明，你少说些。"彦梅劝慰他一声。

"别管我！"黎明又吼彦梅，然后转向刘官讳说，"你说说，鲁大妈的病，你到底收治不收治？"

"我是副院长，说不收就不收，你又怎样？"刘官讳显出傲慢的神气说。

"好，我问你。医院，医院，留医的院，有病理当抬来医治。这句话是你亲口对我说的，当初我要求出诊，你不让我去，叫人家把病人抬来，这下人家把病人抬来了你为何不收治？"黎明心平气和地说着，他想不到一个领导竟然这么粗野，根本不讲道理。

"黎明，现在我不收是现在的事，那时说的话是那时的事。要不然你可怜她的话，你就让她住到你床上去，我这里没有床位。"刘官讳野蛮地说着，怒气冲冲地瞅住黎明。

黎明差点儿晕倒，他两手忙扶住椅子，一字一句地指着刘官讳说："好，刘副院长，今天我总算认清你了。原来你只是披着人民给的白大褂，实际上背叛了一个人民医生应尽的职责！"

此时刘官讳暴跳如雷，望望彦梅，指着黎明说："肖医生，你听到了吧，又给人扣帽子了。"

黎明不待他把话说完，又坚定而有力地指责道："你想一想看，你做的哪一件事符合人民的利益，你把贫下中农鲁大妈拒于医院门外，你存心让她眼巴巴地死在医院门外，你医德何在？你对得起党和人民吗？"

刘官讳气呼呼地坐在那里，指着黎明问彦梅："肖医生，要是你，你受得了吗？"

彦梅算是听明白了他们争吵的原因，便冷冷地对黎明说："收与不收，自有领导做决定。你管那么宽做什么呢？回去吧。"

黎明说："梅，我们都是人民的医生，为什么不管呢？人民有病痛该治疗，作为医生应该有一点儿热，就发一点儿光才是。"黎

明耐心地说。

刘官讳听得很刺耳，站起身来，指着黎明吼道："黎明，难道她是你妈吗？"

黎明盯住刘官讳的脸，也咬牙切齿地说："刘副院长，她要是你妈，你才不会见死不救哇！"

"你这家伙，你……"刘官讳立即气势汹汹地向黎明冲来几步，指着黎明大声吼起来，牙根几乎都要咬断似的。彦梅急忙挡住黎明，刘官讳还是不止步，还是那么凶神恶煞，彦梅急火了，也厉声叫着："刘副院长，你也太过分了吧，谁都有说错的地方，难道就他说错了吗？你就没有责任吗？"

刘官讳见彦梅死护着黎明，心中很不是滋味，那双眼睛发出凶光，向他俩扫视了一会儿，面部掠过一丝奸笑，突然又吼了起来："快给我滚出去！这里是院长办公室，不是你待的地方。"

刘官讳指着门外说，然后将手叉在身后。这种丑恶的态度，让黎明心中十分反感，说话根本找不到理，还说留过学，简直一点儿涵养都没有。

黎明一踏进医院里，就敢与他唱反调，让他威风扫地。他对黎明已恨之入骨，恨不得将黎明碎尸万段。

此时钟院长也闻声赶来了，刚踏步进来，便生气地说："哎呀呀，你们又吵些什么啦？"他来到办公室里，看看黎明，又看看刘官讳，"这像什么样子？"

这时候，朱道枸、苏艳、欧红英，还有陈勇等，都陆续走进来了。

"好，钟院长与同志们都来评这个理吧！"刘官讳摘下眼镜，抹了抹又戴上，拉过一张椅子到钟院长后面，气呼呼地坐在钟院长身后，似乎找到了靠山似的，威风又振起来许多。

彦梅见一下子来了许多人，把脸都羞红了，嗔黎明道："这下子好看吗？"

黎明也坐到凳子上。看样子钟院长的到来，是小欧去向他汇报的。

钟院长生气地走到办公桌旁，用指头敲了敲桌面，摇摇头，不满意地说道："整个大楼都快被你们吵崩了！什么事情值得这么大吵大闹的？你们都是受过高等教育的人，涵养都放到哪里去啦？"

钟院长这么说，在座的人谁也不敢吭声。只有黎明，正要理直气壮地站起来说些什么，却被彦梅拉住了。

钟院长看见彦梅拉着黎明，便明白了意思，对彦梅摆摆手："可以让黎明把情况说一说。"

黎明推开彦梅，环视大家一眼，站起来离开座位，微笑着说："同志们都在这里，说明大家都很关心这个问题。在此我首先申明一句，我和刘副院长今天的事，不是个人的事。"他把两手插进衣袋里，也是对彦梅和钟院长说："所以，我也不怕把事情闹大。我认为在大是大非面前，我们应当态度明朗，旗帜鲜明。"他看了刘官讳一眼，"我们争论的起因，也许大家已清楚。但还是问大家一句话，该不该收治鲁大妈？我认为应该尽我们的能力。不知同志们意见如何，请诸位发表自己的见解。"黎明说罢，回到自己的座位上。

"关于这个问题，"钟永富有些沉痛地说，"我认为你们两个，谁都有对的方面，也有不对的地方。"他咳两声，提高声音

说,"错在哪里?首先就错在争吵上面。有什么好吵的呢?我们都是国家干部,应该注意团结。黎明关心贫下中农疾苦,刘副院长作为一个领导,也有他自己的考虑。这些方面都是对的,可是给领导提意见,也要注意方式,不然当领导的就很难工作了。"

黎明不顾彦梅的劝告,又站了起来,望着钟院长说:"领导对我的批评我接受。"他又转向刘官讳换另外口气,坚定地说,"刘副院长对我的态度,我不计较。但是,他用这样的态度去对待一位病人,这就是错误的。"

"黎明,"刘官讳打断他的话,也站了起来,指着他说,"你不要得寸进尺。你的动机我是非常清楚的,你是借着病号刁难领导!"

黎明见他故意把话说得引人误解,忍不住冷笑两声,这可使钟院长更为恼火,看着他,极不满地说:"接受批评要注意点儿,这样是对待同志的态度吗?"

彦梅很难过地看着黎明被钟院长批评。她心里想着:"这明明是刘官讳理亏了,为什么钟院长老护着他呢?"她真不明白,这些在她脑际形成了无形的谜。

小欧、陈勇他们心里也和彦梅的想法一样。但谁也不敢吭声,他们都明白这一切:黎明是个敢作敢为的年轻人,工作负责任,关心贫下中农的病痛。

黎明又站了起来,既是责问刘官讳,也是对大家说:"该不该收留鲁大妈治病?"

"她是不治之症。"刘官讳神气傲慢扬扬自得地说,"这种病,在苏联早就被列为不治之症了!"

陈勇走到中间，对刘官讳问道："刘副院长，退一步来说，即使是不治之症，难道你就见死不救吗？你是不是已经尽到自己的责任了？"

"你这是跟谁说话？"刘官讳不服气地问他。

"我在问你。"陈勇虎眼瞅住他说。

小欧也和气地说："我很同意陈勇同志的看法。不管鲁大妈是不是不治之症，我们都应该尽自己的力才对。"

黎明说："从病状和检查的体征来看，鲁大妈患的是慢性疟疾和早期肝硬化。结合我院现有的医疗条件来说，是完全有把握治好的。"

"治不治，是态度问题。"陈勇又说，"我在这里工作的时间不算短，像今天这样的事，我见到不少。这可是个问题呀。"

"老钟，你的看法呢？"苏艳听了大家的话，也问了一声。

钟院长点点头道："既然大家都有这个看法，我也同意。不管鲁大妈是个什么样的病，既然人家已抬到我们大门口来了，我们就应该收留下来，先尽一尽我们的责任。"说到此，他看了看刘官讳，"老弟，你看呢？"刘官讳见钟永富也这么说，只好默不作声。

"这样吧，我们外科先把鲁大妈收留起来。实在不行，内外科联合会诊，大家看看如何？"钟永富看着大家说。

大家都点点头，一致同意他的意见。就这样，大家在钟院长的带领下，到医院大门口去迎接鲁大妈进院来了。

回到房间里，彦梅还在生黎明的气。她背靠着门，两手搓着手绢，默不作声。那双美丽的大眼睛不住地盯住黎明，里面含有许多的责备与伤感。彦梅在生这样的气，何止一两回，黎明是见惯了

的。黎明叫她进来坐，她依然默不作声。他无可奈何，只好任她怎么就怎么。

就这样沉默许久，彦梅才深情地瞧着黎明说道："你去的这十几天里，我哪一天哪一刻不在想你呢？总希望你早些回来，可你……"说到此，她便停住了，眼神不住地打量着黎明，似乎在寻找什么似的。

是呀，这一切谁能理解呢？不只有他才理解吗。他为难地怜爱地望着她，不知该说些什么好。他挪步到她跟前，将她拉进屋里，紧紧地握住她的手，就这样相拥许久。

黎明知道自己欠了她许多情，但这又有何办法呢？工作的问题，又是服务性的工作。服务不到位，这不辜负党和人民吗？甚至有些人会钻空子。他只好将自己的安乐问题置之度外，一心扑在工作上。然而，一心只为了工作的黎明，却遭到一些人的攻击、议论。像这样的情景，哪怕稍微有点儿革命理想的人，都能理解这一切。他在心中问自己，似乎也在问彦梅："你理解我吗？梅，我并不是对你无情啊，这是形势所逼。你不用怨恨我，我理解你。从你忧郁的眼神中，我可以理解到一切。"他在心中痛楚地思考着，回忆起彦梅往日的天真笑容。可现在站在自己面前的彦梅，却那么伤心、忧郁。他不愿意看到彦梅伤心，更不愿让彦梅为了自己而担忧。

此刻的彦梅，那双大海般的眼睛已含满了泪水。黎明再也不愿看到她这样，激动地一把将她拥抱在胸前。彦梅的泪珠像线断般往外流，黎明急忙捧住她的脸蛋，吻住她的双眼，宽慰道："梅，别伤心。如果你伤心，我会更伤心的。"黎明沉思了一会儿，又说："这十几天来，我不是在想你吗？当完成了一天的工作，累得精疲力尽，躺在床上安静休息的时候，你的影子总浮现在我的脑海里。"

嗬，他只提到这些，他的病，他为什么不提呢？从这里，彦梅深知他是一位热心的年轻人，一位真正的革命工作者。而自己呢，也太自私了，自己对他的病，还没有好好地照顾过。

彦梅心中惭愧极了，她将头埋得很低，伸手去抚弄着黎明的衣领，噘起嘴巴说："黎明，怎么你总是爱跟那个老光棍儿斗。"她将头侧过一边，鼓着气。

黎明知道自己与刘官讳吵这事，让彦梅很生气。为了不使彦梅伤感，他滑稽地扮个鬼脸笑着说："你又来这个了，我们别提这个行吗？以后我再也不和那老光棍儿争吵就是了。"

他们都这样把刘官讳叫作"老光棍儿"，因为刘官讳四十出头了还没有成家立业。

彦梅听到黎明叫刘官讳"老光棍儿"，忍不住扑哧笑了一声。她将左手搭在他的肩膀上，右手指着他的鼻尖说："你不是光棍儿吗？"她得意地摆摆头，将头侧过右边去，深情地、温和地瞧着他。黎明也静静地望着她，随即俯下头去热烈地亲吻着她的嘴唇。彦梅也顺势地闭上眼睛，接受着幸福的那一刻。

外边电铃丁零零的声音长久响起，打断了他们幸福的瞬间。彦梅这才想起是开晚饭的时候了。黎明才回来，又与"老光棍儿"吵了一顿，一定饿极了。

彦梅拉住黎明的手，怜爱地说："你刚回来，肚子一定饿了吧？走，我们到饭堂去领饭吃。"

黎明痛苦地摇摇头，他不想吃，只感到阵阵恶心。

彦梅发现他面色有些苍白，好像有病，刚才还是那么高兴，不

到一刻又是这样,她关切地问道:"黎明,你一定有什么病的,别瞒我了,快告诉我,是什么病?"

"你看我,不是挺好的吗?会有什么病呢?"他还想瞒着彦梅,可他的面容是瞒不过的,他憔悴的眼神似乎告诉了彦梅,他有很多的痛楚。

他不肯告诉彦梅,彦梅又一次陷入了沉思:"瞧你说得那么轻松,可你的面容又这么难看。"彦梅抚摸着他发黄的面庞。

黎明拉住她的手,柔和地望着她说:"好吧,我告诉你。"停顿片刻,吻着她的小手又说,"是相思病。"

此话逗得彦梅欢笑起来,愉快地拧了黎明一把。黎明静静地微笑,只要看到她高兴,黎明也就心安了。

彦梅还是不放心地追问道:"谁跟你开玩笑呢?你骗我,我就不理你了。"转过身去就要走。

黎明立刻拉住她的手,求饶似的说:"好啦,好啦,好啦,我说,什么病也没有。走,我们吃饭去。"拉着她就要往外走。

彦梅看见黎明同意去吃饭,也就高兴了许多。两人兴奋地朝饭堂走去。

安定公社向阳大队又来电话叫出诊。

于是,黎明带着病痛又再次来到了边远的向阳村。这时已是第二天下午。由于病情太重,七岁的病儿早就去世了。黎明赶到死者的家,只有一个老人在那里,孩子的爸妈草草地埋葬了孩子,又出工去了。

黎明心中难过极了,如果及时赶到,孩子会不会逃过一死呢?他在内心反复地细思着,这就是因为农村缺医少药。这种状况不能延续下去，必须立即改变。

黎明告别了死者家，拖着沉重的步子来到了邱大爷家，他的神情十分凝重。邱大爷还没有收工回来，他就坐在门前的那堆柴火上休息。歇了一会儿，邱大爷还是未回来。黎明便起身背起药箱要到田里去找邱大爷，走了一会儿，恰巧碰见社员们收工。邱大爷见是黎明，便笑着迎过来。黎明与邱大爷、社员们一道回去了。

吃罢晚饭，邱大爷要去大队部开会，黎明走了一整天的路，邱大爷叫他一定在家休息。黎明拗不过，只得留下来。他觉得很累，腰部一阵阵剧痛，他恨自己的身体太弱了，年纪轻轻就得了这个病，给工作带来了许多影响。

房子里静悄悄的，房脚堆放着一张犁和一张耙，墙上还挂着几截牛皮绳、两顶雨帽。由于队里安装了碾米机和磨面机，厨房那个舂碓早就不用了，正撑得高高的横在那里，还未拆除。房子里扫得干干净净，一架农家的手工织布机上还有未织完的布，黎明一看就知道是小平的。听邱大爷说，挑水劈柴，喂猪煮饭，里里外外总是小平做的，这姑娘比小伙还顶用。两年前小平又当上赤脚医生，这屋里的一老一少，不知是怎样的忙啊！一年到头，诚诚恳恳地为队上的事操劳、奔波，小平到底是个怎样的好姑娘呢？这次到向阳来，是第二次了，仍然没有机会见到她。

黎明睡不着觉，他打开收音机来听了一会儿，又拿出笔记本和笔，在灯下写起日记来。邱大爷进来他也没发觉。

"你还没有睡？"

黎明这才发现邱大爷回来了，他急忙收拾东西，看看钟，快十二点了。"爷爷开什么会这么晚才回来？"他拧紧钢笔，插进衣

袋。

"研究了一些问题,还讨论了一阵合作医疗的事。"

"啊,"听到合作医疗,黎明的精神又振作起来了,"都讲些什么呢?"他后悔自己刚才没有一块儿去。

邱大爷抽上一口烟,慢慢地说:"大家都有决心把合作医疗办好,不管遇到什么困难,都要坚持办下去。"

黎明认真地听着,不时点点头。他知道群众都有决心办的,他自己也希望合作医疗办得轰轰烈烈,各队都有赤脚医生。

他又拿出了笔记本,问邱大爷说:"现在还有些什么困难呢?"

"按目前来说,困难是不小的。小平到县里去学习,带也没人带,医学技术是个问题,另一方面,经费也是个问题。"老人叹了一声,又抽了一口烟,鼻孔里喷出烟雾,缕缕青烟在屋内弥漫消散。

黎明想一阵,问他:"大家的看法如何呢?"

邱大爷放下烟杆,看黎明一眼,笑着说:"大家都说,有你来就好办了。只要你给我们出出点子,当参谋,我们就一定能办得起来。"

"好哇!"黎明把大腿一拍,眼睛亮起来了,"只要大家有这个决心,我给大家当卫生参谋。"

邱大爷笑着说:"我还记得你上次来时说的,我们要自己办学校,培养自己的赤脚医生。是吗?"

黎明欣喜地笑着,他高兴之时,就把一切的疲劳、病痛和不愉快都忘记了。

邱大爷望了他一阵,问道:"黎明,你面色这么难看,一定是病了。到底什么病,能告诉爷爷吗?"

黎明望着老人，把病情简略地告诉了他。

老人听罢，不免瞪大眼睛说："年纪轻轻就害了这个病，不行啊。还有许多工作等着你去办呢。"

黎明笑一声，眼睛闪烁着星光，望着邱大爷说："小毛病，经常发作，不要紧，我还能坚持。"瞧他说得好轻松，可面色已变得有些蜡黄了。虽然病着，但他的心还是灼热的，眼睛还是明亮的。

黎明与邱大爷，爷孙俩聊了一阵，他看看钟，时候不早了，鸡也快啼了，就各自上床休息去了。

这一晚，黎明睡得很香。醒来的时候，邱大爷早就出去了。床头的柜台上，有一只正冒着热气的中草药罐，还有一碗香喷喷的鸡蛋甜酒。碗的下面，压着一张小纸条，上面的字歪歪扭扭："药是给你的，先喝一半。厨房里还有一服留下午喝。"黎明急忙起身，看看钟，已经快八点了。他到厨房里粗略地洗漱，洗完看见饭菜已煮好，还在锅里热着。他回到房里把药倒出大半碗，一口气喝完，再用另一只碗把那碗甜酒盖好，这才回手关上大门，走出村口来。

山上山下，还笼罩着一层厚厚的晨雾，阳光是那么暖和。田野里，只见人们犁的犁，耙的耙，插的插，正在大忙。牛哞声、叮当声、吆喝声和响亮的歌声交织成一片。到处是一派热气腾腾的闹春景象。"果然是人勤春来早哇。"黎明站在大木棉树下，也就急忙挽裤脱鞋，大步向前面的一块梯田走去。在田里，几个妇女正弯腰插秧，见黎明走来，都直起腰来招呼："黎医生！"

其中一个妇女喊了一声，黎明望去，原来是盘大妈，就亲切地向她问道："小康呢？"

"那不是吗？"盘大妈用手往下面的田一指，黎明看去，只见

一个少年聚精会神地赶着牛,两手抓耙正飞快地来回跑着,溅起的泥浆沾了他一身,他动作非常熟练、利索。黎明顺手拾起一把秧,就在她们中间插起来。插了一阵,盘大妈见他动作麻利,有些惊奇地问:"黎医生原来也是在农村的吗?"

黎明只是笑了笑,又连续插了几把才直起腰来,不好意思地说:"我是来拜大家为师的。"黎明谦虚地说着,别看他一副书生气,插起秧来与妇女不分高低。妇女们看到他插秧用功,都爆发出阵阵清脆的笑声,洋溢着春天般的温暖。黎明又对大家说:"等实现了农业机械化,我们用上插秧机,就没有这么累腰了。"

"是呀,一用上插秧机,能改变劳动强度,又提高工效。"一位姑娘正挑着满满一担秧走来,老远就插话。

"就可惜我们这里田块小,东一小溜,西一小块的,怕用不着大机器。"有一位妇女说了一句。

"农业学大寨呗。"那姑娘停下脚步,伸手拎过一头秧来,东一把西一把地把秧小心扔进水田里,清脆地说,"人家大寨人战天斗地,能把小丘地平整成大块田,炸山填沟,搞人造平原。我们只要也有这股子劲,还怕用不上大机器?"

黎明很同意她的话:"农业的根本出路在于机械化。我们要对人类有较大的贡献,没有机械化是不行的。"

"到什么时候我们才能用上拖拉机呢?"刚才那妇女也让机械化的远景打动了。

"这就要靠我们大家艰苦奋斗,共同努力来实现呗。"那姑娘又说,"离那个时候不远了。农业纲要要求到一九八〇年基本实现农业机械化。"她笑的声音又尖又脆,"哎,你家大丫头不是十岁吗？正好到二十岁那天，大女婿准备开拖拉机来把你那丫头接去啦！"说得大家弯腰笑个不停，笑声在山涧田坎里清晰地回荡，惊飞了林中的鸟。

"好，我就瞧着这一天吧。"中年妇女也高兴地笑起来。

一个上午，就这么愉快度过。到收工时间，仍不见邱大爷回来。这里离家近，许多社员都回家吃饭了。盘大妈走过来，问他在哪家吃，黎明告诉她，在邱大爷家吃。

盘大妈说："邱大爷和公社龚副书记一早就到周帮小队去了，听说那里任务重。走吧，到我家吃一顿便饭去。"

盘大妈热情地邀请黎明，黎明就跟盘大妈一起回家来。

"小康还没有回来吃饭吗？"黎明问。

盘大妈说："他们耙和犁的都是过了晌午才得回来呢。赶犁耙完，还要放牛吃一阵草，到下午牛才有力气。"摆好桌，盘大妈招呼黎明坐下，笑着说："生产忙，菜不像菜，随便吃吃。"

黎明理解地笑着："这些都是好菜了。"便坐下去，跟盘大妈一块儿吃起来。因为累，他吃得特别香。

盘大妈也很高兴："黎医生，你吃得惯我们农村的饭菜吗？"

"农村城市，在哪里还不是一样。"黎明不假思索地说。

盘大妈知道黎明这是客气话，他历来对任何事物都很敬重。

吃饭间，盘大妈跟黎明谈了些关于合作医疗的事，还提到怎样抗疟预防传染病的问题。盘大妈说今年看来会来一场流行病，怕到那时候稻谷黄了没人收割。

吃罢饭，黎明跟盘大妈聊了一会儿，这才慢慢走出村子。他心里还在想着盘大妈刚才的话，为了抗疟工作，为了人民的健康问题

与生产丰收，他又一次陷入了沉思。下一步工作该怎么做呢？他面对一片片绿油油的庄稼沉默着，到收割时节，疟疾真要暴发，那对革命生产影响得多大呀。要消灭疟疾，只有把大家都发动起来，打一场保卫人民健康的战争，最根本的办法，仍然是合作医疗！黎明利用休息空隙，慢慢地围绕村子走了一遍。向阳村是个新建起来的自然村屯，它四面临山，山高林密，水源丰富。一条弯弯曲曲的小河流过村口，将村子围绕了一大半，才蜿蜒插进深山里，向东流去。村外，全是层层叠叠的水田。三月正是雨季，桃花早谢，李花正落，天气已暖和些了。所以，蚊虫随着季节增生，疟疾难免盛行啊。

必须与群众连为一体，巩固合作医疗，才能取得抗疟工作的胜利。那么就必须到各小队去走一趟，顺便摸摸合作医疗的情况，物色好各小队卫生员的人选。第一步是主要的，如果第一步搞不好，会影响到整个抗疟工作的部署。事不宜迟，他迈步回村，决心把这件事向邱大爷汇报，立即开展工作。

回到村口，正巧看见邱大爷和龚副书记边谈笑着边走过来。黎明急忙走过去，龚副书记记性好，见过一面，就认得他了，对邱大爷说："那不是黎明吗？看，我们才说起他，就碰见他了。"龚继源喜气盈盈地瞅着黎明，眉目展开了笑意，心中有说不出的高兴，对着黎明喊一声："黎明。"

"龚副书记！"黎明也认出了他。

"我和邱大爷刚才提到你。"原来龚继源与邱大爷回来不见他在家，盘大妈说他吃了饭就往田里跑啦。他们才又追出来，准备找黎明。黎明也正要找他们谈此事。三人会合，便向大队部走去。

黎明猜不透龚副书记找他有什么事。他盘算着怎样开口，以取得他们的支持。大队部门开着，他们走了进去，一个人都没有，守着电话的支书看来刚刚回去吃饭了。他们找地方坐下，龚副书记和邱大爷对看一眼，龚副书记打破了沉默说："你找我们有什么事？先说说吧。"黎明欣喜了许多，但欲言又止，想了一阵，才把自己的想法和看法讲了出来。邱大爷和龚副书记二人听了黎明的汇报，不禁点头称是。"有这么一位革命工作者，还怕抗疟工作搞不成吗？"龚副书记在心里乐滋滋地想道。"我们也正为这事情找你呢！你看，这真是不谋而合。"龚副书记性格很开朗，说话真有意思。他面色温和，平易近人，眨眨眼又说："形势要求我们大干快上，要夺取农业连续第八个丰收年。人就是本，没有本哪有利？只要能把抗疟搞好，社员们身体健康，要干啥也不愁。"

邱大爷点点头表示赞成地说："当然第一步就要把抗疟工作搞好。"

龚副书记说："如果谷子叩头的时候，劳动力全病倒，就糟糕啦。所以必须搞抗疟，你看应该怎么办？"他用恳切的目光看着黎明。

龚副书记也在支持抗疟工作，黎明得到了一股力量。他思索了一阵，说："我想先把全大队的各村屯都走一遍，心中先有个底。然后再进行抗疟工作，这样也容易推进些。"

龚副书记认真地说："不过，我要提醒你注意一条。在你的眼里，不能只有向阳大队，而是应该有整个安定公社。"

黎明听了龚副书记的话，也理解其意，他知道挑在自己肩上的担子是不轻的。他沉默着，思考着龚副书记的话。是呀，只是一个

大队都有这许多困难了,整个公社十一个大队,不知有多大困难哪!这个问题他还没有考虑过呢。

龚副书记见他沉默着,又说:"革命在发展,我们的责任是很重的。黎明,有什么困难就提出来,我带到公社党委会上研究解决。我们全力支持你!"

黎明听了龚副书记的话激动地说:"有党委的支持,再大的困难我都要克服它。"

龚副书记和邱大爷同时点点头。邱大爷说:"黎明,毛主席教导我们,在战略上要重视困难,在战术上要藐视困难。我们要有大无畏的革命精神。"黎明点点头。

龚副书记说:"是不是这样,黎明就以向阳大队为一个点,像你刚才说的,亲自下去摸一摸,拿出第一手材料来,根据它,来制定整个大队的工作方案。然后,就以这个经验结合其他大队情况,推广到全公社去。我们来个点面结合,你看怎么样?"

黎明点点头表示赞同,龚副书记的这个方法可以采纳。黎明认为也只有这样做比较完善些,就这样制定工作方案,按照这个方案去进行抗疟。

下午,黎明跟邱大爷、龚副书记一道,仍然参加队里抢插早稻。因为黎明要走路,就先回来吃饭。吃罢饭他怕半路天黑,就拿了一支电筒,这才背起药箱,顺着邱大爷指的方向朝八宝去了。

这里山高路远,一条小路在密林中弯弯曲曲,虽不算陡,七八里路几乎全是上坡。走了不一会儿,黎明就累得气喘吁吁,腰又隐隐作痛,全身都冒着冷汗。但为了赶路,他一刻也不休息,只想尽快些在天黑前到达。在山林里走,又是下午,加上山雾浓,很难估计时间的早晚。走了一个多钟头的光景,才到山顶。接着穿过一个小峡谷,就开始下坡了。下坡不到半里,就见一片青青的、高高的竹林。竹林下边就是八宝寨,十几间的房子全是用竹搭成的竹楼,全寨已开始罩上一层稀薄的雾。

走出森林,天似乎又变得亮了些。看来时间不会超过七点。在小路两边的草坡上,几头健壮的大水牛正在慢悠悠地吃草,脖子上的铃铛,正在叮当、叮当地发出有节奏的声响。社员们还没有收工,都在前面那块平平整整的大田里忙着插秧。黎明还没有走近,老远就听到有人喊:"看,医生来了。"劳动中的社员们,此刻看见一位身背药箱的医生,都很热情地招呼起来。

黎明走过去,问他们有谁要药不要,大家都笑嘻嘻地回答不要。黎明走到离田边不远的一棵小树下,树上挂满衣服、雨帽、饭盒等。旁边,还丢着几副犁和耙。他就把药箱靠树根放下。这时,一个高个子、身强力壮的男社员挑着一大担秧苗急步从黎明身边走过,站在田坎上,放下秧苗顾不上抹竿,抓起秧就往田中间抛去。

黎明走近他,拿过一把秧来也丢。丢完,他又挽起裤筒,准备下田。那男社员撑起竹竿,问黎明:"医生,你是从县城来的?"

黎明应道:"是的。"

"怪不得,在公社没有见过你。"

黎明只是笑了笑,朝田中间走去,水还有些冰冷。黎明抬头望去,田里刚插上的秧苗一排排整整齐齐地正在随风摆动着。没有插的田剩下不多了,黎明猜想是要把这剩下的田都插完才收工的,也就动起手插起来。

插了一阵,黎明问旁边的一位妇女道:"这墩子秧,用小苗带

土插秧机不更快些吗？"

她手不停地插，嘴里说："这个队有三部，现在任务不重，都拿去支援任务重的队了。"

不大一会儿，就插了许多。黎明动作慢，赶不上她。她插满自己面前，又往黎明面前插去。田里的秧插完了，她又跑过去提来一泥箕，递一大把给黎明。黎明很快跟她熟了起来，便随便问她："你姓什么？"

"我姓李，你就叫我李二嫂吧。"这位妇女十分热情，也很开朗，说话间嘴边常挂着笑意。

"你们都是这个小队的？"黎明又问。

"不是。"她摇摇头，"我是七家山的。"

黎明弄不清，她是七家山的，为什么到八宝寨来劳动呢？

这时，那边已经插完了，有几个社员走过来这边。一个老头走到黎明身边，指着田里的那些苗族社员，告诉黎明："他们完成任务后，主动来支援我们。"

黎明点头："原来如此。"

"咳，"老头又告诉黎明，"李二嫂是七家山生产队的妇女队长，这位叫李二叔，是民兵排长。他俩是天生一对呀。"老头的话弄得社员们都笑了起来，田间掀起了一片欢乐的气氛。

黎明这才搞清楚，在党的领导下，各族人民团结一致，互相帮助，共同劳动，开创人类美好的未来。

李二嫂在一旁搭讪道："黎医生，你来这里准是有要紧事吧？"

李二嫂不愧是妇女队长，她猜也猜得出黎明的来意。黎明也认为此时也该把自己的来意告诉他们，便向李二嫂说："今晚想开个会，让大家讨论讨论合作医疗的事。"

李二嫂捡起一撮秧，掰开，又弯下腰去插，才说："我们这两个队邻近，原来每个队都有一个卫生员。因为上面不重视，就不做了。"停顿片刻，又补充说，"大家都希望能早些恢复起来，小队有卫生员，社员看病也方便些。"

"为什么不做呢？"黎明问。

"你问小英吧，就是她。"李二嫂指着旁边一位姑娘。

"咦，原来是你。"黎明也跟她开了个玩笑。

小英见说到自己，脸绯红了起来，将头摆了摆，边插秧边说："药不发给我们，还往人家身上泼冷水，谁愿意干呢？"

小英这么说，黎明就明白了三分。

想了一阵，黎明又转来问些情况："几年来，这里什么病最多？"

"其他病倒没有，就是疟疾多些。两年来，还一年多过一年呢。"

"预防药有没有？"

"小平每年来发过几次，也控制不了。"

"大家都吃药吗？"

"除了个别人，大家都吃。"她白了旁边一个男社员一眼。

黎明沉默着，思索了一会儿，又问她："这里的蚊虫不少吧！"

"这还用说？天未黑，就一大群一大群地在门前飞。田多水多，蚊虫就多呗。"小英的声音又尖又脆。

"小英，你不懂，这是蚊虫赶街呢。"旁边那个男社员开了句玩笑。

小英正经地瞪了他一眼,又笑着说:"不是,这在医学上叫'群舞'。拿我们的话来解释,就叫作……"

还不待她说完,男社员在旁边又塞了句:"我懂得,它们正在谈恋爱。"说得大家哄然大笑,清脆的笑声在山间回响着。

黎明又问小英:"搞过灭蚊没有?"

"搞是搞过一些,加上小平才两三个人,能搞得了多少呢?"小英有些犯愁地说。

黎明跟她谈了一阵,又问她:"小英,要是再需要你重新当卫生员,你做不做呢?"

小英利索地笑着说:"只要大家需要我,我就做。"其实,她心里乐滋滋的,巴不得快些恢复合作医疗呢!

黎明听她这么说,也高兴了许多:"好,你做好思想准备,会上一通过,你就重新担任起来。"

她沉默着不语,表示同意。

刚才说蚊虫赶街的那社员,凑近黎明道:"医生,依我看,打摆子和蚊虫有很大的关系。要治病就先要治蚊。可蚊虫这么多,恐怕消灭不了。"

"能的,"黎明答他,也是对大家说,"在它们还未生长成蚊虫时,我们广泛地喷洒药物杀掉它们,就一定能全部消灭。"

黎明和他们认真地谈着,正谈得兴浓,突然腰部一阵阵剧烈的疼痛,额前冒了许多汗,但他还是坚持着忍下去。

即时,他脸色已苍白,被李二嫂在旁边发现了。她关切地问道:"黎医生,你是不是病了?脸色这么难看。"

黎明摇摇头,休息一会儿,弯下腰又插秧。李二嫂却把他推上田坎，大家都劝黎明不要再插了。李二叔又挑来满满一担秧，黎明就走过去，跟他一块儿丢秧到田里。

天慢慢黑下来了，秧也全部插完了。李二嫂叫收工，社员们都忙着收拾田头的工具准备收工。李二叔走去牵牛，李二嫂把一把大犁头扛在肩上，黎明背起药箱，替他们拿着饭盒和帽子，跟随大家朝村里走去。

到村口，李二嫂说："上我那里去吧，我住在刚才那黄老爹家。"

黎明也不推辞，点点头："也好。"

她告诉黎明说："黄老爹的老大当队长。待会儿回来，我们一块儿商量。"

"这更方便了。"走进村子，黎明才看清楚，家家户户的竹楼旁边，种满芭蕉、棕榈和枇杷树，显得格外秀丽。房前房后，打扫得干干净净。许多家的屋顶上，已经升起了炊烟。浓浓的烟，跟晚雾混合在一块儿，在房顶扩散开去，让人分不清哪是烟哪是雾。附近的树林、芭蕉林和竹林，也都密密麻麻地被笼罩起来了。鸡鸣猪叫，见主人到来都云集到家门口，咯咯、嗷嗷地叫着等食吃。几只大白狗见生人到来，就高吠着扑过来。被李二嫂轻轻地咄咄几声撑开，这才夹起尾巴，晃着脑袋不吠了，但不住在黎明跟前转转，又不住地闻着什么，然后才蹿上竹楼。

到房门口，黄老爹也笑哈哈地随后来了。进了家，放下东西，李二嫂就提潲水桶喂猪。黎明习惯地打量了房间一眼，觉得很宽敞，墙是竹条围成的，外面却厚厚地粘上层泥，不透风。

"李二叔和队长呢？"黎明问道。

野百合

李二嫂走过来，放下潲水桶，用围巾抹抹手说："他们哪，天不黑是不回来的。"

黄老爹已搬来饭桌，端来饭菜，招呼黎明围桌吃饭。黎明来时已在邱大爷那里吃过，便推辞着不吃。黄老爹再三请求，他仍坚持着不吃。

这时，一位颤颤巍巍的老奶奶，从侧边的门里轻轻推出一架轻巧的小竹木车来，里面正睡着两个长得一模一样的小女孩，看样子才几个月大。见有人来，两个小女孩便轻轻地努着小嘴巴甜甜地微笑。

李二嫂说："黄老奶奶，这位是县里来的医生。"

"是医生啊，快请坐。"她咧开没牙的嘴笑着，招呼黎明。

李二嫂走过去，轻轻摇着孩子说："黄老奶奶，又麻烦您了。"

"说这话做什么？苗傣都是一家嘛。"

黎明这才知道孩子是李二嫂的。此刻，两个小孩见到母亲，都笑着咿咿呀呀地伸手扭腰要人抱。李二嫂抱起一个来，坐下就解怀喂奶。还有一个在车上叫起来，黎明就走过去，两手轻轻抱起她，在怀中亲昵地摇着哼着，他的动作把黄老奶和李二嫂都逗笑了。

李二嫂问他："黎医生打算在这里住几天吧？"

黎明边摇着小女孩边说："还要到各队去走一走，争取在这个月底前把抗疟工作搞起来。"

李二嫂听说，点点头："早应该这么做了。上面就是不给人下来，卫生院里虽说有几个男医生，但一年到头都忙着东奔西跑。女医生呢，一个个又都是拖儿带女的。"

黎明笑了笑："他们要是把预防工作搞好，就不这样了。"

"是呀，合作医疗办起来，村村寨寨有医生，那多好哇。"李二嫂利索地说。

"小英家在哪里呢？"

"她家打那儿数过去第三间就是。"说到小英，李二嫂不住称赞起来，"小英是个思想进步的姑娘。她是个回乡的知识青年，是傣族第三代高中毕业生，跟邱支书的孙女小平是同学。高中毕业后，就一起闹着回家务农。去年外地工厂来招工，很看重她俩，可谁都不愿去。"李二嫂的话刚说完，只听得竹楼下面传来一阵妇女的厉叫声，黎明侧耳听，原来是母亲骂女儿声。"疯丫头，碗一丢就没影子啦！我看你跑到哪里去？"随后叫骂的声音越来越大，"趁天还未黑，你要不给我到山后扛回那捆柴，明天下雨，劈你的脚杆当柴烧！"

黎明听到这里，禁不住哈哈笑起来："好厉害的母亲，脚杆怎么当得柴烧呢？"

黄老爹走过来，笑着告诉黎明："这是小英妈骂小英，不想让小英当卫生员。我们这山寨上一有医生来，都家喻户晓的，她妈知道你来了，故意骂的。"

黎明奇怪地问："她妈为什么不想让她当卫生员？"

"等一会儿她来了，你问问就懂了。"

话音未落，一阵脚步声响，小英笑着上来了，进门就问："你们说谁的闲话？"

黄老奶笑起来了："正说你哩。"

"说我做什么呢？"小英笑吟吟地问。

李二嫂把吃饱了奶的孩子放回车里，又从黎明的手中接过孩子，坐回凳子上，一边喂奶给孩子一边说："我们都在说你呢，平时你妈爱你爱得如掌上明珠，怎么今晚上赶着你通寨地骂起来啦？"

小英把头摇了摇，靠在竹墙边，笑着说："我妈是个有名的旱天雷——光听雷响，没有雨下。怕什么？"

"你妈是反对你当卫生员吗？"黎明问小英。

小英说："我妈胆小怕事。跟她好好讲，还是通的。"黎明点点头，思索一阵。小英又说："听说今晚要开会，研究卫生员问题。我猜你一定会找到我的，我就来了。"

李二嫂抬起头来："好聪明的姑娘，黎医生刚想去找你呢。好在你来，不然会碰钉子的。"

小英笑一笑，喃了妈妈一句："这老顽固。"

黎明对她说："趁有时间，你先去山后帮你妈扛一捆柴吧。"

李二嫂在一旁笑着："省得你妈生气，万一真的劈你的脚杆当柴烧，卫生员你就当不成了。"

小英笑了笑："还有什么柴？早就扛回来完了，这是她乱说罢了。"她走过来，亲昵地逗着李二嫂的孩子。

前后用了八天时间，黎明才把全大队七个自然屯、十七个生产队都访了一遍。在周邦小队时，因肾绞痛发作，只得拖了一天。天将黑时，他才从高高的云盘山上走回向阳村。从山脚到村口，所有的田都插遍了秧，一片绿油油的。社员们忙着挑一担担农家肥，在田坎上来回飞跑。在村头，邱大爷和龚副书记，还有十几个大小队干部都蹲在木棉树下，旁边是一些扁担、泥箕什么的。他们都赤着脚，脚杆上满是泥。他们围成一堆，不时又用手指向山。黎明就向他们走去。龚副书记看见他，忙招了招手，老远就喊道："黎明回

来了！来，来。"

黎明很快走过来。邱大爷对他说："黎明，你也来看看。"

黎明过来看看，原来是"向阳大队学大寨远景规划图"。

邱大爷又说："单是向阳村的三个队，秋收后，全部投入移山造田战役，把前后这一丘陵挖平，开成田。至少也有三十亩。"他又指了指云盘山的方向，"那一带土质好，水源丰富。只要把挖出的泥再填一填，拉平，这样就增加到一百六十亩田，达到每人一亩半田，就不愁粮食不丰收了。"

大家都点点头，并发出阵阵欢笑。邱大爷将近七十岁的老人了，还为队里操劳。要实现农业学大寨，将高山造成田，他日日夜夜奔波忙碌着，为着造福后代。

龚继源和善地望着黎明说："见到远景规划啦？"

黎明笑着说："见到了，前途远大。要是能实现，对国家贡献不小呢！"

"能不能实现，其中也还要看看你哩。"龚副书记说。

"我能做什么呢？还不是靠党的领导，靠贫下中农的努力奋斗。"他谦虚地说。

邱大爷抖了抖手中的蓝图："预防工作搞得好，劳动力就赶得上，要不怎么实现？农业学大寨的道路能否实现，就看你们医务人员的，你们的责任可不轻啊。"

黎明这才领悟到龚副书记话中的含意，他轻轻地点点头，似乎在寻思着这些话意。是呀，农业学大寨，社会主义在发展的同时，每一个人都要肩负重担，每一个人都有责任去承担。而且，我们是年轻人，正是志盛力壮的年华，何不趁此时机为人民多做出点儿贡献。

"那么我们应该怎样去为人民服务呢？应该从哪一点出发呢？"黎明在心中仔细地思量着，他在这八天的时间里，走遍了整个向阳大队，村村寨寨的农民都在热情地接待他，山山水水都在欢歌相迎他。他，一个年轻的革命工作者，从没唠叨过一声工作艰难、生活艰苦。虽然农村生活艰苦些，但对他来说，这是个锻炼的机会。工作，就要从平凡、艰苦的地方开始，才能磨炼出有理想、有道德的革命接班人。黎明就是这样的象征，他分来兰县还没有真正在医院待过一天，都是奔赴在艰苦的农村，埋头工作，为贫下中农服务，为广大群众服务。

第五章　舍己为民

黎明又回到了医院。

宿舍里静悄悄的，人们都没有下班。黎明来到房间里，让彦梅熏染过的小房发出一阵阵香气。床上、台上、箱上，一切都收拾得整齐干净。地板打扫得异常洁净。黎明放下东西，伸手拉开纱窗，又用力推开窗扇，一阵和风吹进来，有一种愉快的感觉。他长吁一口气，仰望着窗外的景色，轻轻地自笑，这才回过身来。床上，上次换下的来不及洗晒的衣服，彦梅已经洗干净，叠得平平整整地放在枕边。小台灯下，压着几封未拆开的信。黎明取过来，先把封面看了一遍，全都是同学们写来的。他抑制住心头的激动，不想立即拆开，他要等彦梅下班回来，再一起拆开来看。想到这里，他伸手拿过小镜翻过来，对着彦梅微笑着的相片看了一眼，又放下小镜，愉快地哼起歌来。

看看时间还早，他就拿出笔和纸来，要给钟院长写一份汇报。一来把自己的计划向院领导提出来，二来也要汇报汇报在乡下的思想收获。刚拧开笔帽，还未写半个字，后面传来了两声咳嗽声，黎明回头瞧瞧，是钟院长。

"钟院长！"黎明高兴地站起来喊道。

"我见房门大开，彦梅又未下班，猜想一定是你回来了。"他说着，蹲下身去坐到床上，欣赏起小房间的陈设来。

黎明拉过椅子靠近他坐下，为难地说："钟院长，那个孩子因为病太重，我还在半路他就已经不幸去世了。"

"这是常有的事，没什么奇怪。干我们这行的，这样的情况也许以后还会有。"钟院长沉静地说。

黎明沉默了一会儿，在心中思索着，此次下乡去，群众的要求与自己的想法应该怎样向钟院长汇报呢？向他汇报后，不知他支持与否。目前农村搞革命生产，正处于缺医少药的状态，疟疾随时可能暴发的。群众多么需要医务人员哪！如果一个人稍微有点儿责任心，都会关心农村，关心农业生产发展的问题。不管领导是否支持，他决定把搞合作医疗的想法向领导汇报。

他用诚恳的眼神望着钟院长说："乡下的病不少。春耕忙，又缺医少药，社员群众很希望我们下去。"

钟院长用指头慢慢敲着台面，漫不经心地说："难怪。去了这么久，也不打个电话回来联系，我还以为你守护重病号呢，让彦梅心急如火。"

"我到了几个小队——"黎明歉意地笑了笑，看着他，"钟院长，我有件事，正想找你汇报。"

"说吧！唉，青年人总是多虑的，有什么大不了的事要向我汇报呢？"他不以为意地说，又抬起眼皮瞅着黎明，显出关切的神情

说,"毛主席不是说过吗?要关心青年一代!"

黎明怀着满腹的希望,把自己在乡下这一段时间来的思想收获和劳动收获做了汇报。然后,将抗疟和合作医疗的问题也详细地汇报。

钟永富默默地听着,两手横放台上,不时微笑,不时又皱皱眉头,或者点头。黎明汇报完了,他恳切地说:"农村确实太需要我们医务人员了。特别是这个时候,我们也应该为农业学大寨贡献自己的力量……"

"就这个事吗?"钟永富听了半晌,才微笑着问。

黎明给他倒来一杯开水,又坐下来说:"目前正是春耕大忙时节,为了支持农业,贡献我们一份力量,我们医院应该马上抽出一部分人来,组织巡回医疗队,下到第一线去,送医送药到田间地头。"黎明说到这里,抬眼望着钟永富。他发现钟院长根本不认真去思考这个问题。

钟永富将头侧过一边去,双眼向别处斜去。他见黎明止住话,方扭过头来:"唔,完啦?"

"还有,"黎明还在继续说着,"其次,根据近年来的情况和现在的形势来推测,那里的疟疾大有暴发的倾向。所以,我们要抽出人到下面去,搞好抗疟工作,保证劳动力投入生产。为此,我们医院是不是应该立即开办卫生员或赤脚医生培训班,把合作医疗重新恢复起来。"说毕,他用期待的眼神不住地看着钟院长,盼望钟院长能够给予一个符合民众要求的方针。

钟永富立起身来,将手叉在腰背,在房里转了两转,似笑非笑地说:"黎明,这些建议都很好……"他转身停步,盯着满脸高兴的黎明，笑着，"但如果按群众的要求去做，那我们医院的规章制度、工作纪律、计划方针等，都会被打乱的。"

"都会被打乱？"黎明一时弄不清他这话的意思。

钟永富仍笑着，漫不经心地说："是呀，因为抗疟工作不是我们管的，这是防疫站的事，他们是搞防疫的，我们是搞医疗的。其次，送医送药到田间地头去，都是公社卫生院包干的事。我们是县医院，如果这么搞，就跨行业了。关于合作医疗这个问题，一方面是个试验点，另一方面是要涉及许多政策性的东西。这都是领导的事情，不关我们的事。"说到此，他又走近黎明身边，拍拍黎明的肩膀说，"你是新来的外科医生，要是都像你一样要求下去，那医院可要关门了。"

黎明愣住了，刚才满腔的热情、满怀的希望，在一刻间化为冰窖。他愕然地站在那里，半晌说不出话，仍在细思着这话。他还是考虑到劳动社员们的健康问题、农业生产发展的问题。

"钟院长，这些事都很重要，特别是抗疟，万一耽误，那对今年的农业生产影响就很大——"他焦急地望着钟院长说。

钟院长皱起眉头，关切似的说："那好吧，等李副局长回来，我再把你提出的建议向他反映。"

"什么时候能得出结论呢？"黎明急得恨不能明天就下去。

"什么时候得出结论，时间是不能定的。等把情况反映上去后，领导还要召集各科室领导开会研究讨论……这都需要时间哪。现在又提倡集体领导，我一个人不能擅自决定。你回来了，好好休息一两天，就开始上班吧。你到医院也快一个月啦，还未上过一天班呢。"

黎明不住地搓着手，他脑海里只想到在三月底前开始抗疟工作，否则就会被动。想到这里，他仍抱着一线希望盯着钟永富："钟院长，别的暂不说，这抗疟的事……"

"能打主动当然更好，我可以替你向防疫站反映。你准备上班吧，现在外科有许多手术要做。"钟院长显出不耐烦地说。

"钟院长，要是三月底前不能开始第一阶段的抗疟工作，那就——"

"好了，好了，好了，我说过我可以反映。"

黎明本想再说些什么，见他如此不客气地打断自己的话，也不便开口了。心头不禁冒出一阵阵失望，不说又不行，他又硬着头皮说："毛主席教导我们，要把医疗卫生工作的重点放到农村去……"

"那当然，我还不比你懂吗？县城也是农村嘛。好吧，你说的东西太多了，我记不了那么多，你最好把它写成一个报告。"钟院长这么说。

"好，我马上写。"黎明又欣喜了起来。

"这个不用急，明天可以写嘛。你刚回来，好好休息休息——"

"黎明！"这是彦梅的声音。彦梅发现他回来了，还没有进房来，便轻柔地唤了他一声，声音像银铃般飘进他耳朵里。他顺着声音望去，彦梅的面颊泛起了一朵红云，眼睛里充满着喜爱。她欣喜地走进来，看见钟院长在里面，脸色本来粉红的她，此刻又更加红，像红苹果一样。她朝黎明伸伸舌头，停住脚步。

钟永富笑着说："好吧，你们谈吧，我走了。"

彦梅望着钟院长的背影去远了，才回手轻轻关门，走近黎明身边，抓住他的手，盯住他眼睛，担心地问他："他来做什么呢？"

黎明用右手拂拂她额前的乱发，温和地吻了她额头一下，才说："见我回来，他进来看看罢了。"

　　彦梅这才松了一口气，笑道："见到你跟领导说话，我总是提心吊胆的。"

　　黎明笑着指她的鼻尖说："你呀，也太过分了。""这还不是你自己造成的。"彦梅正经地说，"你不知道人家在为你担多少心！唉，但愿一切平安。"彦梅说着，闭上眼睛，像在祈求似的。

　　"梅，别傻想了啊！我们不是好好的吗？"说着，拉起彦梅一起坐到床上。

　　彦梅望见他面容消瘦了许多，又黄又黑，心中便升起一阵阵怜悯，眼神流露出关切之情，不住地爱抚着他消瘦的脸庞说："黎明，你比以前瘦去一半，是不是病加重了？"

　　"锻炼嘛，人晒黑了些，我哪有病呢？"

　　彦梅见自己的小照翻过这面来，就用手将镜转了回去，看着自己的影子，关切地问黎明："这许多日子，在乡下你是怎么过来的？"

　　黎明随手将她拉近自己，告诉她："我在乡下过得十分快乐。坐过来，我慢慢告诉你，收获真不少呢。"

　　她见黎明高兴的样子，心里也甜滋滋的，有说不出的喜悦："有时间再说这些吧，时间多着呢。别一有空就谈工作，谈起工作来，又什么都忘记啦。"

　　黎明伸手去找纸笔，却被她抢过来，放到原处去："不会休息的人，也不会工作。这是列宁说的。"黎明也只好由着她。彦梅拿过台上的信来："你看，都是同学们寄来的。"

"都写了些什么呢?"其实,黎明已经发现了,便故意问她。

"我还没打开看。"

"为什么呢?"

"不为什么。等你回来再一块儿看,不更好吗?"说着,她就动手拆开一封,倚在桌边,轻声地念起来。

晚饭后,彦梅又忙着上大楼去了,她说还有一个下肢骨折的病人,要上石膏。黎明把洗净的衣服拿去晒了,这才关上房门,也朝外科楼走去。

他边走边想着,自己来到医院也快一个月了,都还像一个旁观者一样,只是走马观花地把外科大楼走了一趟又一趟。从宿舍到大楼,中间有一段很长的距离。小泥道两边,种满果树花草,十分幽静、美丽。三月正是盛春,红花满地开遍,引来许多蜜蜂和蝴蝶,像花园一般。

"黎医生!"他还没走到大楼,就听后面有人喊。回头看,是一位没有见过的年轻姑娘,正吃力地拉着一辆胶轮车从斜边路上过来。

黎明急步跑过去帮她推。车上,堆着高高的纸箱和木箱,以及乱七八糟的各式药瓶。"这是什么东西,是哪里的?"黎明随口问道。

"我们的。"她头也不抬,只顾奋力拉着。

"箱子里装的什么呢,这么重?"黎明问。

"药。"姑娘气喘吁吁地又说,"都是草药制成的药片、针水。"

"哟,自己制造的?"黎明半信半疑。

"那当然了。难道是人送的吗？这些都是我们大队医疗室的。"她含着笑说，感到自豪而高兴。瞧她那样儿，胸中似有远大的理想。

"你是哪里的呢？"黎明高兴地问她。

"安定公社向阳大队的。"

"你是向阳大队的？"

"是呀，黎医生，你不认得我吗？你到过我家呢。"她停下车，用袖子拭拭汗，清脆地说，"就在这里卸车，明天有去公社的马车来拉呢。"

停下车，黎明不住打量着这位勤快的姑娘，想到了小平。看她那端正微红的面孔，果然有些面熟，像在哪里见过。又怕认错人，就把到喉头的话又咽下去了。黎明抹了抹手心的汗，站到一边，跟她一道用石块垫好车轮。那姑娘小心翼翼地爬上车，推开一只箱子，一手顶在箱底，一手伸臂挽在上面，斜肩就要扛。黎明急忙走过去："别扛，你递下来给我。"说罢，就向上伸开双手去接。

姑娘也不客气，两手把箱子一提，笑盈盈地说："很重的，你要拿稳些。"

黎明接住，扛在肩上："你放心好了。"

"黎医生，你就放过那边去，近那棵桂花树下。"说罢，她很快地又推过一箱来，理了一下额前乱发。黎明走过来，那姑娘打量黎明一番，又热情地说："黎医生，我们这回已经是第四次见面了。"

黎明有些疑惑："见过四次？"

"是呀，"姑娘笑着提醒他，"那天傍晚，你在我们村口遇见我时，还问我的家在哪里呢。怎么，忘记啦？"

"啊，你就是小平？"黎明恍然大悟，高兴地看着她喊起来。那姑娘轻轻地"嗯"了一声。当然她不知道其中的缘故，要是她也知道那过去的事，知道父辈们曾经一起经历过艰苦患难的岁月，真不知她会有多高兴呢……"小平，在你家时，我和你爷爷还谈到你呢！"黎明满怀喜悦地说着。

小平停住了手中的东西，定神望了他一会儿，不解地问："都说我什么呢？"

"我们谈关于合作医疗的事情。"黎明打趣地说。

"是吗？"听到合作医疗，小平的眼睛又亮起来。

黎明满怀信心地说："邱大爷讲了，合作医疗一定要尽快恢复起来。而且，等你一回去，就要开始培训各小队卫生员，今年的抗疟工作在这个月底一定开始搞。"

"真的？"小平高兴地喊了起来，跳下车，面上布满了欢笑。但她很快又沉下脸色，担心地说："黎医生，合作医疗单靠我们行吗？"

"怎么不行呢？你不是担当起来啦。"黎明鼓励着她。

"我是赌气才这么做的。"她的话意含有许多不满。假如你留神观察她的神色，你会明白这里面有许多复杂的情绪。

"我这次回来，主要是把这些情况向院领导汇报，再做具体研究。如果院里批下来，我想，不久就会开始的。"黎明心里等着她的回答。

她轻轻地"哼"了一声道："谁信得过你们那些领导们。"

"为什么不信？"黎明不知其意，惊奇地望着她问。

"告诉你，这个事不会实现的。你的计划再好，也是枉费思考。"小平提醒说。

"不会的。"黎明坚定地说。但他又细思着姑娘话中的深意，看着这位朴实的姑娘，她是不会乱说话的。

小平看着黎明："你刚来，哪知道内情有多复杂。不信你等着瞧吧！有谁来帮助你恢复合作医疗呢？难道指望那帮人来为你恢复吗？"

"你真的不相信院里有人下去搞合作医疗吗？"黎明惊奇地说着。

"我并不是这个意思。要是张伯伯在，那就好了。"小平不假思索地说。

听了小平一席话，黎明不是没有同感。从钟院长的话里，他知道困难是不小的，阻力也不小。但是，做什么事不经过一番困难挫折呢？黎明沉思着，动手帮她扯住绳子系在箱角上，拉紧，满怀信心地说："只要我们持之以恒，没有办不到的事。"

"那就要靠大家去努力。"盖毕，看看不会漏雨了，小平这才转身到树旁。

黎明望着这堆药箱，不禁赞叹着小平："你懂得不少草药哇，以后我一定好好跟你学。"

小平不好意思地绯红着脸说："这是解放军野营医疗队到我们村，住了半个月，跟他们学来的。"

"都做了些什么药呢？"黎明很有兴趣。

小平望着八九个沉重的大箱，抑制不住心中的高兴，掰着指头说："都是经过验效的。用土黄连研粉，混合砂粉、糯米配成的止痛片；用仙鹤草加金纽扣共研成的止血散；用一点红浸酒精，熬制

成的一点红注射液……"她一口气说出十多种药来,都是黎明闻所未闻、见所未见的。

"这是办合作医疗事业的一大方向啊。"黎明鼓励着她。

小平有着高度的思想境界,她一心扑在合作医疗的事业上。想到贫下中农对她的赞扬,黎明心想,她就是新生事物的代表哇!新生事物会在斗争中茁壮成长起来的,虽然碰到许多困难,但那只不过是主流里的一个支流而已。作为一个革命者,我们应当满腔热情地支持社会主义的新生事物,热情地扶持合作医疗这朵向阳花!想到这里,他决心把报告写出来,拿给院领导讨论。无论碰到多大的困难,受到多大的打击,都要挺身而出,迎难而上!黎明笑着向小平扬手,告别了她,迈开大步朝宿舍走去。

直到很晚,彦梅才下班回来,见到黎明,满怀欣喜地说:"黎明,明天你开始在外一上班了。这是领导们安排的。"

黎明只是轻轻地点点头,好像有什么心事似的。彦梅对黎明这沉默的举止感到有些莫名其妙。她不知道他在想些什么,难道是自己对他照顾不周,或是因为他与老光棍儿闹的事。而且晚饭前钟院长也来过,是不是有什么事呢?不会吧!但近段来他对钟院长的印象一点儿也不好。看来钟院长饭前来时一定发生了什么事,而他瞒着自己。不管什么事情,此刻她应该去关心、体贴他。彦梅想了一阵,信步到他身边,关切地问:"黎明,你在想些什么?"她摇着黎明的双肩,发现了桌台上的那份报告,顺手拎过来看看,原来是关于合作医疗、抗疟工作的。

黎明拿过这份报告,另一只手拉着彦梅的手,和善的眼神不住地望着彦梅,苍白着脸微笑道:"梅,这是我下乡去时,群众要求

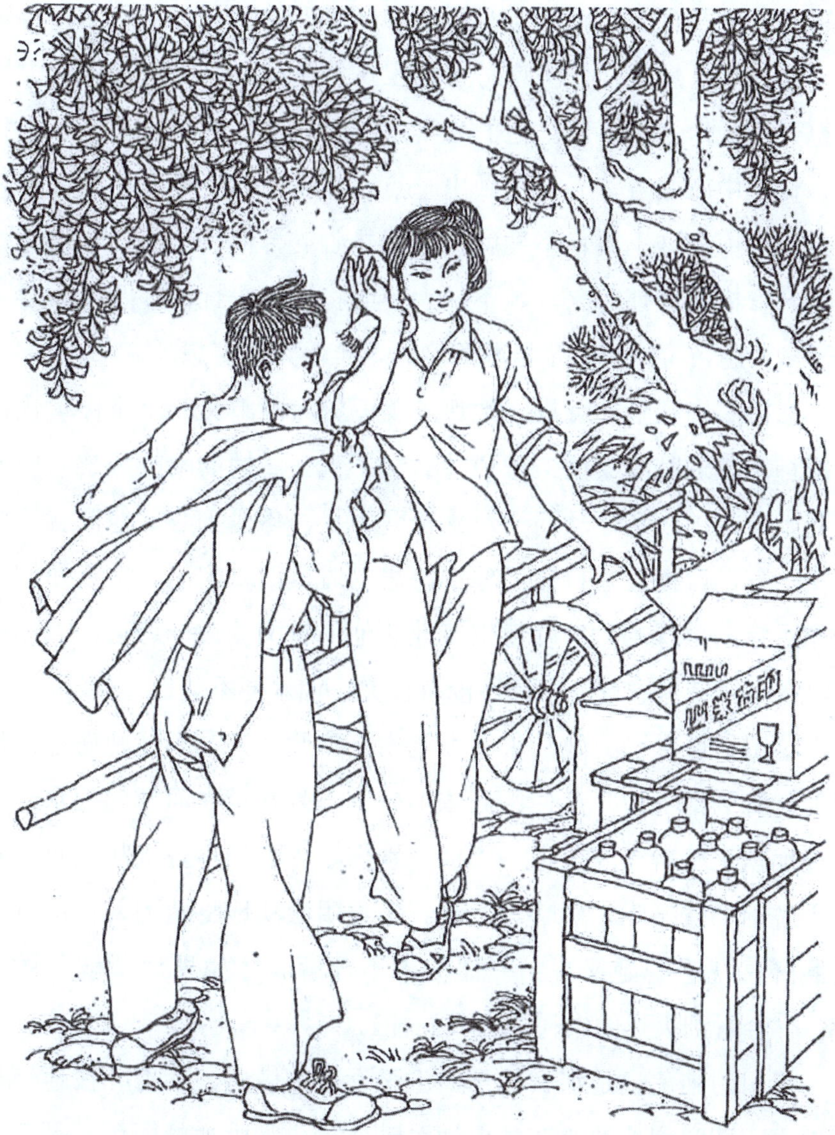

我们恢复合作医疗，搞抗疟工作。我回来便向院长汇报，钟院长叫我写成一份书面报告。"他抖了抖手中的那份报告。

　　他一心只想着合作医疗与抗疟工作，没有心思去想在外科大楼里整天机械地上班下班。他的心早就飞到广阔的农村去了，一心只想为贫下中农服务，为人民做出一点儿贡献，为支持农业学大寨。可是，彦梅在这里根本不理解他，不热心支持他。一提到合作医疗的事，彦梅又忧郁起来。她不知为黎明担了多少忧，提了多少心，吊了多少胆，可黎明总是给她添麻烦，也不为她着想。

　　彦梅心中又陷入沉思，她那双美丽的大眼睛又眨个不停，忧郁的眼神不住地瞧着黎明，想说什么又不说。看她的眼神，黎明便理解到她所想的一切，从而又对她怜爱不止，疼爱到心。他们就这样相望一阵，彦梅这才打破了他们沉思的时刻："黎明，你就知道为合作医疗的事操心！"彦梅生气地怨他，将头侧过一边去，"你根本没有为我们考虑过。"话还没有说完，泪水便不住地往外流。

　　黎明知道自己给她带来不少忧伤，见此，为了不使她伤心，他索性起身到她身边，拉住她到床上坐下，为她拭去面部的泪水，又轻轻地吻了她额前安慰道："梅，别伤心，我们不是很相爱吗？我哪不替咱们着想呢？别瞎想，喔。"黎明激动地将她拥入自己宽大的胸怀，抚慰着她又说："你根本不理解我，如果你了解我的全部，你会看到火热的农村多令人向往。"

　　黎明的神色也是那么忧伤，出于女性的敏感，彦梅扑在他怀里依偎着，感觉到他的心在急促地跳动，抬头瞧瞧他的面色，是那么憔悴。

　　"黎明……"她只是叫了一声，但心中不知有多少话想说呢，可是一时不知从何处说起。叫这一声，黎明便明白她对自己也理解不少，不免心中又勾起了许多的歉意。他深情地凝视着她，彦梅避开他灼热的眼神，幸福地偎在他怀里，半响，才微张着眼瞧瞧，微眨着眼睛说："黎明，你知道吗？"

黎明惊奇地问她："知道什么？"

"近来院里的人都对你议论纷纷。"

"都议论我些什么？"黎明严肃地询问着，又侧耳认真地听着她的回答。

彦梅看他那焦灼的神气，噘起嘴巴撒娇地说："人家说你爱跟人吵。"彦梅边抚弄着他的纽扣，边鼓起嘴瞅着他。

黎明不以为意地笑起来，点了点她鼻尖道："喔，这有什么奇怪呢？"

"你又来了。这我知道，叫你注意些，别跟人家吵得太多。"彦梅站起来，正好抬头望见黎明在墙上贴的几个斗大醒目的字迹："斗争，就是幸福。"彦梅温和地瞧瞧他，指着那几个字说："你这老脾气还是未改掉，满脑子都是斗争、斗争的。"

黎明望着她那双会说话的眼睛，坚定地说："生活里没有斗争，就是不完善的生活。"

彦梅正有些高兴的劲头，听到黎明的话，面色又陷入了思考。不管多天真的人，都会理会这些话意。彦梅是个敏感机灵的女性，理所当然能理会这些话意。半响，谁也不说话，房间里静悄悄的，有一种压抑感，仿佛一根小针落在地上都会听得到。

此刻，彦梅微微抬起眼皮看着他说："你的话我似乎都明白，似乎又不明白。"停顿一会儿，她又继续说，"你要好好考虑我们

的未来与前途。"彦梅不假思索地补充一句。

黎明瞪了眼睛:"我知道斗争是复杂的,我认为一个有志的青年人,应该投身到火热的斗争中去,才是最大的幸福。我的志向任何东西也改变不了。"

黎明的话像一根针猛刺着彦梅的心,她在心底里感觉到一阵阵剧烈的疼痛。她知道黎明是个意志刚强的小子,不管用啥法子去说服他,也动摇不了他那颗心,也改变不了他的任性,彦梅也只好顺其自然。

彦梅离去,已临近深夜,窗外一片漆黑,半点儿星光也没有。人们早就进入梦乡了。只有黎明还在床上翻来覆去,思考着许多许多的事情。他想到与刘官讳的几次争吵,给彦梅增添不少忧虑,想到钟院长捉摸不定的神色,想到向阳大队的抗疟计划、合作医疗,想到贫下中农战天斗地的革命精神……为什么每前进一步,都受到这么多的阻力呢?难道自己坚持的方向有错吗?不,没错。他又想到热情的小平对事业是那么热爱。

这究竟是为什么呢?他真想不通钟院长为什么会说外科医生抓合作医疗是多管闲事?他知道跟领导"顶牛",对自己的生活、未来前途都有不好的影响。但对他来说,个人利益得失他不计较。前面的道路有多困苦艰辛,这对于他来说算不了什么。想到长辈们在艰难的斗争岁月里,风里来雨里去,舍生忘死,浴血奋战,我们今天与之相比,差距太大了。列宁说:"忘记过去,就意味着背叛。"他是一个革命的后代,应该经受暴风雨的考验。在斗争中,他失去的仅是身上的杂质,他得到的,将是熔炉中纯红的钢铁!他得到的,将是新的生活,新的生命!斗争是避免不了的,躲不开的。只有挺身而出，面向现实，敢于斗争，善于斗争，为崇高的革命理想而奋斗。

想到此，黎明露出了愉快的微笑，他坚信胜利，忘记了疲劳和病痛。他翻身下床，扭亮电灯，拿出列宁的《国家与革命》，全神贯注地读了起来。时间不知不觉又过去了几天。黎明确实比初来那阵瘦黑了许多，仿佛换了另外一个人似的，他颧骨高突，双眼深陷。可是那热情、欢乐仍挂在他脸上，他的目光还是那么坚定、刚强。刘官讳让他在普通外科处置室里光顶班。一天到晚，就是给小伤小病的病人包扎、冲洗伤口，换换药，上上石膏，以及做些外伤缝合的琐碎工作，这也够他一天忙到晚。黎明精神依然饱满，乐哈哈的，不管什么医生、护士的工作，见事就做。有时自己的工作搞完了，就跑去帮护理员同志倒痰盂、倒便盆、拖地板，什么事他都帮着干。刘官讳当面不住地赞扬他"勤快"，背地里却说他"好出风头，想取得病人的好感"。

黎明不在乎这些，他根本不把这些讽刺打击当一回事，人的认识不同，反正啥都是工作，自己不去做，也有人去做。

近来在彦梅的"严密监督"下，每天晚上，或大清早，他都煮着邱大爷送来的草药。原先彦梅拿去让中医部帮煮，黎明却不知从哪里找来一只旧药罐子，每天都放在厨房的火灶旁煎了。连续服了几天，腰痛倒有些减轻，但小便还是红色的，又痛又累。他拿小便到化验室验了一次，尿里含有大量的结晶冻如草酸钙、磷酸钙之类，还有大量的红细胞、白细胞等。他不愿让别人知道。他还告诉了化验员为他"保密"。彦梅问他，他只是说："确定是结石了。"彦梅强求他拍了两张片，才确定得左肾合并输尿管结石。彦梅便把

他的病情反映到钟院长那里去，钟院长也吃了一惊，认为病情不轻，叫彦梅劝黎明留医。黎明是个性格倔强的人，谁也劝不了。彦梅只好求钟院长下个行政命令。不然，他会工作到病倒才停手的。

钟永富找来了刘官讳，问他："黎明病了，你知道吗？"

刘官讳摇摇头道："不知道。他是真病还是假病谁知道呢？"

"黎明得了严重的肾结石，你暂时别安排他上班了。"钟永富严肃地说。

"啊！"刘官讳一听黎明患肾结石，心中早就乐开了花。但他又不便在彦梅面前表现出幸灾乐祸的神态，只好装作无可奈何的样子，把头摇了摇："钟院长，你也知道他的脾气，他不会听我指示的。"

"以团结为重嘛，你是个领导，哪能这样呢？"钟永富说。

刘官讳瞟了彦梅一眼说："好吧，我跟他说说看。"

下午，刘官讳到包扎室里找黎明，看见他忙得满头大汗。他悄悄走出来，坐到板凳上，观看了一阵，才假惺惺地关切道："黎明，听说你病了，是什么病？"

"问题不大。"黎明干脆地说。

"唔，问题不大就好。他们说你简直不能工作了，我很担心。"刘官讳漫不经心地说。

"谁说的？"黎明头也不抬。

"别逞强了。如果真的病了，就先休息吧。"刘官讳轻视似的说。

黎明轻轻地笑道："刘副院长，你看我这样子有病吗？"

这一答，倒正中了刘官讳的下怀。他佯叹一声，耸耸肩，得意地笑着走出去了。他心想:"哼,这才合我的意。老子这回就要你到手术台前去受苦,看你还狂。你能狂到多久?病不死你,也要拖死你。"他决定把黎明安排到繁忙的脑外科上班。让他整天参加手术。每次一站,至少也是近三个钟头,多则十个钟头左右。

回来,他却对钟院长和彦梅说,他劝不了黎明。不过,肾结石也不很要紧的,排出来就完事了。

彦梅看黎明一天到晚还是乐哈哈的,这才放下心来,每天只是催他服药。

当刘官讳安排黎明在普外当"包扎员"时,彦梅就很不服气。黎明倒满不在乎地常劝彦梅说:"要是每个人都到无影灯底下去动手术刀,这包扎的工作由谁来干呢?"这次,当刘官讳"让黎明暂时到脑外科顶班"——让他带病参加手术时,彦梅的心头又悬上一块重石头,她对刘官讳十分不满。她真担心黎明支撑不住长久的站立。黎明倒高兴极了。当初他不能参加手术,彦梅总是鼓起嘴巴不满;这次该是合意了吧,可她又担心。黎明根本没有想到,这是刘官讳的阴谋。等着瞧吧,会有好戏看的。

这天下午,彦梅好不容易才完成了一个手术。到兰县一个月了,还没有和黎明看过一场戏,大街也没有出过。今晚有文艺演出,晚上没事,她决定与黎明去看一场电影,顺便散散心,有一件很要紧的事得马上告诉他呢。回到值班室,才知道黎明也早出来到外一去了。她拿过笔来,蘸饱墨水,迅速地把术后医嘱开清楚,看看没少什么,下班时间也到了,就匆匆脱去白大褂,拎着个网袋,离开值班室了。从三楼一口气跑到楼底,到普外医生值班室去问,值班员都说没有见黎明;她又到包扎室去找,也不见;心想黎明也

许去查房了，又把普外病房全部走一圈，仍不见黎明的影子。彦梅走出大楼来，边走边沉思，猜定黎明可能先回宿舍了，就急匆匆地朝宿舍走去。路的两旁花香鸟语，不胜景致。她观赏着这一切，轻轻呼一口气："生活多么美好哇，我们的青春犹如这早春的景色，若不很好地去珍惜，这青春就会一晃而过。可是，黎明就是一位不会珍惜时光的人……"她伸手摘一朵小花，放到鼻尖不住地闻着，迈着轻快的步伐朝宿舍走去。

走到门前，房门全锁着。阵阵失落莫名涌上她心头，黎明上哪儿去了呢？她在门口愣一阵，忘记开门进去。

一会儿，小欧走过这里，看见她在门口愣着，便问："肖医生，你得了戏票没有？"

彦梅这才醒悟过来，利索地回答小欧道："得了！你见黎明了吗？"

"黎医生到院长办公室去了。"彦梅心急了，到院长办公室，又有什么事呢？她急忙把小花扔去，匆匆地朝院长办公室跑去。殊不知院长办公室空无一人，人们早都下班去了。她又急忙奔钟院长家来，在门口碰见施大姐在洗衣服。

"施大姐，吃晚饭啦？"

施大姐抬头，见是彦梅，忙笑着起身道："吃过了，进里面坐呀。"

彦梅并不进去，而是急急地问："钟院长在吗？"她不好意思问黎明在不在。

"在，刚吃过饭。你进去吧。"

彦梅笑盈盈地走进去。

外间里，小丽在洗碗。"肖阿姨！"

"哎，小丽，你爸爸在家吗？"

"在里面呢。爸爸，肖阿姨找。"

里面有人咳嗽两声："彦梅吗？"

彦梅进去，只见钟院长一人坐在那里看报纸。见彦梅进来，他将手中的报纸放下，问她有什么事。

彦梅皱皱眉头，不好意思起来，在心中盘算如何开口。钟院长察觉到了，他用牙签剔了剔牙齿，笑着说："嘀，我知道了。今晚是星期六，对不对？"不待她回答，又说，"黎明刚才来找过我——他早出去了，你没碰到他吗？"

彦梅老实地摇摇头，"嗯"一声。

钟院长又轻轻笑着："你放心，他不会去哪里的，也许他已在宿舍等你呢。"彦梅又与钟院长扯了两句，忙告辞出来。远远见宿舍门大开，她一阵高兴。走进去，见黎明正在里面，她轻轻走近他身后，他还未发觉。彦梅偷眼望去，见他正聚精会神地在看列宁的《国家与革命》。她站在身后微微笑一阵，才用双手蒙住他的眼睛。黎明惊慌地抓住她的手推开，彦梅便松手咯咯地笑起来，把网袋扔在床上："你这人哪，真像三脚猫，东溜西跑的，让人找得好苦。刚才你上哪里去了？"

黎明放下书："我从钟院长那里出来，就到陈勇同志那里扯了一阵。有什么事，找得这么急？"

"肯定有事吗？没事就不许找你吗？"彦梅反问他一句。

"谁说没事就不许找呢！是看戏吧。"黎明不假思索地问。

"不。"她欠欠身子，坐到床上，和黎明面对面，盯了黎明一

阵，这才从衣袋里掏出一封信来，往桌上扔到黎明的面前。黎明看了一眼，封面上是工整秀丽的两个字："内详"。

他不解其意，笑了笑，问她："谁写的？"

"你自己看呗。"彦梅拿过茶杯来，轻轻呷了一口。

黎明把信纸抽出，很快看了一遍后，依然将信纸折好，塞回信袋，还是静静地微笑，什么也没说，拿起《国家与革命》又严肃地看起来了。

彦梅放下杯，奇怪地打量着他，半晌，忍不住问道："你这个人，成了哑巴啦？"她推了黎明一把。

黎明放下书，笑问她："你要我说什么呢？"

"难道你一点儿见解也没有吗？"彦梅问。

"这是你的事，我怎么能干涉呢？"黎明不以为然地说。

"你……"彦梅牙齿一咬，好不容易才拼出一句话来，"早知道你会这样的话！"她将信唰地一撕，撕成两半，又折在一块儿，再使力地撕，撕个粉碎，扔出窗外去了。她生气地坐在床上，侧着头不愿看黎明。

黎明放下书本，温和地看着她，走到她身边，笑着说："别生气，喔。写信是他的自由，就看你怎么处理了。"黎明依旧像什么事情也没发生过一样，眼神不住地打量着她，抬手去拂她额前的乱发，将她拥在胸前，轻轻地吻着她，爱抚着她。

就这样沉默一阵，彦梅方抬起头来，忧郁的眼神瞧着他，生气地而又伤心地说："这是第三封了。前两封，怕打扰你，我就扔进厕所去了。"

黎明还是那么平平静静地微笑，面色还是不表露出任何感情。

"往后他再写,我就要贴到会议室的墙上去公开!"彦梅气愤愤地说。

过了一会儿,黎明滑稽幽默地说:"何必呢?你不怕对往后的生活、未来和前途有影响吗?"

彦梅轻轻地摇着头:"你说,该怎么办呢?"

"你是个聪明人,该怎么办你就怎么办吧。"

彦梅只是"唉"的一声长叹。她双手托腮,眼睛向着窗外出神地望去。黎明索性起身到台前坐下,坚持把后一节书看完,这才放下,伸了个懒腰,看着彦梅说:"准备吃饭,吃了饭好看戏。"

彦梅这才扑哧一声笑道:"你也会看戏吗?"

黎明笑着点了她鼻尖说:"你呀,稍微碰到一些不愉快的事情,就愁眉苦脸的。这不行啊。乔治·桑不是有那么一句名言嘛——心情愉快是肉体和精神的最佳疗法。"说罢,顺手拉着湿面巾擦擦脸,然后拉着彦梅朝饭厅走去吃饭了。

饭厅的记事牌上,用粉笔写着:"今晚戏院演出五幕话剧《马驮医院》,歌颂天津下放医务人员扎根高山苗寨干革命,全心全意为人民服务的先进事迹。望我院职工、干部,七时半在操场集合,集体排队去看。"下面署着"党支部"。

星期六晚,街上行人十分拥挤。戏院门口人山人海,黎明和彦梅跟在行列后面慢慢走着。彦梅边走边观赏着街上的景象。这里虽然是个小县城,但别有一番热闹。欧红英从对面跑过来,手上还拿着几支雪条,递给他俩每人一支,然后笑着插到后面去了。黎明笑一阵,望着小欧还未脱尽的孩子气。一会儿,两人随着队伍进了戏院。找到座位,彦梅拿出手绢来,在凳子上擦擦,两人才坐上去。

戏还未开始，人嘈嘈杂杂的。彦梅高兴地放眼环顾四面的观众，然后又转过身来摇摇黎明说："黎明，我们来兰县这么久了，你进戏院来，这是第几次了？"

黎明仿佛又忆起了她初来的那晚在这里参加文艺晚会。不假思索地说："是第二回了，你呢？"

"我比你多着呢，几乎每个星期六晚，小欧都邀我来。"彦梅得意地说着。

"小欧呢？"黎明四下环视，不见她。

彦梅点了他一下笑说："有你来，她不会跟我坐在一起。"

"她是个聪明的姑娘，才二十岁的人，想事做事跟大人一样。"黎明赞美她说。

看完戏，黎明深受感动。离开戏院，两人踏着月光，走进烈士陵园。公园里，人们都在尽情地玩乐。草地上，花丛中，都有人在漫步，闲谈。高大的革命烈士纪念碑前面和古松树下，围着一群红领巾少年，正在聚精会神地听老师述革命故事。于是两人就绕一个弯上到一间小八角亭里，里面空无一人。一盏明亮的电灯，高高地挂在亭的前阶上。亭上，刻着"烈士红亭"四个大红字，这里是妈妈他们牺牲的地方，黎明心中有说不出的亲切、激动，也有说不出的感慨。

这时，月光明朗，星光闪烁。一阵阵歌声和笑语传来，给人以心旷神怡之感。他抑制住奔放的感情，站在高处，放眼环视祖国的大好河山。他心中不住地想："我们这一代，要不好好工作来报答党和人民，那就对不起牺牲的烈士们！"

彦梅绕步过来，轻轻地对黎明说："你知道吗？小欧的妈妈，也是在这里战斗牺牲的。她妈妈和你妈妈的名字都刻在那上面。"

"是吗？"黎明回过头来问她，"就是那个欧红英吗？"

彦梅轻轻地点着头，心中感慨万般。

"欧红英……"黎明又在细思着，他极力地回忆着，想着爸爸讲过不知多少次的战斗事迹。

一会儿，那群红领巾少年排着队，唱着歌下去了。黎明和彦梅来到纪念碑前，彦梅发现了欧红英妈妈的名字，便信手指着说："黎明，你看，彭桂敏就是小欧的妈妈。"黎明往她指的方向看去，只见写着：彭桂敏，女，共产党员，游击队卫生员。

黎明望着墓碑出神，激动地在心里道："小欧，原来你就是那个小红英啊！我为什么不早想到？"黎明看了一阵，将身靠在石上，凝视着远方。革命的故事多么感人肺腑哇！如今，先烈们的遗愿，已成为现实了。先辈们付出极大的代价，才换取今天美好的生活，我们应该珍惜这来之不易的生活。

彦梅坐在石凳上呆呆的，嘴里含着一枝花，仿佛在想着什么。

"梅，你在想什么？"黎明问了一句。

彦梅回过神来，欠欠身子，走到松树下，热情地说："我们今天的生活多么美好哇，如果我们不去珍惜，那就对不起你牺牲的妈妈。"

"是呀，我们不去珍惜，不但对不起我妈妈，而且对不起所有的先烈们。"黎明认真地说。

黎明走近她，两人相对立着，向山下望去。城里的夜景好迷人，繁忙了一个星期的人们，在这星期六的夜晚里尽情地娱乐着。

彦梅抬眼望黎明，绯红着脸，深情地说："黎明，你不在的那

些日子里，有多少个夜晚，我独自上这里来，向着你去的方向眺望，期待着你快些回来，可你……"她忆起往日之事不禁垂泪。但黎明此时不是在身边了吗？不是很幸福了吗？可不，她极力地想着未来的工作、生活——如何把生活装饰得更美好些，让生活充满着欢乐与歌声。她完全陶醉在一片欢乐的海洋里。在这欢乐愉快的时刻，幸福是不能用语言来表达的。

黎明温和的眼神不住地凝视着她，似乎看穿了她的眼，看透了她的心。她的眼睛是那么晶亮，她的心是那么纯白无瑕。就这样相望着许久，黎明才轻轻地说："梅，我们不是在一块儿了吗？别忧思，把精神振作起来，让我们共同携手，开创事业，接过前辈们的红旗，踏着他们的脚印，把革命事业进行到底！"

回到宿舍，彦梅去休息了。黎明还是难以入睡，他又想到了火热的农村。他决心要给钟院长再写一份迫切的报告。只有为革命事业做出贡献，才不辜负先辈们给予的今天！

第六章　白衣红心

为了向阳大队的抗疟和合作医疗，黎明实在按捺不住，跟钟院长狠狠地吵了一架。这下可轰动了整个医院。刘官讳心里乐滋滋的，一副幸灾乐祸的神态，逢人便说黎明自以为了不起，不把领导放在眼里，把宁静的医院也闹翻了！只是见彦梅和小欧，他才不敢乱放炮。

钟院长坐在办公室里，气急败坏地看着黎明刚交上来的那份报告掉在地板上。刘官讳轻幽幽地走进来，朝地上的那份报告看了一眼，脚踏上去，走到他身边，阴阳怪气地说："怎么样？以前你还说我不是。这次你也亲自尝到他的辣味啦？嘿嘿……他以为他才是最革命的人。"刘官讳露出无可奈何的样子，坐到一张沙发上。

钟永富气鼓鼓地迸出一句话来："那你说怎么办呢？"

刘官讳巴不得钟院长找他拿主意呢，这一问，恰似将油往火里倒，便神气十足地说："你是院长，该怎么办你就怎么办吧！让他在外科，我实在管不了他了。你最好把他调换到别的哪个科去吧，

我爱清静，受不得闹。唉，我已经领教过他三次了。"他边说边摇摇头，然后又自言自语地说，"他哪把我们这些芝麻官放在眼里呢？"

"简直是胡闹。"钟永富拍了一下桌。

"他才来一个多月，就闹成这样，时间一长久，还不知要闹到何等地步呢？"刘官讳火里浇油地说。

钟永富气呼呼地站在那里，他明白刘官讳的这些话，是说给自己听的。当然，他的话不可全听。自己算是个老革命了，应该从爱护青年的角度出发，不过，倘若黎明不听，以后院里还有谁敢说他呢？要不把这"不正之风"压下去，整顿整顿院规，这宁静的医院可真要让黎明掀翻了。

他问刘官讳道："你给他排什么班？"

"腹部外科。"

"是和彦梅在一起的？"

"嗯。"

"他认真上过班没有？"

"他哪认真上过班呢？整日里都是心不在焉，一天到晚只想跟肖彦梅鬼混。"刘官讳说这一句，自以为是明智之法。他又观察钟永富的神色说："他俩一玩起来，就不分时间了。常常混到深夜，影响极坏。搞得第二天上班无精打采的。我说又不是，不说又不是。钟院长，我实在对他没办法啦。"

钟院长想了一阵，就给卫生局挂电话。李副局长不在，秘书说他到宣传部开会去了。他又要宣传部的电话，果然找到了李薪。

"老李吗，我是老钟。有个事想跟你扯扯。"

"什么事？"

"关于黎明的问题。"

李薪一听，不耐烦地笑了："不用说了，一切情况我都清楚了。你是院长，你就看着处理吧。我还有两个会要开。"

"老李，你能不能到医院来一趟呢？"钟永富问。

"好吧，散了会，我抽时间去。"

"什么会，这么重要？"

"怎么不重要？局改为科了，以后你们叫我李副科长就是了。"

钟永富这才放下话筒，转过身又对秘书说："下了班，你去通知朱主任、苏主任，今晚上开会。"

秘书正在抄东西，"嗯"了一声。

钟永富又说："庞国坤和陈勇也通知来。"

"要开支委会吗？"秘书放下手中的笔问道。

"不，开个科室领导的碰头会。"钟永富把抽屉翻了一会儿，就问秘书，"你把那份报告放到哪里了？拿出来我看看。"

"什么报告？"

"黎明那份什么合作医疗的报告。"

刘官讳盯了地上一眼，拾起来说："在这里。"

钟永富看一眼："不是。是头一份的。"

"没有呀。"秘书莫名其妙地说，两眼看着他，生怕自己的工作出了什么差错。

钟永富想一阵，就对刘官讳说："今晚李副科长来，你负责汇报一下黎明近段来的表现。"

"好！"刘官讳爽快地回答。

"不过要实事求是，多往工作上想，别尽抓些个人纠纷汇报。"

"是的。"

"你和秘书准备一下，要能写成书面的东西更好。"钟永富看着他俩说。

交代完毕，自己匆匆回到家里，床头床尾都翻了一通，找了许久，也不见那份报告的影子。恰巧施大姐也回来了，钟永富忙问妻子："我的那份报告，你收放到哪里了？"

"什么报告？"施大姐有些奇怪。

"黎明写的那份。"钟永富严肃地说。

"你这个人哪，黄泥巴都埋到半截腰杆啦。你怎么能那样对待黎明呢？"施大姐怨起丈夫来，她为黎明打抱不平。医院里都为这件事议论纷纷。施大姐生怕黎明受不了打击，其实他的出发点是对的。

施大姐与丈夫斗嘴一阵。钟永富狠狠地瞪了妻子一眼，将手一甩，回宿舍去。又里里外外，蚊帐顶、床底下都找了一通，还是不见，又回到厨房来。老三在大门外玩。钟永富走出门去，恰巧小男孩进来。"小军，你拿爸爸的什么纸了吗？"

"拿了。"小男孩瞪着大眼睛利索地说。他跑过来，望着爸爸老实地承认着："爸爸，你要找吗？"

"是呀，你放在哪里了？乖乖，拿回给爸爸，爸爸带你去看电影，打仗的。"

"不，我跟妈妈和姐姐去，不跟你去。"

"好，好。跟妈妈和姐姐去。那爸爸的纸呢？"

"姐姐拿来折飞机给我啦。"

"这丫头，她还说不懂呢——在哪里？"钟永富正色地盘问小儿子。

小孩愉快地指着房顶上说："飞到房顶上了。是美国的飞机，被解放军叔叔击落的！"他稚嫩的脸庞露出可爱的微笑。

"带爸爸去！"钟永富严肃地对小孩说。

"爸爸，美国的飞机，你还要吗？"

"不要，要回爸爸的纸就行了。"

他跟着孩子来到那间平房房顶上，上面落了两三个纸飞机。他急忙用长竹竿把它们一一挑下来，拆开看，一张也不是。失望地走回来，这才想起很可能是哪天晚上，拿来给小军揩屁股了。这才搓搓手，走进厨房，协助爱人忙起家务来。

傍晚下班的铃响过很久，黎明还在给一位外伤的工人搞清创术，然后缝合好，包扎处理完毕，这才离开病房回到宿舍。饭堂已经关门。彦梅替他把饭菜端回房来，已经冷了。

彦梅洗澡回来，放好东西，就过黎明房间来。"怎么这么夜才回来呢？"

"正要下班，又来了个外伤的工人。给他处理完了，我才回来。"黎明不假思索地解释道。

"饭菜都冷了，我拿去热热再吃吧。"说罢，就要动手去热。

"不用。"

小欧手上提着一只新桶，哼着歌，正走过他们门前。见黎明刚在吃饭，就问："今晚八点钟在礼堂开会，你们知道吗？""不知道，开什么会？"两人都奇怪地同时问。

小欧摇摇头说："我也不知道，是听说的。"说罢，转身走过

去了。

"什么会，你去吃饭也没听说？"他问彦梅。

彦梅摇摇头："没有听说。是不是有关合作医疗的事？"

"通知牌上没有写通知吗？"黎明停下筷子问。

"没有。"彦梅有些莫名其妙地说。

黎明刨了两口饭，笑着说："没有通知的会，本来我们可以不去。但是，为了革命工作，我们还是主动去。"

这时，天空布满了乌云，飘着毛毛细雨。人们已三五成群地朝礼堂走去。黎明放下碗，拿起笔记本和笔，与彦梅一道出了门，朝礼堂走去。

礼堂里面，坐满了人。上面，坐着钟永富和几个科室领导。一会儿，李薪也来了，刘官讳跟在他后面摆身晃脑地走进来了。黎明进来时，陈勇招呼他一声，热情地把他叫到自己身边坐下。会场里的气氛很严肃。黎明是第一次参加全院的职工大会，他对许多人都还没认识完呢。彦梅走过去和小欧坐在一块儿。

不一会儿，人到齐了，钟院长咳嗽一声，大家立刻静下来。他坐在李薪的左边，近桌子。刘官讳坐在他的左边，旁边是几位科室负责人。钟永富像往常那样，慢条斯理地说："同志们，开始开会了。今晚，开个全体职工、干部大会。李副科长在百忙中，也赶来参加我们的会议，这是领导对我们的关怀。现在，我们欢迎李副科长给我们做指示。"

会场上立刻响起一阵雷鸣般的掌声。李薪对钟院长点点头。

李薪挥挥手，笑着止住掌声，说："今晚，本来我还有个重要的会议要参加。可是，钟院长再三要求，也只好过来了。"说罢，他将烟头在桌上熄掉，放进烟灰盒里，说："我们兰县人民医院，在医院党支部、院党委会的正确领导下，做出了许多成绩。这些，都是同志们共同努力的结果。县委很满意，我们也很满意。今后希望同志们谦虚谨慎、团结一致，共同奋斗，取得更大的成绩。"他边说边翻开笔记本，看一会儿又说："许多同志都积极工作，热情为人民服务，深受广大工农兵群众的赞许，被誉为人民的好医生。这种精神，才是革命精神。在此，我代表卫生科、院支部，表扬这些同志。还有新来的肖彦梅医生，也勤奋工作，团结同志。希望落后的同志，好好向他们学习。"他停顿一会儿，会场上鸦雀无声，静得连旁人的呼吸声都能听到。喝了一口茶润润喉，把笔记本子翻了翻，他换了一个口气，直截了当地说："可是，近段时间以来，在我们前进的道路上，还有个别少数人要搞个人主义，纪律散漫，不服从领导分工，与领导大吵大闹，动不动扣人的帽子。所以，我们今晚召集召开职工、干部全体会议，就是要纠正这种不正之风，来完成党交给我们的光荣任务。"李薪说完，看了看钟永富。

钟永富领会地点点头，说："同志们，刚才李副科长讲得十分明白。今晚的会，是我院一次广泛的集体会。希望同志们在会上能畅所欲言，提出宝贵意见，现在开始。"

"我来说两句。"钟永富话音刚落，刘官讳立刻站起来了，"下面，我来发言两句。我们医院里做出不少成绩，这是事实。然而，这一点儿成绩离党的要求，还差得很远。我作为一个副院长，理所当然要负主要责任。"他看看李薪，见他满意地笑，很快又说，"今晚上这个会，是很必要的。李副科长在百忙之中也亲临指导，这是对我们的关怀。领导同志们都在会，那么我们应该有话当

面讲，畅所欲言。"他连连咳嗽两声，"因此，我有些话要提，对与不对，领导在场。"

李薪在一旁插话说："畅所欲言嘛，有什么不该说的？"

钟永富连忙点头道："对，对。"

刘官讳近前一步，厉声说道："在这里，我对黎明有些意见。"他的话刚落，所有的人都把目光集中到黎明的身上。

黎明坐在陈勇旁边，神态镇静自若。起初，他对这个会的突然召开亦无事先通知，就感到有些不大对路，心中也猜到了一些，估计是针对自己而开的。现在果然不出所料。对于这种"突然袭击"，他觉得可笑又可悲。虽然是突然，但他也有准备。所以，他很冷静、安稳地坐着。

刘官讳要开腔了，黎明拿出笔记本，准备记录。在他的心中，根本没有怎样对付眼前这种事态的想法。他知道，这个会是经过充分准备的，是有组织地针对他的一次会。但他不怕，因为他知道，只要允许在会上申辩，那谁是谁非，就会一目了然。

刘官讳越是气势汹汹，他越是能沉住气。

"黎明刚来，在我院不到两个月的时间里，便与领导大闹几次。同志们所知的，影响最大的都有四次！可他在院里，真正工作没有多少天。不用多说，同志们都清楚，到目前还有许多人还未认识他呢。"刘官讳装作沉痛的样子，指着黎明，生怕别人看不见似的。他用力拍了拍自己手中的日记本，又说："我们都是以为人民服务为出发点，为此，黎明同志有如下几个错误。"他扫视会场一阵，又振振有词地说，"他错误的第一条，是狂妄自大，自暴自弃，目无领导。表现在跟我大闹过三次，与钟院长大闹过一次，共四次。至于科里的同志就不用说了，他更不放在眼里。第二条，他忽视院规，无组织无纪律。不服从领导分工，不值班，严重地影响革命工作。第三条，他口口声声说为人民服务，可工作爱干就干，不爱干就溜之大吉，甚至三番五次跑到乡下去躺倒，睡大觉。"他看看大家，自得地又说，"同志们想一想，这是革命的青年工作者吗？简直是一个新的资产阶级分子！更严重的是第四条，他故意破坏革命团结，挑拨领导与群众的关系！第五条，他时常说假话，好大喜功。借着支持农村搞抗疟为名，屡次打什么报告'要下去办合作医疗'，摆出一副救世主的样子，以此为自己掩盖错误。第六条，他不但罢工不干，还要拖别人后腿！同志们也知道，肖医生平时工作热情肯干——还受到李副科长的表扬——可是黎明一回来，就千方百计通过私人感情拉拢肖医生。"刘官讳说到这里，很快瞄了彦梅一眼，见彦梅把脸别过一边去，很厌恶的样儿。他不在乎，又说："第七条，黎明无病装病，小病装大病。目的何在？其实是为了取得别人的同情与赞许！"刘官讳摇头晃脑，神气十足，说得唾沫四溅，不时拍拍日记本。"第八条，这是最严重的。他擅自跑下乡，不经批准，擅自召集群众开会。名曰'合作医疗调查会'，在会上给卫生系统施加压力，煽动群众跟卫生科闹。这是一个革命干部的所作行为吗？这不是拿着泥巴朝卫生科脸上抹黑吗？他一不是领导，二不经授意，简直是胡闹！我到兰县工作十几年了，还没有见过这种人呢。真是胆大妄为，目无王法！"

他扬扬得意地说着，不大理会到会人员的情绪。有了钟、李做他的支撑，他便以为他的陈述全是对的，没人敢去揭他的不是。他哪想到，一向替黎明打抱不平的陈勇倏地站了起来，打断了他的

话，大声地说："我插一句！"

刘官讳停下来，透过眼镜不友好地看着他。陈勇不理他那虚伪的表情，严肃地说："毛主席教导我们，'没有调查，没有发言权'。我认为作为一个领导，说话要注意分寸，要负责任，不能信口开河，也不能偏听偏信，更不能打击报复。"

"我没有说完。"刘官讳粗暴地指着他，"陈勇同志，你说我打击报复谁？说话要有证据。"

"我也说一句。"欧红英倏地站起来，看着刘官讳，"我同意陈勇同志的说法。一个领导，偏听偏信，不但伤害同志的自尊心，而且对党的事业会有影响。"

"说话要注意态度！"李薪说了一句，他看着小欧，实际上指的是陈勇。

陈勇理直气壮、镇静地说："帮助同志，要从爱护出发。恶意攻击，就会伤害同志！刚才刘副院长宣布黎明的那八条错误，全是捏造，是进行人身攻击。"陈勇说完，坐到座位上。

"你说什么？"刘官讳大发雷霆，"陈勇，你存心破坏捣乱，你凭什么干涉别人发言？"他那双邪眼扫了会场一下，很快又虎视眈眈地瞅住陈勇。

"刘副院长，你别焦急嘛。我没有干涉你的发言，干涉别人发言的是你。"陈勇站起来，心平气和地说。

会场上气氛严肃，胆小的人都不敢咳嗽一声。

"有话一个个讲，吵什么？"钟永富对刘官讳和陈勇吼了一声。

黎明伸手拉拉陈勇，叫他坐下。陈勇对黎明笑了一声，甩开他的手，严厉地指着刘官讳说："对待同志要像春天般的温暖，对待敌人要像严冬一样残酷无情。这两句话是雷锋同志说的。像你这样的态度是对待同志吗？简直是对待敌人的态度。"

刘官讳瞪着陈勇，愤恨地说："陈勇，你说我这是对待敌人的态度，那谁是敌人？我知道你们都把我当作敌人。但谁有道理，谁有错误自有领导公论，我谁也不怕！"刘官讳说完，退一步，回到座位上去，端起开水来拼命地喝。

钟永富咳一声："请同志们都提意见吧。有意见请在大会上提，会后不许搞小动作。"

钟院长话音刚落，彦梅和小欧同时站起来。彦梅推了小欧一把，向前一步，她激动的神态绯红着脸。这个会对她来说，太突然了，她一点儿也没有思想准备。刘官讳又捏造出许多的伪道理来，她心中早就忍不住了。只因女子特有的矜持，才使她免于与刘官讳争吵，把冲动的感情压在心底里。待钟永富讲完话，她决心也要发言几句。她不是为黎明和自己辩解，而是他们这样对待人，也太过分了。这不是出于公心，而是存心报复，这样太不公平了。她将头一甩，两条辫子甩到身后去，朝大家看一眼，清脆地说道："让我先说几句话吧。在这里，我不是替黎明申辩。而是刘副院长这样说法太过分了，这八条是错误的，全是捏造事实，没有证据。"

每个人都望着她。她眨动着睫毛，也望着大家，放轻了声音又说："这个会，事前我和黎明都没有得通知，要不是好心的小欧告诉我们，我们不参加这个会，不知要如何加我们的罪状呢！我真不明白领导的意图，到底是怕事前我们有准备呢，还是别有他想？"

她的话很轻，但听来又沉重，句句敲动人心。人们以为她说完了，可她坐下了又再站起来，补充道："我想，要是从治病救人的

愿望出发,是不会也不应该这么做的!"

"不,让我插一句。"刘官讳起来,看着她,笑一声,"这是因为急,我们忽略了。你不信可以问其他同志。"说罢,坐下去。

"这么大的一个会,连通知都会忽略吗?"彦梅根本不相信他的狡辩,她为难地说,"讲忽略,不过是一种欺骗罢了。我想不通,为什么要这样对待我们?"没有人作声。

她略略停一会儿,又用稍高的声音说:"黎明一心只为的是革命工作,我不明白刚才刘副院长为什么给黎明定这几条罪状。起初我为此大吃一惊,后来我感到很悲哀!难道黎明就这样成为无罪受过之人吗?请问刘副院长,你这是何目的?你这样的做法是诚心帮助同志吗?你这样做根本不配做个领导。"

她的话刚落声,会场顿时掀起一片议论声。彦梅说这些话,只有刘官讳最明白,其他同志也许不会理解全部意思。她理了理额前乱发,瞪了刘官讳一眼,又严肃地说:"稍微有点儿正义感的同志,都会为黎明打抱不平的。刚才你所定黎明的罪状,说黎明不服从领导安排,三番五次跑到乡下去躺倒。亏你做一位领导还说出这些话来,黎明到乡下去几次,都是你和钟院长叫他去出诊的,而今天你却借题发挥,想要强加罪在他的头上。还有,你想知道我和黎明的关系吗?我可以奉告,我们是同学、同志关系。再进一步来说,他是我的男朋友。可他没有像你所说的拉拢我。你说他无病装病,他是否装病有化验员做证,你……"

"肖彦梅,有话慢慢讲嘛。"彦梅正说得起劲,却被李薪吼住了。

她斗志昂扬,不顾李薪责备,继续说:"我只是想说明一下,黎明带病冒雨出诊，是刘副院长心存报复，才逼得黎明这么做的。现在倒反过来说黎明擅自下去，你说过的话，要负责任。"她指着刘官讳说。

"有意见可以提，但说话不能带讽刺攻击。"李薪说。

彦梅愣了会儿，但很快又醒悟过来，转身过来瞅住李薪道："李副科长，我这么说叫作讽刺攻击吗？此话也太苛刻了吧，难道刘副院长的每一句话都是至高无上的吗？"

"肖彦梅，"钟永富喊了一声，也高声地说，"帮助同志能用着这种态度吗？领导跟你好好讲，你应该态度明确些。好吧，你继续说下去。"

"我没有权利说了，谁要批评就批评吧！"她生气地退到座位上。

"我来说两句！"刘官讳立刻站起来，满脸堆笑，那双邪眼滴溜溜地瞅住彦梅道，"如果说肖彦梅与黎明没有什么关系，那可瞒不过大家的眼睛。谁不知道肖彦梅与黎明的作为呢？"说到最后这句，他故意抬高声调。

"你——"彦梅气得说不出话来，她恨极这个老光棍儿了。这些话只有她才理解他说的用意，她恨不得把老光棍儿妄想追求自己的事公之于众。但细细一想，这对她与黎明都没有好处，也只好忍在心底。

小欧拉她坐下，她推开小欧，要站起来。小欧极力拉住不放，淡淡地说："让他先说。"

陈勇又走出来，对几位领导看一眼说："刘副院长给黎明提出的批评，起初我为他感到难过。后来觉得真可笑。"此话引起许多

目光都集中到他身上。他面部泛起一丝微笑，看着刘官讳："为啥这么说呢？因为刘副院长坦率地说出了自己的心里话，所以黎明的八条错误，也就出来了。"陈勇稍微停顿会儿，脸上的笑容立刻消失了，换上一副严肃的面孔说，"所以我认为，他所列举的黎明八大罪状，都是棍棍想将黎明打死，并不是帮助同志的意思，他是想将黎明置于绝地。"

顿时，会场上轰动了起来，大家纷纷交头接耳，你说一句他扯一言，各都有所见。会场掀起了一片混乱的氛围。

"吵什么？"钟永富大声吼一句，人们才稍平静些。

"陈勇！"刘官讳跳出来，"你这是什么意思？"

陈勇仍然安静地瞧着他，不失风度地说："忙什么？我话还未说完呢。是的，你说得对。黎明来到医院一个多月，便跟领导大吵大闹过四次，并且，也没有在院里上过几天班。这都是事实！但同志们都清楚，黎明跟领导的争吵，不是为了革命工作吗？难道是有意跟领导过不去，要拆领导的台？都不是。"

"那你说是什么？"刘官讳在一旁，愤怒地发问。

陈勇回过头来，坚定地说："他一心一意为的是革命工作！为的是广大贫下中农的切身利益！"

刘官讳在一旁连连冷笑，他以为这么笑就可以把事情、把问题都掩盖得住，可是，谁是谁非，人们在心中都有个数。人们都在为黎明打抱不平，在斗争面前，大多数人都畏缩，但也有些人抱着正义感，尤其是陈勇同志不畏一切地挺身而出，在大是大非面前，敢为黎明辩清是非。

"是的，他为的全都是革命工作，别人都没有一点儿功劳，是吗？"刘官讳突然止住笑声，怒目圆睁地斥问陈勇，"你讲清楚些，为啥老护着他？"

陈勇不甘示弱，对于刘官讳此类无赖，不用一点儿真功夫对付是不行的。

"因为他走的方向是正确的，难道我们不向着正确的路线走，要向歪路走吗？刘副院长，你可别忘了，你犯了些什么错误？"陈勇毫不留情地提问了他。

这一提问，刘官讳便说不出话来，瞪着眼，站在那里狼狈不堪。

"陈勇同志，你现在还提这些干吗？"李薪站起来，"谁没有犯过错误？犯错误了改正了不是好了吗？别老是揭人的伤疤。"

陈勇昂起头来："说得很对！但是，不要缝合了伤口忘了痛。口头上说执行革命卫生路线，实际上却背地里反对，这不符合社会主义的政策。我认为，刘副院长跟黎明的分歧，不是一般的问题，这是关系到是否支持社会主义新生事物的问题。"

李薪笑起来："陈勇同志，你把问题越说越大啦。同志间的纠纷，何必说到上纲上线去呢？照你这么说，不是把我院所取得的成绩，都忽略了吗？"

"不，李副科长。"陈勇坚定地说，"医院的成绩我不否认，但是合作医疗早已被砍掉了，卫生工作的重点都放到哪里去了？是放到农村还是回城市来了？这种做法是执行革命卫生路线吗？"

刘官讳在一旁，不服气地指着陈勇："你这是有心对黎明的错误思想进行帮助？人家扯东你道西，你有意转移斗争的大方向！"

陈勇也毫不畏惧地说："这正是你和黎明分歧的真正实质问题。"

"陈勇,这是意见会,不是争论会。你怎么抱着这样的态度呢?"李薪不满地说一句。

陈勇理直气壮地说:"所谓意见会,我刚才对刘副院长提出的就是意见。他这种态度不是对待同志的态度,为使一个同志工作思想能上进,应该把事情分清是非,才是真正的帮助同志。你们说黎明'对现实不满',这太过分了吧。他朝气蓬勃,热爱党,热爱社会主义,为革命路线而忘我工作,带病工作,投身农村。这么一个好同志,你们不但不支持他,反而攻击他,并且提出八大罪状加在他头上。你们这样的做法难道不问心有愧吗?这对得起党和人民吗?"

这一席话,把李薪和刘官讳说得哑口无言。

"好了,好了。争吵是解决不了问题的。"钟永富出来解围,"望大家都冷静下来,实事求是,要讲道理,别互相扣大帽子。"

"我也说几句。"一直沉默着的内科主任庞国坤也站起来说,"刚才同志们发表了很多意见,我记不完。依我的看法,在路线问题上,要分清是非,不能随风摆柳。我们作为一个共产党员,要挺身而出。"他说话较慢,力求字字清楚,"刚才刘副院长给黎明提出八条意见,这是可以的。但不能歪曲事实,要实事求是。黎明带病下乡,奔波劳碌,并不是为个人的安逸。他一心想把向阳大队的抗疟和合作医疗搞上去,这也不是为了个人的名望。他只是为了贫下中农的利益,为了执行革命卫生路线!刘副院长给他扣上这八条罪状,这未免太过分。"

坐在人群中间的苏艳忍不住也站起来说:"我提个意见。既然大家都这么说,这个会是针对黎明而开,大家都讲了不少,也该让黎明来讲一讲自己的看法了。"

"同意。"许多同志都表示赞成。

"黎明,你起来讲嘛,怕什么?"一些同志也说。

"黎明,冷静些,要注意态度。"又有的提醒他。

"是呀,刘副院长不是刚说过?有话就说,有屁就放呗。"不知谁讲了这么一句,几个人哄笑起来。

"严肃一些!注意态度!"李薪批评道。

黎明站了起来,走到前面去站着,将大家扫了一眼。会场里立刻鸦雀无声,百十双眼睛都集中到他身上。他面色镇静、严肃,深深陷下去的眼睛,格外炯炯有神,头发长得快盖过耳朵了,也没有剪去。身上穿着一件褪了色的蓝色工作服,开着领,袖子挽到肘上,人显得比初来时黑瘦了许多。他心平气和地说:"我一直没有发言,这并不是害怕。既然大家都要我讲一讲自己的意见,那么我就简单地讲几句。"他轻轻咳一声,又说,"对于这个会,我知道总有一天要开的。因此,我并不感到突然。今晚我们确实没有得到通知,但也不奇怪。"黎明说到这里,用目光扫了李薪等一眼,又和气地说,"我也要求开这样的一个会。今晚能开,那当然很好。"

庞国坤递去一张凳子:"你坐下来说吧!"

黎明摇摇头,又继续说:"刚才刘副院长给我提的八条,我不想加以说明,更不会计较。有则改之,无则加勉,这是我的一贯态度。人贵有自知之明。作为一个革命青年,共产党员,我要以鲁迅先生为榜样,解剖别人,也解剖自己。我的缺点和错误是很多的,正像同志们所知道的那样,我脾气急躁,遇事不冷静。这给我在前进的道路上,增添了许多麻烦,也给了我一个沉痛的教训。我来不

久，跟刘副院长吵了三次，和钟院长吵了一次。本来用不着吵，也可以把问题解决的，但迫于无奈还是吵了。这首先是我的不对。是我太幼稚太无知了，把复杂的斗争，看得太简单，我认为这才是我最大的错误。"黎明说到这里，用犀利的目光扫了刘官诽一眼，然后稳健地走回自己的座位上坐下。

大家静了几分钟，陈勇望着黎明说："鼓不敲不响，理不辩不清。既然要分清是非，你就把话说完呗。"

"是呀，要相信党，相信人民群众。"同志们都这么鼓励黎明。

是呀，他想要说的话实在太多了。但是他还是说得很少，只是在心里苦苦地想着。合作医疗是社会主义的新生事物，是一朵鲜红的向阳花！对于它，我们作为党的儿子，应该抱着满腔热情的态度去扶持，去支持它，不能将它扼杀在摇篮里呀！可是，面对着这些复杂多端的问题，复杂的斗争，不说去支持这个新生事物，就是自己的前途也会支持不住。因为这些问题，他在心中越想越惭愧、越难过。向阳、平星、石头弯三个大队，近年来疟疾流行严重，影响社员健康，影响革命生产。在这种情况下，广大贫下中农仍然战天斗地，夺得粮食大丰收。我们作为人民的医务人员，不为人民服务，却躲在高楼深院里，又将贫下中农热烈拥护的合作医疗砍掉，这符合"六二六"的精神吗？这对得起党和人民吗？这根本不符合革命形势对我们的要求。我们是人民的白衣战士，这些工作我们不去做，那谁去做呢？

他为了革命工作，为了社会主义的新生事物能够得到发展，把这些情况向领导报告，得到领导回答的是"要拆领导的台，对现实不满"。就此来说，越想越令人悲伤。但细细地思索着，党的路线方针是正确的,个别领导不能代表党支部,我们应该按照党中央的指示,把医疗卫生工作的重点放到农村去。他在心中思索一阵,向上空眺望,短叹一声。

此刻,人们都在小声地互相交谈。钟永富不住地摇手,要大家肃静。

李薪起身,生气地说:"吵吵闹闹的,像什么样子?至于谁是谁非,问题不能一下搞清楚的。合作医疗、抗疟工作之事,你们都着急,难道我们当领导的就不着急吗?这里面涉及许多政策性的东西,这些都是县委的事,卫生科的事,用不着大家操心。"他看大家一眼,又说,"黎明在工作上是积极的,也能吃苦耐劳,关心病人,这些是值得赞赏的。但是,黎明的错误性质,仍然是严重的,直接影响到团结、工作的问题,也影响他的进步。所以,根据科里和院领导的决定:黎明要写一份书面检讨交上来。为了给黎明一个考虑的时间,这三天里,外科不必安排他上班了,好让他拿出精力写检讨。"

钟永富接着说:"写一式两份,交到我这里来。"

陈勇、庞国坤、施大姐等都站起来,不同意这个决定。这样处理太不公平了。

这使李薪大为不满。

"我们不能同意这个草率的决定!"陈勇大声地说,"要充分发扬民主精神,问题没有分清时,不能轻易地对一个同志进行处分,这是不负责任的!"

陈勇这么说,使李薪更为不满,他忍住激怒,起身向前几步,指着陈勇:"老陈同志,你也太固执己见了,你老是这样护着黎

明，对黎明有什么好处呢？"

黎明拉住陈勇说："老陈同志，用不着跟他们争论，我会正确对待这个问题。"

陈勇甩开黎明的手，继续说："这样对黎明处理，是错误的做法！我提议，这件事应该由党支部来研究，才能做决定。"

"我同意。"庞国坤也说，"处理一个同志要慎重，不能感情用事，偏听偏信会给革命事业造成损害的。"

"是呀！要黎明写检讨，首先应该让刘副院长写一份。"人群中，不知是谁说了这么一句。

"谁这么胡闹？"李薪听不清是谁的声音，"谁这么说就站到前面来。"

"是我。"庞国坤走上来承担，说，"别的暂不说，就说黎明与领导争吵一事来看，两人都有错误，刘副院长为什么不写检讨呢？"

"你这是想每人打三扁担吗？"刘官讳从旁插一句。

庞国坤不想跟他吵，面向李薪："李副科长，黎明的这个问题，我作为一个支部委员，为什么不知道呢？"

"这是小事情，院长有决定权，用不着开支委会。"

"现在来看就不是小问题了。如果是小问题就用不着停职三天写检讨了！"陈勇接上去说。

"这是对同志的负责任！"李薪看着他俩说。

"要对一个同志负责任，就应该开支委会，由党支部研究，才能做决定。"庞国坤仍坚持着自己的看法。

眼看问题越闹越大，钟永富走过来，朝他们几个挥挥手："大家都为了把事情搞好，搞清楚。我看，开个支委会也不是很难，几个人碰下头就是了。今晚这个会……"他用眼睛征求李薪的意见。

李薪领悟他的意思，他是想让自己乘机找台阶下，忙说："要是别的没什么，就暂时休会。"

钟永富对大家说："好啦。今晚这个会，就暂时到此吧。至于开不开支委会，什么时候开，我跟李副科长另研究。"

"散会！"刘官讳大喊了一声。

大家陆续走出会议室。彦梅还站在那里，似乎在等黎明。黎明正走到彦梅身边，就听到李薪喊一声："肖彦梅同志，你留下来一会儿。"

黎明头也不回，昂首从他们身边走过。回到宿舍里，他关上门，推开两扇窗，解开衣扣，烦乱地望着窗外出神。窗外的路灯在黑暗的微雨中发亮，小雨不知什么时候停住了。凉风一阵阵吹拂，摇舞着窗外的树梢。他不为此难过。他知道这件事不会就这样完结，更大的斗争还在后头。在他面前等待着他的是无情的风雨。"道路是曲折的。"他初步体会到这句话的深远含义。没有一个坚定的信念、志向、理想，要想在极其复杂的、艰辛曲折的道路上前进，是多么艰难哪，今晚的斗争，只不过是自己前进的道路上无数个斗争的一个序幕而已。但是，从这里他深刻地体察到斗争将不是孤立的。自己的头脑太简单了些，想得太天真了。过去的这一切，没有自己想得那么纯真，那么洁白。这斗争依然是这么复杂、紧张、激烈！

"嘭，嘭。"

正当他想得入神之时，有人轻轻地叩门。

"黎明！"是陈勇的声音。他走过去开了门。

黎明惊喜地拉住他的手进来，把他拉到床上坐下。

陈勇关切地问他："你难过吗？别难过呀。"

"我不难过。"黎明笑着回答他。

"对，不要难过。要相信党，相信大多数的同志和我们。困难，是暂时的。"陈勇鼓励着他说。

"陈勇同志，你们的话，给予我巨大的力量！"黎明感激地说，他得到了陈勇的支持，心中感激万分。顿时，眼泪就要往外流，只因男子的刚强才免于落泪。

"你刚来，就把我们院里存在的主要矛盾揭开，刺到了某些人的心，正打中了他们的要害。"陈勇高兴地说，"但是，事情并未就此过去。大的斗争还在后头呢，我们要有充分的思想准备。"

黎明点点头道："有党的领导，有同志们的支持，我们一定要斗争到底，直到胜利的光辉顶点。"

陈勇对着黎明看一阵，他确实瘦了许多，不免心中升起了怜爱之意："你瘦多了。"

"是的，人是瘦了些，但我的意志还是坚强的。"黎明在心中叨念着。

"要注意身体呀，不能让人家笑我们。还有一条，"他慈祥地看着黎明，黎明睁大着眼睛期待着他的指教，陈勇笑着，轻轻地说，"不能只顾自己的前进，肖医生的情绪近来也不很好，你也要安慰她一些。"

黎明感激地点点头，半晌，才说："她总是把一切都看得那么单纯、幼稚，一遇些风浪就要畏缩。"

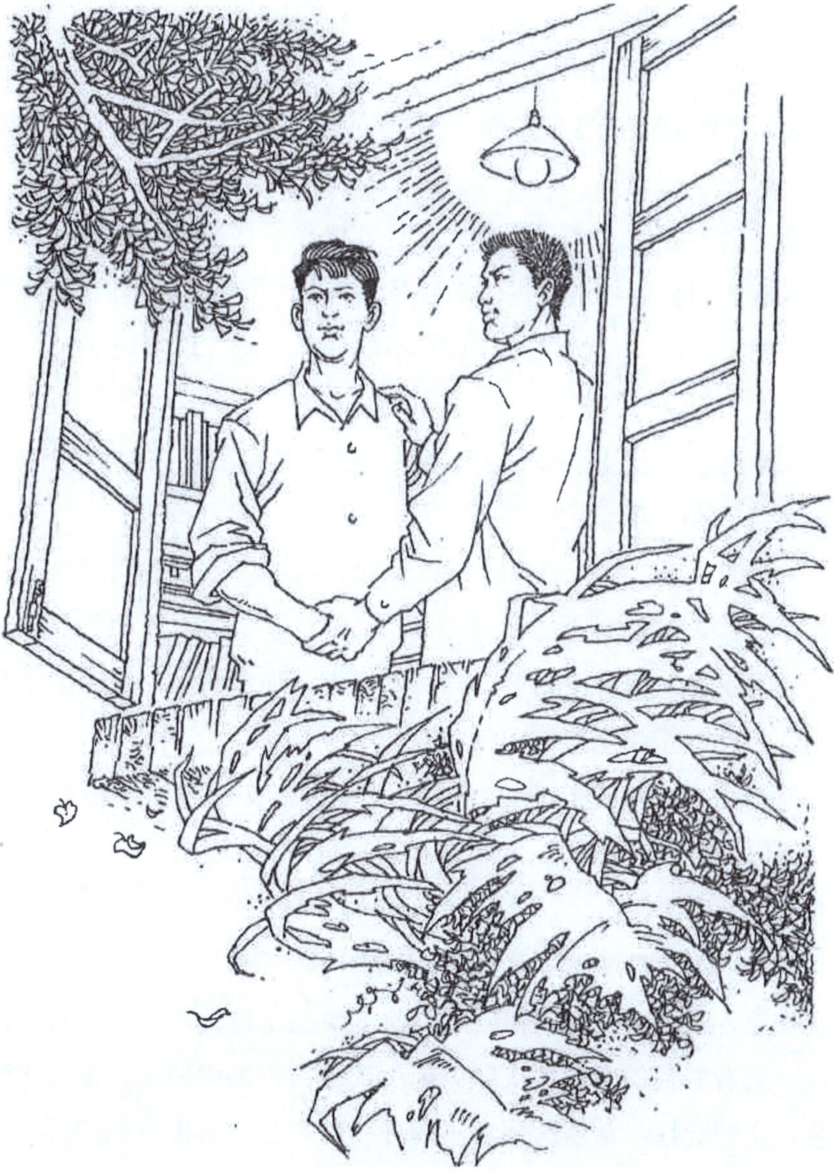

"动摇性，是知识分子的最大的弱点。作为同志，我们应该多帮助她，让她思想能得到前进。"陈勇善意地提示说。

黎明说："这倒用不着担心……她这人的弱点就在于幼稚。初入社会，还没有改变她的性质，遇事还是那么害怕。"黎明边说边笑着。

陈勇也笑着说："这就说明人的思想并不是一成不变的。能教育大多数人和我们一道前进，增强革命力量，这也是我们一项繁重的工作呢。但这只是初步的胜利，不能轻举妄动，现实还存在着尖锐复杂的斗争啊。"

"是呀。"黎明长叹一声，两人会心地笑起来。陈勇与他谈心，增强了他的勇气和力量。

"黎明，以后有什么事，可以跟我们说说，今后我们就要一起共事了。"陈勇说。

黎明欣喜地拉着他的手说："你放心，陈勇同志。我也是个共产党员，我知道应当怎么做的。"

陈勇点点头，立起身来："庞主任也是支部委员，还有施大姐，他们都是很好的同志。有事，随时可以跟他们说。"

"嗯，谢谢你们。"

"好，休息吧。我回去了，别想得太多。"

陈勇告别了黎明，叫他立刻休息。黎明坚持把陈勇送到院大门口，一直看着他的身影消失在大街上，才慢慢地走回来。黑乎乎的夜色，宁静无比。从留医病房里的各个窗口里，射出雪亮的灯光。许多人都休息了。黎明欣赏着眼前的景致，望着一排静悄悄的、整齐的花木，心想："宁静的医院哪！其实你并不那么宁静。在这里面还存在着激烈的斗争。"他迈开步子走回来,经过彦梅门口时,灯还熄着,他知道彦梅还没有回来。进到自己的房间,好像身上有些发热,喉咙烧得难受,腰又痛起来了。急忙拿过那草药罐来,倒上一碗,药汁已经冷了,他顾不得拿去热,仰头一口便喝光,方才坐到灯台前,提笔沉思起来……

第二天一早,黎明洗漱完毕,照例去上班。才走到外科大楼门口,碰上刘官讳走出来。

"你要到哪里去?"刘官讳不怀好意问他。

"上班。"黎明简单地回答。

"上班,哼,检讨书写好了没有?"刘官讳扬扬自得地歪着脑壳轻视地斜着对黎明说。

"我没有错,为什么要写检讨?"黎明严肃地反问。

"哟,翻案想不认账啦?"刘官讳叉腰挡住在大门口。

黎明跨上前一步:"想翻案的是你,不是我。走开,我要去上班!"黎明口气十分强硬,两眼紧盯他的脸。

刘官讳傲气地威胁黎明道:"你要干什么?你以为事情就这样过去啦?告诉你,把检讨交出来,否则的话……"

黎明说:"应该写检讨的是你,不是我。走开!"说罢,黎明就想撞过去,无奈他又用手堵住一边门。

"你想去上班?嘿嘿,除非把我这副院长的职撤啦!"他死皮赖脸地不走开,真奈何不得他。

黎明再次换起一副威严的面色说:"工作是党和人民给我的权利,谁也挡不了。"说罢,就昂首挺胸地走过去。

刘官讳在后头咬牙切齿,狠狠地说:"你别高兴得太早,会有

好戏给你看的！"

黎明轻蔑一笑，不与他这小人争论。

此时，恰巧小欧走出来，招呼黎明一声，就对旁边的刘官讳说："刘副院长，75105号病人又大出血了，肖医生决定给他输血。可血库的A型存血又完啦。你看怎么办？"

"我知道怎么办吗？"刘官讳正在气头上，粗野地说，"血库的血用完了，找我干什么？难道还要抽我的血不是？"

把小欧吓得畏缩在那里，睁大了眼睛愣着。刘官讳手一甩，气势汹汹地走出大楼去。

黎明忙过来问她："怎么回事？"

小欧这才松了一口气，对着黎明焦急地说："有个内出血病人，天亮前又大出血。若不立刻手术止血，很可能有生命危险。可偏偏这时候血库的A型血用完了。"

"病人是A型血吗？"黎明问。

"是呀。刘副院长干吗火气这么大呀，怎么办呢？"小欧心急如火，等着黎明拿主意。

"需要多少呢？"

"起码要两千毫升。"

"这么多血，怎么一下子凑得齐？先抽我的，我正好是A型。"

"你？！"看着他消瘦的脸，小欧睁圆了眼睛。如果再抽他的血，岂非是要他的命。

啊！他，是一位真正的好医生，是一位忘我而劳的革命工作者。为了工作，他宁愿付出人生最宝贵的东西——生命的代价。

"快呀，走。去做交叉试验，如果不凝集，还可以抽几百毫升的。"他急催着小欧道。

小欧打断他说："不行啊。"

"怎么不行？"黎明望着小欧说。

"你病得这么严重，还要抽血，会有危险的。"小欧打量着他瘦骨伶仃的身子，极力地摇摇头，"你呀！别这么认真了。"

黎明率性地笑着说："不行也得行，救人要紧。"说罢，便转身要到检验科去。

小欧也随即跑过去。黎明来到检验科，只见几个化验员在忙碌着。他走进去，坐在一张凳子上。

旁边一位老病号关心地问他："你是什么病？你的验血单呢？把它放在这里排队。"

黎明笑了笑："我不用化验单。"

"唔，你是熟人。"老病号似醒悟地点点头。

这时，小欧拉着彦梅也来了。她穿着白大褂，手上还拿着听诊器，一进门，就厉声问道："黎明，你怎么能抽血呢？"

"为什么抽不得？"黎明反问她。

"你正病着呢！"彦梅担忧地望着他。

"小毛病，有什么要紧？"黎明不假思索地说。

"不，抽我的，我也是A型。"说罢，彦梅又用不可抗拒的口气对化验员说，"不能验他的！"然后，头也不回，拉着那护士进了采血室。黎明望着她的背影一会儿，才进去看病历。

此刻，刘官讳气呼呼地跟进来，目光像两把刀一样似要把黎明戳穿。

小欧走进来，对刘官讳说："刘副院长，肖医生说75105号病

人输过血后，非进行手术不可。否则内出血仍存在，早晚有生命危险的。"她顺手递去手术通知单要他签字。

刘官讳一把打落她手上的手术通知单，狠狠地说："我管不了，现在让黎明来当主任吧！"说罢，脱去白大褂一扔，噔噔噔下楼去了。

小欧望着他的背影出神，她想不通，他为什么抱着这种态度呢？作为一个领导，这样对待病人，太不负责任了。

彦梅抽血出来见此情形，忍不住抢过小欧手中那张通知单，递到黎明跟前说："那么，请你来签字吧，黎主任。"

他的举动，把黎明气得脸都发青了。

小欧瞅彦梅一眼，抢过通知单去追刘官讳。在楼梯口碰上刘官讳。刘官讳接过通知单，哧一声撕成两半，然后折在一块儿，又一撕，撕成碎片扔在脚下，说："让黎明干去吧，我不干了。"

小欧双眉紧皱，拾起破碎的纸片，转身走回来。

这时，病人家属也赶来了，老大爷老大娘拉住黎明，亲切地说："黎大夫，你来动手术吧。我们相信你。假若死在台上，我们也不会让你负责任！"

老大娘含着眼泪拉着黎明的手说："这个副院长，我们知道他的思想，他和我们思想不一样。黎医生，孩子，大娘信得过你。来，副院长不给你签字，大娘我给你盖手印！"

老大爷也说："孩子，我们信得过你这样的大夫。来吧，别怕。"

听着两位老人的话，黎明忍不住，差点流出泪水来。为了贫下中农的疾苦，个人得失算什么呢？手术通知单无人签字，他来签！

手术室不准备，他去准备！黎明横下一条心，拿来糨糊把刘官讳撕碎的通知单补好，写上自己的名字。

小欧接过来，上楼去通知了。

黎明要彦梅协助，彦梅迟疑不决。黎明生气地说："你怕事，也还要为病人着想。放心，一人做事一人当，万一出事，绝不连累你的前途。"

彦梅知他误会，忙说："我不是这个意思，我是担心钟院长他——"

"哎呀，你光是担心院长大人生气，你就不想，贫下中农的生命正危在旦夕吗？"

手术进行才一半，钟院长穿着参观服进来了。从眼神里，可看出他已气到极点。在这里，这是从没有过的事。他两道眉皱成一条，一进来，冷气瞬时浸着手术室。谁也不作声。黎明仍聚精会神地进行着手术，彦梅也不敢分心，生怕手术出什么差错，黎明捅的娄子就更大了。麻醉师突然报告："黎医生，手术暂停，病人休克了！"

黎明迅速停下手术，问："什么原因？"

"血压过低，休克了。"

此刻，站在院长身边的刘官讳得意地吼起来说："现在不能用升压药！"

血又输不进去，不准用升压药，病人不是只有等死无疑吗？大家都替黎明捏把汗。此时，病人血压已从20降到10，渐渐测不到了，脉搏也停止了跳动，钟永富便将袖子一拂扬长而去。到门口，回过头来厉声地说："病人之死，由黎明负全部责任！"

第七章　鱼水交情

　　黎明冷静地分析着眼前出现的情况，他认为这是失血过多而引起的休克。他知道刘官讳有意吓唬人，这哪里用不得升压药呢？于是，他便用升压药，再加压输血。果真五分钟后，病人又出现了脉搏，血压又回升了。继而血压恢复了稳定，这给大家增添了信心。小欧走过来，用手帕替黎明抹去额前的汗珠。两个半小时后，手术结束了。

　　一天很快又过去了。晚饭后，他独自坐在房间里，反复想着近来所发生的事。斗争不是孤立的，刘官讳不过是借着"个人纠纷"来掩盖路线斗争的实质罢了。问题多复杂呀！要么刘官讳如此得意、受宠。难道仅仅因为他是"副院长"吗？当然不是。钟院长和李副科长，在对待这个问题上的看法，是跟刘官讳一鼻孔出气的。没有他们，他不会这么嚣张。他正思绪纷乱的时刻，彦梅进来了，黎明忙让座。

　　彦梅温顺地坐在那里，沉默着不语。黎明理解她的心思，近来发生了这许多事,她一定为此有许多思想负担。但又不知该怎么安慰她好。黎明思索片刻,方吐一句话:"梅,别难过!"

彦梅苦笑着摇头:"现在我只想能安静一天好一天,我担心的就是你。"许久,她才说出一句心里话,眼神像一个木偶人。

她的话使黎明明白了一切,她把复杂的斗争看得太简单了。随着形势的变化,她的思想也在变化了,她的意志在消沉。她已经不像从前那样支持黎明,给予黎明力量。

他们就这样沉默了许久,谁也不启齿说话,半晌,黎明才转过头来,凝视着她,痛苦地说:"梅,你太幼稚了。其实世界上从未有过一天平静。"他用手支住隐隐作痛的腰,极力不使她看出来。

静了一会儿,彦梅才轻轻地说:"这些大道理你跟我讲过多少次?现在我只要你答应我一件事。"

"什么事?"

"往后别跟刘光棍儿斗气了。唉!真烦死人。"

"这叫作斗气吗?"黎明长叹一口气,忘记了腰痛,"梅,你怎么越来越糊涂哇?以前你并不是这样啊,你怎么说是斗气呢?"黎明望着她有些散乱的头发。停一会儿,望着窗外的夜色,心想自己对她的帮助也不够,便移步到她跟前,为她理着额前的乱发说:"我知道,为了这个事,你很难过。但是,斗争是不能以人的意志为转移的。作为一个革命者,不能回避斗争!生活里是没有避风之港的。"

听了黎明的话,她不愿接受,将头侧过一边,抚弄着衣袖,低沉地说:"他当然有许多不是,但你可以提到会上来大家分辩。何苦大吵大闹呢?这就会引起别人的议论。你看,外面都议论说你们

是为了我而吵。"

"人家说是人家的事，斗争摆在面前了，你还袖手旁观吗？"黎明气愤地说。彦梅避开他的眼睛，不敢正视他。此话使黎明难以忍受，她真糊涂极了，他气得连声叫彦梅出去。

彦梅也赌着气跑出去。彦梅走后，黎明真后悔不该赶她出门。自己想一阵，刚要过去她那边，此时他全身像刀割一样难受，心口发胀，四肢软弱无力，一下子扑倒在地，把吃进去的东西全吐出来了。两腰痛得难忍，头像要爆炸一样。他支撑着爬起身，给自己测体温，一看有40摄氏度，便将身子歪倒在床上。他忍受着疼痛，把牙根咬得紧紧的，勉力拉来一床被，铺在上面。疼痛使他屏住呼吸，一阵阵眼冒金星，耳朵里嗡嗡作响。此时，他挣扎的力气都没有了。他紧闭两眼，不住地乱叫着，最后，痛得实在忍不住了，在床上翻来滚去，死命咬着牙，豆大的汗珠像雨珠般滚出来，把他的衣裳都湿透了。他还是坚持着，最后迷迷糊糊地昏迷过去了。

也许是他挣扎着乱叫，惊动了彦梅，彦梅闻声赶来，只见他歪着身子躺着，床上的被子垫单乱成一片。她知道事情不好，扑过去摇着呼喊他。可是，任其怎么摇他都不醒。彦梅扑在他身上失声痛哭，懊悔刚才不该赌气跑出来。夜，是那么静。彦梅的哭声是那么悲伤，尽管她哀伤难抑，但哭声依然如银铃一般，哀愁的哭声在宁静的长空清晰地回荡。

黎明被人们抬到留医部去留医，打了吊针还未见醒过来。彦梅急得只是哭，刘官讳也来看热闹。黎明昏迷不醒，刘官讳更是高兴，乐哈哈地自语道："这下我看你再厉害。"心中巴不得黎明快些死去，自己便得到彦梅，又少了一个敌人。他不时地走来走去，还安慰了彦梅一些话。尽管他用最美丽的谎言骗彦梅,但那虚伪的表情显露着无耻之徒的丑恶心灵。他的每一个动作,每一句语言,都令彦梅深恶痛绝。

看见刘官讳这般神气,彦梅又气又恨。坐在黎明的床边,她拉住黎明另一只没打吊针的手,怜爱地望着他躺在雪白的床上。看见他的面色灰白如土,还是昏迷着,悲痛又涌上她的心头。一阵阵心酸,使她禁不住泪水又滴答往外流。许多同志都安慰她,但她顾及不了这般好意。此刻,她想起了许多许多,如果他有什么三长两短,那该怎么办呢?天啊!他那白发苍苍的父亲只有他一个儿子呀!万一……他的母亲在战争时期已牺牲。父子俩一直相依为命,他就是他父亲唯有的命根儿。他从小失去了母爱,他爸爸当父又当母,如果失去了他,那他老人家要有多悲伤呢?

彦梅这么痴情,黎明又昏迷不醒,稍微通理的同志,都会为此景感动。谁了解黎明的一切身世,心中都会升起怜悯之情。

此刻,小欧眼睛里闪烁着同情,来到彦梅身边,为她拭去脸上的泪痕。看着黎明躺在那里,面色灰白如土,小欧心中不由升起了同情和伤心。一会儿,她主动提出输血给黎明。在场的同志,谁不为她的精神、美的心灵所感动呢。彦梅更是感激不尽。许多同志都愿意为黎明输血,彦梅都谢绝了同志们的好意,也劝小欧别输血,但小欧坚决要输。彦梅是决定给黎明输血的了,于是两人便跟随化验员到化验室验血,并到采血室进行抽血。

一阵,抽血完毕,她们都回到黎明床边休息。此时,黎明的手还挂着吊针,另一只手吊输血针。大家就这样在那里守护着黎明。就这样一分一秒地过去了,小欧与彦梅的血,也就这样一滴一滴地

渗入黎明的血管里。许久，黎明的呼吸方才平稳了些。醒了一会儿，又昏过去一阵，直到天快亮了，还是如此。院里决定天亮了派一部车送往自治区医院。

因昨天彦梅才给一位病人输二百毫升血，今晚又给黎明输了血，加之熬了一夜，她的精神十分疲倦，面容也憔悴。当人们要把黎明抬进救护车时，她的泪水又一次流了下来。不知黎明到南宁去能否治得好，她只想多瞧黎明两眼，假若没有人，她一定过去抱住黎明，温暖他的心。可是，她太累了，身子软绵绵的，难以挪动。施大姐和小欧理解她的心情，将她扶到床边，又知趣地回避到门口。黎明张着嘴巴，半昏半醒，似乎有许多话要说。彦梅此刻失声痛哭，她疼爱地、极力地向他唤一声："黎明。"黎明挪动着张开的嘴，眼睛半开半闭。彦梅忍不住双手抚摸着他的脸，哭声还是不止，脆弱的哭声撼动了人们的心。她看了又看，生怕永远看不到似的。然后，她低下头去，将他的面部全都吻遍。

她极力地热烈地吻着黎明，此时，黎明又昏了过去。此情此景，不催人落泪吗？小欧与施大姐见此，便同情地流着眼泪跑过来抱住彦梅。同志们都随后赶来，负责把黎明送去南宁的同志将黎明抬进救护车。东西收拾完毕，人们目送着载着黎明向邕城驰去的救护车。车远去后，同志们又立即给彦梅打吊针。

刘官讳很快也来了，黎明已经被送走了，他是很高兴的。然而彦梅，又打上了吊针，他知道彦梅为了黎明才这样的。他皱皱眉头，狠狠地想："如果黎明在半路或者到南宁就死去，那才好哇。"

他那双邪眼不住地盯住躺在雪白床上的彦梅，彦梅紧闭着眼睛，脸色苍白，虽如此，但病还未能消减她特有的气质。

刘官讳坐在那里一直守护着彦梅。

半个月很快就过去了。黎明又回到了医院，他的病还未痊愈，面色还是那么灰白，身体还是那么虚弱。同志们都过来看望他，他很感激大家，同志们聊了一阵便出去了。

宿舍里只留下他与彦梅，刚才热闹的气氛已经消沉了，室内清静无比。他这样很快回来，彦梅心中又高兴又焦急。高兴的是能够见到他，焦虑的是，他的病还未痊愈就回来。她知道黎明为啥回来这么快，黎明是为了革命工作，为了合作医疗，以及向阳大队的抗疟工作。他全部精力都是投向工作，然而，他得到的是什么呢？——敌人的报复，甚至陷害。

彦梅怜爱地望着他，专注地望着他。她的眼神是那么温和，眼睛依旧明亮。可是，面色苍白了些。这不能不引起黎明的注意。黎明脆弱地欠欠身子，举头正要说些什么，恰好触到她灼热的眼神。他知道，这眼神里含有深刻的爱意。就这样，两双清晰的明眸互相对望了一阵。

"梅，你也病了吗？脸色那么苍白。"他以为自己的身体健康许多，看见彦梅这般虚弱，不禁关切地问她。

他哪知道半月前他昏迷时彦梅输血给他，而又痛苦地哭昏，打了吊针之事呢。他只认为彦梅是因为情绪纷乱，考虑事情多了而引起的身体衰弱。彦梅虽然恢复了许多，但脸色还是苍白的，她仍然坚持照例上班。

黎明移动虚弱的身子走到彦梅身边坐下，拉住她的手深埋在胸前，深情地望着她。彦梅眨动眼睛，感到无比幸福。"黎明……"她不很快把话说完，将手抚住黎明的脸庞。她的表情好像有许多的

话要说,"你病还未痊愈,为什么回来这么快?"她的声音虽没有从前那么清脆,虽然微弱,还不曾失去银铃般的嗓音。她的话音里含有关怀与责备。

黎明将头稍微偏侧,然后利索地说:"因为还有许多工作等着我去做。你看,单是向阳大队的抗疟工作也将近期。"

"你就知道工作,工作……别的你都不顾,你病成这样,还是想着工作。"彦梅泪水几乎都要掉下来,她极力控制。她在心中怨着黎明,黎明这段时间病着,有些人幸灾乐祸,有些人同情。但黎明都不知这一切。近段来彦梅的表现很反常,心情压抑,成天到晚总是那么忧郁,虽有小欧做伴安慰,她依旧想念黎明,同时思虑着所发生这许多的事情。

黎明拂着她额前的乱发,安慰道:"梅,别难过。这些工作不让我们去做,那等谁去做呢?"黎明边说边为她抹掉眼角流出的两颗泪珠,又为难地说,"我知道一提到工作你就烦。"黎明陷入了沉思,他不愿意再说,不愿意再想。虽然有许多人在阻碍着他前进,但也有许多同志帮助他。不管怎样,任何东西也动摇不了他的心,阻挡不了他的去向。

"你作为一个医生,你应该知道,身体健康是一切工作的根本。"彦梅警觉地说,"你连身体都不顾了,还要什么工作?这段时间来你病倒了,人家高兴得很哪。但也有许多同志关心你,如小欧那样,你昏迷过去的那晚,她输了三百毫升血给你。"她很快想起了小欧输血给黎明的事,她赞扬了小欧。她也输了血给黎明,她却一字未提。她想为了黎明,宁愿付出一切代价,哪怕是生命也值得。

"喔……"黎明仿佛醒悟到了什么,但不由得想起了一个女子高尚的品质,就仿佛看到了光明的大道。彦梅不说他也猜得到,除了小欧为他输血外,看她脸色那么苍白,她一定也给自己输了不少血,况且自己的血型又与她的血型相同。黎明感到很惭愧,瞧彦梅一眼,此刻的他才感到什么是羞涩,面部微微发烫,说:"梅,我感激小欧。除了她,你也一定给我输了不少血。你为什么隐瞒我,你应该告诉我。"黎明痛苦地仰望着天空,长叹一声又说,"我的身体太不为我争气了。我恨……"他很为难,面部浮现出十分伤神的表情,胸口隐隐发痛。

他不愿让彦梅看到他的痛楚,于是便缓步到窗前,向窗外望去。夜是那么深静,没有星星,没有月亮,还飘来阵阵凉风。黎明此刻的心情是多么矛盾啊!他身子病着,向阳大队的抗疟工作要到期,加之别人的打击报复,使得他精神疲惫不堪。彦梅的精神也和他的一样,只是彦梅的想法和他不一样罢了。此刻彦梅是理解他的心情的,病还未痊愈,又受到这番打击,性格开朗的他,神态似乎也变了些。其实,彦梅也是很伤感的。但为了不使他再增加一份精神负担,彦梅强装笑脸,岔开话题说:"黎明,院里已经把我转到外三来了。"她望着黎明的身背,期待着黎明展现出惊喜的面容来。

黎明从沉思中回过神来,仿佛看到什么,他转过身来,面朝彦梅,面色平静,眼神闪过一丝光:"梅,我诚心祝福你呀!"此时他的面部才稍微有些笑意。

他诚心地祝福彦梅,他没有一丝羡慕。他还是想着向阳大队的抗疟工作,这一点,也许彦梅不太理解。

彦梅的心情也舒展了许多。她虽已调到外三,但还有黎明没有

落实，她也为此考虑过。可黎明总是为他的合作医疗、抗疟工作操劳，彦梅曾经做过他的思想工作，都动摇不了他的心，反而被他用大道理教训一通。此次趁他病了，彦梅想再试一次，看能不能打动他的心。

于是，彦梅温和地望着他，嘴边挂着一丝笑意说："黎明，你也应该为自己着想了，一个正牌大夫，哪能老是靠着打杂过日子呢？"她虽然笑着，但话里含有许多责备。

黎明信步到彦梅身边坐下，心平气和地说："梅，不能这么说。当革命需要你当打杂工时，你能说你是一个正牌大夫而不干吗？"说毕，黎明生怕彦梅生气，立刻将她拉到胸前。

"好哇！你还是全心全意扑在你的合作医疗上，我……"彦梅气得话都说不出来了。她推开黎明的手，侧过身去背朝黎明。

黎明难为地自叹摇头道："革命需要我干什么，我就干什么，哪怕是打杂或是赤脚医生，我也愿意干一辈子。"

彦梅转过身子来撒气地一把推开黎明，噘起嘴巴说："你总是这样，放着舒适的生活不过。你不为你自己着想，也应该为我着想才是呀。"彦梅伤神地说。她低着头，似乎又陷入了沉思。沉默半晌又说："你老是这样，你学这技术做什么呢？这样长久下去，学来的技术将会生疏的。"

黎明理解其意，他知道她说的话也有一定的道理。但她的私心太严重了些，他不能耽误这一切。

黎明思索一会儿，也有点生气地说："好吧！我听你的不就是了吗？"

"我不需要语言上的承诺，我只想得到真正的行动。"彦梅不假思索地说。

　　看来她真的要动气了,如果再不让她,可能会引来她的眼泪。黎明便起身到抽屉边,拉开抽屉取出一封信,关好抽屉后走到彦梅身边,彦梅举目瞅他一眼。

　　黎明一笑说:"你猜,我要给你什么东西?"他故意将拿信的那只手放在身后。

　　"谁跟你开玩笑?"彦梅没好气地说,将头侧过一边去。

　　"谁有时间跟你开玩笑?工作的时间都不够,还能挤出时间来开玩笑吗?"

　　她明白黎明的话中有话,不禁转过身来打量黎明一会儿,像是初次见面似的。黎明也故意偏开头,傲气地仰头望天花板。

　　"哼。"彦梅轻轻地哼一声将头甩开。

　　此时,黎明将信亮出来,高声说:"请烦交,女儿肖彦梅收。"黎明再将寄信人地址高声地朗读:"广西壮族自治区……"黎明还未念完,彦梅起身抢着信。这是肖教授给黎明带信给女儿肖彦梅的,黎明在南宁留医期间,肖老教授做过黎明的思想工作,让黎明与彦梅准备做调动,调回南宁去,可黎明坚持不愿。

　　彦梅急忙将信撕开来看,看父亲都说了些什么。一会儿看完了,她把信递给黎明看,黎明接过信来看。还是关于调回南宁的事。肖老叫彦梅劝慰黎明趁着现在肖老还在医学院里,早些调回南宁去。黎明却一心一意想扎根在山区,为山区人民服务。

　　"黎明,此次见到我妈妈了吗?"

　　"没见到,你妈妈带学员实习去了。"

　　"看了这封信,你的想法如何?"

· 195 ·

"我暂时不想回南宁，因为农村太需要我们了。"黎明不假思索地说，他将那封信拿在手中抖了抖继续说，"肖教授的这番好意我心领了，但我不能回南宁，这里的工作我还没做完。"

彦梅沉默不语，也不知是黎明的话征服了她还是在生气。她沉吟片刻才说："我知道你永远也不想离开农村，那么你想干什么就干你的去吧！"

黎明也不理解其意，这是讥讽还是真实话？他很快又想起了什么似的，便仰起头说："嗯，我那份报告不知钟院长批了没有，你听说过一些消息吗？"

彦梅白了他一眼，气鼓鼓地说："谁知道你什么报告，关我什么事？"

"嗬，说得好轻松啊。"黎明这才明白刚才的话意，原来她在生气。

"好哇！你心眼里根本没有我，你心里只有合作医疗，合作医疗胜过一切。"言罢，彦梅就要向门外跑去。黎明立即想起那晚发生后果之事，他便索性跃到彦梅跟前，拉住她一只手。彦梅极力挣脱，黎明使命抓住不放，彦梅也想起那晚她赌气离去所发生的后果了。其实彦梅心里早已依顺，可外表依然强装挣脱，这是她在吓唬黎明。黎明以为她真的在生气，才使劲地将她拉入怀里紧紧地抱住。此刻，彦梅偎在他怀里，像一只乖顺的小羊羔，当她睁开眼睛时，才发现黎明的神情是那么茫然。

于是，彦梅怜爱地抚慰着他。黎明也疼爱地将她拥在怀里，亲吻一会儿。那晚黎明将彦梅赶出门去，他十分后悔，千不该万不该，他向彦梅赔着不是。也因为自己赌气跑出去，黎明才昏倒，彦梅也觉得对不起黎明,她后悔地向黎明倾诉衷肠。

黎明不听彦梅的劝慰,第二天他将肖教授开给他的全休一个月疾病证明往抽屉里一扔,便去找钟院长。他真不明白,为什么钟院长一听到"合作医疗"便反感呢?再拖下去,会影响革命生产的。趁着疾病未发,应该立即搞预防。为此,他还是冒险去找钟院长,决心一定要解决这个问题。

钟院长的女儿小丽胸前佩着红领巾,正拉着两岁的小弟弟卫东出门。见黎明,老远便招呼一声:"黎叔叔。"

"哎!你爸爸在家吗?"黎明伸手捏了小卫东的腮边问道。

小丽天真地用手指着说:"在呀,还有李叔叔、刘叔叔都在吃饭。"

话未落音,钟永富就捧着喝得烧红的脸走出来。看黎明一眼,打着官腔,慢慢地摆手说:"黎明,你也不必多说了。我很体谅你的心情。哎,这样吧,明天上午我答复你,怎么样?心满意足了吧。"说罢,不待黎明答话,拂袖进去了。

钟院长为何如此对待黎明呢?这很值得深思。黎明来找他,还未开口说话,他便如此做出回答,难道他另有什么花招在后头吗?不容黎明多想,窗口里传来一阵阵李薪、刘官讳等杂七乱八的谈笑声。

黎明沉思着转身要走,小丽跑出门来:"黎叔叔,进来一块儿吃饭吧。"

黎明对她一笑:"叔叔吃过了。"说罢迈开步子朝宿舍走去。

第二天一早,广播刚响,黎明站在门口漱口,秘书来找他,站在门外说:"李副科长要我告诉你,院领导决定让你到向阳大队去

·197·

劳动改造，没有通知，不许回来。"黎明停下漱口，抬头想问秘书，秘书又说："你今天马上就去！粮票领多一些。嗯，还有你下去后，不许你行医。"

黎明听他这么说，吃了一惊，望着他问："这是谁做的决定？"

"领导。"

黎明点点头，半晌才说一声："好，还有什么吗？"

"别的没有了。"秘书说罢，转身要走，黎明又叫住他，秘书慢慢地停下脚步。

黎明追上两步坚定地说："烦你转告他们，我一定照办。不过，我此去是劳动不是改造。还有不许我行医，这办不到。行医，是人民给我的神圣职权，任何人也阻挡不了。"

秘书回头望着他，想说什么，觉得又不好说，只好又问："还有什么要说的吗？"

黎明说："还有，你就告诉他们说，我此去不必叫人监督，我没有犯错误，我到兰县是来干革命的。"

"没什么了吧？"秘书再问，黎明边漱口边点头，秘书知趣地走开了。黎明漱完口，走回房间，倒水洗脸，洗漱完毕，动手拣衣服及下乡的物品。对此"决定"，他并不感到奇怪。他知道这是一种"报复"的方式，迟早要来的。但他料想不到李薪、钟永富也如此对待他。这不是与刘官讳一个人的斗争！黎明想到此，若有所思地点点头。这已经不是对我个人"报复"的问题，这是对合作医疗、赤脚医生这些新生事物的扼杀！他们越是如此，越证明他行得正、做得对！在斗争面前，他能畏缩不前，能向他们叩头认罪吗？不，绝不能。他要跟这些人斗争到底。黎明似乎看到了希望，得到了信心。他点拣完毕，见彦梅还未开门，就拐一个弯，朝小平宿舍走去。走到小平房门，工友告诉他说小平早就回去了。他转身回来，彦梅已开门了。

黎明站在她门口，彦梅正在梳发。黎明望着她说："我今天要下乡了。"

彦梅回过头来，惊讶地望着他："下乡……"黎明只是轻轻地点点头，不再说什么。彦梅不太理会，她眨动着睫毛又问："下乡，是谁叫你下乡？"

"刚才秘书来告诉我说，院领导决定让我到向阳大队去劳动改造，现在立即就去。"黎明极力地将此话说完，他料想彦梅知道了会伤心的，况且彦梅的身体也还未恢复。

彦梅听到此消息，面上又挂起一丝沉郁。她知道，这是一种报复，很明显的报复。一阵阵悲痛又涌上她心头。黎明的病还未痊愈呀！让他病好了再去不行吗？这又是从事体力劳动，不是要磨坏他的身子吗？这帮人哪，就是不罢休。

黎明愣了一会儿，才回到房间来拿东西。他拉开抽屉，彦梅替他存的那本存折，里面还有五十块。他心想，小平正少一些医疗器械，用这钱到医疗器械公司买几件也好。他把存折放到上衣口袋里，又拿粮簿，这才把蚊帐被子叠好，打成背包，将换洗的衣服、学习用具等放进挎包里，又把那只药箱拿来打开检查一遍。看看没有什么了，才背起药箱挎包，锁上门出来了。

他进到彦梅房间，见彦梅扑在床上抽泣。他立刻将行李放下，走到床边劝慰彦梅。他知道彦梅是为他而悲伤的，可这又有何法子呢？这就是斗争，此去又不知多久，半年或是两三个月不定。他又

野百合

担心起彦梅的情绪来,彦梅的身子越来越虚弱,自己走了,她会更孤独的。他不知道该用什么话劝慰彦梅,他只想到彦梅的身体,却忘记了自己也有病。他抬起手腕看看表,快上车了。于是,他轻轻地将彦梅扶起来。彦梅抬起满是泪痕的面庞望着黎明。黎明为她抹去眼泪,温和地劝慰道:"梅,你冷静些,别弄坏了身子。"他的口气有些硬,将彦梅拉到胸前。

彦梅激动地偎在他胸前,脸上的表情显得很悲伤,她极力地望着黎明说:"别担心我,我只怕你身子顶不住。"说完依旧哭泣。

"你放心好了,到那里还有邱大爷和热情的贫下中农,他们会照顾我的。"黎明安慰地说道,彦梅柔顺地点点头。

"到那里了,你要多加注意身体呀!别老是拼命地干。"彦梅郑重地提醒黎明。

黎明深切地望着她一会儿,然后将她紧紧地抱住,抚慰着她的臂膀。彦梅扑在他肩膀上,流下了情泪。片刻,彦梅捧起他的面庞热烈地亲吻。很快又催促他去赶车,她依依不舍地握住黎明的手叮咛一番。黎明点头应允着,亲昵一阵,立即背起药箱行李,迈出门坚定地向前走。

彦梅拭去脸上的泪,将黎明送到医院大门口。因为她要上早班,不能到车站为黎明送行,只好站在大门口目送着黎明。她一直望着黎明的身影消失在大街的人流中。

黎明走到医院大门外,一阵风迎面吹来,有些凉。他扣紧风衣扣,回头望了高大的院门一眼,向彦梅挥了挥手,又看看那块新挂上的牌子,写着"广西兰县人民医院"。黎明望了一眼,便摇头自语:"医院哪!你的大门虽然敞开着,但你并不是为贫下中农而

开。不知有多少贫下中农被拒绝在医院门外。总有一天人民将会把偏离了的方向重新扭正，朝正确的革命卫生路线开去。"

远处群山起伏，白雾环绕。山已披上了绿装。生活不是一面平镜，生活里充满着剧烈的斗争。一个人一生的经历是多么艰难曲折呀！前进的道路上有千难万险。但是，对于个人来说，这算不了什么。他要把自己投入革命的熔炉中去锻炼。他边走边想着，全身充满了活力。朝阳映红了他的脸庞，照亮了他的心。他是这么朝气蓬勃。不一会儿，走到车站了。开往安定公社的汽车，坐满了人。一位解放军战士接过他手中的行李，把他接到自己的座位上。

中午十一时，就到了安定公社。在公社革委会里，他找到了龚副书记。黎明把情况向龚副书记汇报，龚副书记十分高兴，亲自给向阳大队打了电话。然后带他到饭堂里吃饭。安排他住宿。黎明坐不住，吃罢饭，便告别龚副书记，扛起行李上路了。他也不要公社给他的单车。一路上走着，社员们都在火热的太阳下劳动。他的心情很愉快。这条路上，也许童年时跟随爸妈走过吧。在那艰苦的岁月里，这里踏遍了父辈们的脚印。今天，在这幸福的日子里，自己也能踏上这美丽富饶的土地，多么兴奋哪！他扯过一根草，放到鼻尖上闻着。

前面走来一位老人，黎明一看就知道是邱大爷，他高兴极了。邱大爷边跑来边说："小平说你要来，你真的来了。"说着便接过黎明的行李。

黎明"嗯"了一声点点头。他谢绝了邱大爷要扛行李的好意，耸耸肩，二人一前一后地走着。

初春的傍晚，山谷还笼罩着薄雾。月色刚在山那边露脸，晚霞还来不及把山头覆盖,他们就已经进了村。小平是个年轻活泼的姑娘,早就在老木棉树下迎候他们。老远见到他们,便奔跑过去,笑嘻嘻地一把抢过黎明肩上的行李扛在自己肩上,高兴地说:"我早就知道你会来的。"黎明只是笑了笑,把一切的烦恼都忘了。不待黎明说话,她又说:"你的病好些了吗?"

"瞧你说的,我不是很健康吗?"黎明笑着说。

许多小学生都跑出来迎接,就像当年迎接解放军进村一样。不一会儿,走到邱大爷的家了。孩子们也跟着来凑热闹,家里聚满了人,有老大伯、老大娘、小伙子、小姑娘、小学生。大家都欢笑着,说着话,如同久别亲人归来一样。小平见黎明带来许多医疗器械,她高兴极了。一会儿拿着听诊器来摸摸,一会儿又动动剪子、镊子。待邱大爷催了两次,这才依依不舍地放下东西,过去把锅里的饭菜热好。一会儿饭菜端出来,黎明招呼大家吃饭,欢乐一阵人们才陆续散去。

黎明端起碗来,风趣地说:"大爷,有阵子没有吃过农家饭了,今天吃起来格外香甜。"

"这话说得实在。"老人高兴地说。

小平在一旁答道:"这才是不忘本哪。"大家都大笑起来。

黎明刨了两口饭,放下筷子说:"领导要我来这里当社员,锻炼思想。"

邱大爷沉静地说:"我已知道这决定了,他们用电话通知了公社。你来得正是时候,和小平一道,把第一阶段已经搞起来的抗疟,再认真检查一次。保证劳动力能投入'三夏'。"

小平说:"爷爷,这不是搞过了吗?"

邱大爷白了小平一眼说:"让黎明再检查一次,比较妥当些,看哪些方面还做得不够,好改正。"

黎明点点头,兴奋地问小平:"你们什么时候搞的?"

"送你去南宁的第二天,我怕你不回来了。"

"好,做得对。"黎明赞许小平道。

小平眨动着眼睛说:"我已做了详细的记录,不知对不对,请你检查。"她从衣袋里拿出来,请示黎明查看。

邱大爷笑着说:"吃过饭再说嘛。"

黎明接过来看,边问:"有多少人和你进行?"

"我们共三个。"小平利索地回答。

黎明边看边点头:"怎么发药呢?"

"我们搞四天双疗程根治,由该队老师配合。合作医疗搞不起,搞这项工作真费劲。"小平边说边叹气,面部有些愁云。

黎明点点头,认真地说:"你说得对,全靠我们几个人是不行的。要依靠群众来扶持合作医疗,这样搞工作也不费多大力气。"

小平给黎明添一碗饭,又说:"我也是这样想的,但我一个人动员不了群众。"小平为难地望着黎明,似乎在征求黎明的建议。

黎明明白小平的意思,他停下筷子,似有所思地说:"我下去检查看看情况如何,然后搞规划,再全面进行工作。"

"嗯,好的。"小平听了黎明的话,似乎看到了一线曙光,这丝光线划亮了她的心。她高兴极了,自从办起合作医疗来,没有一个配合她,没有一个人给予她力量。卫生部门之广,除了张支书外,没有一个人支持合作医疗——社会主义的新生事物。黎明是第一个给予她力量的。

孙爷仨在饭桌上有说有笑，都在讨论着抗疟工作的问题。此次黎明来，他们都非常高兴。让黎明和小平都扑在抗疟工作上，今年的劳动力一定能保全出工，今年的粮食也一定夺得大丰收。只要上面不把黎明叫回去，虽有许多困难，但今年计划一定能完成的。

邱大爷望着两个年轻人，满怀希望地说："只要你们尽心干，要人给人，要时间给时间。"

两位年轻人同时相望，眼神流露出希望之光。小平欣喜地学着小孩儿的样子撒娇地说："谢谢爷爷的支持。"

"你准备拿什么谢谢爷爷？"黎明开个玩笑，问得小平摸不着头脑。小平未曾料到黎明会问这一句话，一时间找不到话答上黎明。她沉思一会儿，利索地回答黎明道："我积极工作，认真干革命工作来谢谢爷爷。"她用认真的神态望着黎明。

小平说完，爷孙仨又愉快地欢笑起来。屋里掀起一片热闹的氛围。

晚饭后，小平不见了。黎明问邱大爷，她是否去串门了。邱大爷说平时她一丢碗，便扛药箱走东家串西门去，现在药箱还在，兴许是上山采药去了吧。于是，黎明便叫邱大爷讲一讲这个大队的情况。讲了一阵，小平兴冲冲地拿着一大捆草药回来了。

她一脚刚踏进门便高声喊道："爷爷，你们都讲些什么呀？快让黎明医生来认一认这是什么药？"

她将一大捆草药扔到黎明跟前，黎明接过来看，几乎都不认识。他想了想，分析一阵才说："好像是土常山。"

"对，你也认识此药？"小平兴奋地接口道。

"我真的不认识，我是从你的心理来分析确认的。"黎明谦虚

地解释道。

此时，邱大爷起身到门口，说："我到大队部去还有事，你们自己聊吧！"

两个年轻人同时"嗯"了一声点点头。爷爷去后，小平心切，黎明更急。于是两人便动起手来，将药切成一寸长，小平洗锅放水，黎明烧水。他们都坐在灶边，边看火边聊。一会儿药沸了。

黎明好奇地问小平："要煮多久才成呢？"

"要半个小时左右。"小平不假思索地道。

"等一下子煮成了让我先喝。"黎明道。他顺手将一根柴火放进灶里，小平也拉两根柴火放进灶里。

小平沉静地说："如果药十分苦，那让我先喝。"她侧过头，眼神停留在黎明那威严的脸上。

黎明望着她那张孩子气的脸，温和地说："苦味是良药，让我先喝，这还对我有好处呢！"

"有好处，别瞎说，你讲出道理来。"小平咯咯地笑着说，面上布满了喜色。

黎明也笑哈哈的，几乎也忘记了一切。他还未想到对策，小平又得意地说："讲呀！我等急了。要不然就算输了。"

黎明脑子一转，辩解道："因为我正患疾病，喝这苦汤能清热解毒。"说罢，二人又欣喜地大笑起来。

笑了一阵，小平指着黎明说："道理不充足。"

黎明看着小平，正要说什么。此时，他忽然想起了彦梅。如果彦梅能像小平一样，那该多好哇！不知她现在如何呢？是不是又病了？还是在发愁呢？小欧会不会去安慰她呢？自己临走时又没有交代小欧。他脸上开始有些愁云，生性开朗的他近来几乎变了。往事又围绕着他的心，为了不使小平看出他的心事，他很快显出一副沉静的微笑，对小平说："假若很苦，那就叫社员饭后服，以免反胃。"

小平点点头说："可以加些糖进去。"

"对了。"黎明思索一阵又说，"这叫什么汤呢？"

小平眼睛一亮，不假思索地说："叫土常山吧。"

药沸了一阵，大约成了吧。黎明将锅盖掀开，闻了闻，一股药气扑进他鼻里。小平也凑热闹，伸舌头在药气上接，试了试说："成了吧。"

黎明看看腕上的表说："二十多分钟了，可能成了。"

于是，小平起身到碗柜取来两只碗，黎明已将药锅抬出来了。黎明先倒出半碗来试试看，他拿起碗来吹吹气，用舌尖点一点，苦得他直摇头。小平拿白砂糖来，放进去一些，搅了搅。黎明又端起碗来喝一小口，还是一样。小平半信半疑，以为黎明骗她，她接过碗来，也喝一口，苦得连连皱起眉头，不住地喷喷嘴巴："这么苦，娃娃怎么喝呀？"黎明把碗抢过来，咬咬牙，连吞两大口。小平也学着黎明的样，急忙将碗夺过来，闭起眼睛，一口气喝完，还俏皮地将空碗倒扣在桌上，抹抹嘴说："哎呀！比黄连还苦。"黎明与小平同时望着地上的草药发愁："唉，苦口才是良药哇，如果好吃就不是药了。"

黎明笑着点了她一下脑壳："自我安慰，自我安慰。"说罢，又动手倒来半碗，张口就要喝。

小平不让他喝了，忙说道："现在还不知量，别瞎喝。"

"不怕，没问题的。"他不听小平的劝告，抬起头来，闭上眼睛，便连吞了几大口。他将碗刚放下，突然有一阵恶心的感觉，哗的一声，饭菜都呕了出来，他立时知道这是反应，便蹲在地上干呕一阵。小平吓得不知所措，她急忙冲了大半碗掺了糖的开水递给他。黎明摆手："呕完就会好的。"

小平又忙端水给他漱口。这次试验失败了，他们心里都有同感。一会儿，黎明的呕止住了，两人伤神地相望，目光融在一起。两人又禁不住哈哈大笑起来。"初次试验失败，没关系的。"

小平望着呕得脸色铁青的黎明说："对，没关系，失败就是成功之母。"

不知什么时候，天全暗下来了。暮色笼罩着向阳村了。

第八章　夜静更深

　　黎明在向阳大队服草药"中毒"一事，很快在医院传开了。钟永富坐在办公室里与刘官讳讨论这件事，钟永富想把黎明塞到公社卫生所去，刘官讳不同意。刘官讳认为这样太便宜黎明了。如果让他到公社卫生所去，不知他要怎么闹呢？可想而知，到时是没有收场的余地了。刘官讳在心中打好了算盘，于是，他俯到钟永富的耳边说起悄悄话。

　　彦梅听到黎明中毒一事，心中惴然不安，她想不通，黎明为什么要这样做呢？他的身体还病着呢！这个人到底着了什么魔，病成这样，还蛮干些什么呢？

　　刘官讳见彦梅走进来，立刻跷起二郎腿，摆出一副官架势，微垂着眼斜望着彦梅，卑劣地说："肖医生，平时你老护着他，这下你可知道了吧！他这人好出风头的。"

　　彦梅瞧着他这番得意，气上心头。但她仍忍耐着，面色沉静地说："情况还未了解清楚，你怎么乱发言呢？"

刘官讳掠过一丝奸笑，毫不知耻地说："有人来报告了，这还不清楚吗？告诉你，如果他出大事，达到犯罪的程度，你也有一份责任。"

"刘副院长，你这是什么意思呢？"彦梅正色地问他。

刘官讳说此话，小欧在门外听得一清二楚，她走进来，拉了彦梅一把，严肃地说："如果黎医生这是犯罪行为，那么别人也做不到清白了。"

刘官讳蛮横的脸怒目圆睁，指着她便说："你为他说情是吗？嘿，想不到你也是他的帮凶。你应该小心些。"

小欧气得脸发青，上前一步，刚要与他顶撞，被彦梅止住。二人拉扯一阵，朝门外走去了。刘官讳在后面气得脸发黄，狠狠地吐一口唾沫，叉腰骂道："一个个都想骑在我头上拉屎拉尿。看我不把你们拉下来，我刘某誓不为人。"

凑巧朱道枸走过来，刘官讳这才住了嘴。朱道枸忙问道："刘副院长，你在跟谁吵什么呢？"

刘官讳气呼呼地"哼"一声："现在不但黎明这小子骑到我头上拉屎，而且还有些人做他的帮凶，你说气不气？"他几乎把朱道枸当作助威人。

"哟，如果真的有这样的事，那可不得了啰。"朱道枸说了一句拍马屁的话，便皮笑肉不笑地瞧刘官讳一眼走开了。

刘官讳越想越气，自己是一个大男人，是个领导，这些女流之辈竟然也敢与自己顶撞。他越想越不是滋味，干脆往院长办公室跑去。钟院长一见他，还未开口，他就先大声地吼起来："这家伙，目无法纪。"

钟院长明白刘官讳的意思，便高声地说道："你立即挂电话叫他回来！"

刘官讳走到电话机旁，抓起话筒猛摇一阵，没有人接，刘官讳气得脖子发胀，连骂不休。黎明发生这件事，正符合他的意，他几次想扣黎明的帽子，都找不到适当的理由。刘官讳在心中想："此次我不把这小子整一顿够够的，不会轻易放手。"他骂着，"让这些小东西、黄毛丫头来搞我，哼，你们都等着瞧，我不把你们收拾个够，我刘某不会忍下这口气的。"想到此，他又请示钟院长再打电话去安定公社。

这次是钟院长亲自挂电话去，正好是黎明接到。黎明正在培训卫生员，许多卫生员都围拢过来听，看院里说些什么。钟永富在电话机里大声吼道："是黎明吗？"

"我是。"黎明听得出钟永富的声音，"钟院长，有什么事吗？"

"唔，你得马上回来，有事呢。"

"现在不行啊，最快也得等两三天。为了保护早稻秧，我正在培训卫生员呢。"

"什么？你乱搞一通。"

钟永富在电话机里大发雷霆。刘官讳在一旁听得很清，便抢过电话筒，气呼呼地说："黎明，你好大的胆子，竟敢擅自培训卫生员。"

"哈哈，刘副院长吗？你可别乱吠，这是你们批准我的。"黎明爽快地说。

"什么？谁批准给你的？你的报告早就扔进厕所去了。好哇！

你目无法纪，想造反了。"刘官讳大声地吼着。

"告诉你，叫你别乱吠，知道吗？你们这些官僚主义者只知坐在高楼大厦里，也不下来听听群众的呼声。"

"你说话干净些，你说谁是官僚主义？"

黎明也不示弱，在电话里郑重地说："我培训卫生员是符合我们农村社情村情的，是符合革命卫生路线的。我才不怕你们这些人呢！"

"好哇，你等着瞧吧！"刘官讳生气地啪的一声摔下电话筒，自骂道，"这还了得，找李副科长去。"

黎明与院领导在电话里争吵一事，不到半天就传遍了整个医院，大家都知道了。有的说，不管怎样，跟领导顶牛首先就不对。也有的说，这要看看是什么原因。同情他的人都说，黎明刚来不久，就跟领导干起来，即使他是对的，领导也不支持。你再有天大的功劳，领导不为你说一句话，你的功劳不是变成了空劳？所以，黎明在这上面，就是错误的。大家议论纷纷，各抒己见。小欧待在彦梅的房间里，彦梅的面色挂着愁云，她是为黎明担心。她想不通，黎明为什么总跟领导顶牛呢？这样下去不会有好下场的。

小欧也想为彦梅分担些忧愁，她坐在彦梅的身边也陷入了沉思。彦梅几乎急得眼泪快要淌下来，小欧看得出她的心思，便友爱地拉着她的一只手安慰道："肖医生，你也不必为此忧虑！反正事情已发生了，再急也没用，以后你多劝导他注意些就是了。"

"我不知劝他多少次了，他都不肯听。唉，江山易改，本性难移。"彦梅一只手顶着下巴，眼睛痴痴地望着墙壁。

小欧怜悯地望着彦梅："依我看呢，一定是刘副院长先说些怄气的话，才引起争论。"

"但不管怎样，首先应该忍一忍。"彦梅索性地说。

"哼，你以为刘官讳是副院长就全对吗？"小欧不假思索地说，"其实他这人哪，根本不像个领导，说话做事都令人反感。"她也为黎明打抱不平，气呼呼地说着。

是的，这点彦梅不是不清楚，其实彦梅才是最厌恶他的。但是他是领导，自己只能无奈而已。

"有话好说，吵就能解决问题吗？唉，我看也只好打报告调离这里算了。"彦梅望着小欧，伤神地说。

"肖医生，你怎么能这么说呢？"她想不到彦梅会说出这句话来，"这不是一般的小问题。碰到困难就想走，黎医生也不会这么想的。何况大多数同志都支持黎医生呢。"

刘官讳那装腔作势的样子，她知道理是在黎明这边的。

彦梅争不过她，便起身去倒茶。她给两只茶杯都冲上了浓浓的咖啡，用羹匙搅了搅，递一杯给小欧，自己捧着一杯，坐在床边，一小口一小口地喝着。

小欧不喝咖啡，她将杯子放到桌面上，顺手拿过台上的照相本翻着。里面多是黎明的小照。

一会儿，彦梅放下杯子，犯愁地依着她说："不管怎样，人事关系搞不好，以后工作都很难搞。"

小欧也很同情她，她猜定彦梅与黎明的将来定会联系在一块儿的，他们是难得的一对。她不知如何安慰她，只是拉着她的手，温和地说："事情总会过去的，一切都会变好的。别那么忧郁，你就当作没发生什么事情好了。"

"唉，万事不由人哪。"彦梅长叹一声，转回身坐在床上。

"你们二位在聊什么？"这个冒失鬼——刘官讳走了进来。

两人同时一惊，对看一眼，什么也不说。小欧将相簿一合，丢到床上，站起身来，推说有事走了。彦梅把她送出去，一会儿才返回宿舍来。刘官讳已坐在床上翻弄着她的相簿。她走过去将手洗了洗，拿湿面巾抹了抹手。她生性聪明伶俐，知道刘官讳的意思，但女性特有的矜持让她不愿表露出讨厌的样儿。彦梅进来，刘官讳大刺刺地跷起二郎腿，将照相本轻轻地拍了拍，盯住彦梅，皮笑肉不笑地说："黎明又和我顶嘴了。"

彦梅不作声，心中厌恶极了。

刘官讳又得意地说："俗话说，大人不记小人过。我们当领导的，更不计较这些。"

"呸，"彦梅在心中骂道，"你这个卑鄙的动物，也想充当君子。"

"你的那篇论文写完啦？"他不待彦梅说话，便紧逼着问，那双邪眼不住地盯着她。

彦梅别过身去，不想理，但又不愿再得罪他，半晌才说："不写了。"

"为什么呢？"刘官讳毫不知耻地逼问。

"不想写就不写。"彦梅毫不留情地说。

他边观察彦梅的神色边说："不写也应该讲出原因来。肖医生如此聪明伶俐，有才有貌。别学着黎明的样，你应该继续写。"

他说这话干啥呢？彦梅在心中问自己。这个老光棍儿总没有好的开端，得注意他几分为佳。"我这种人算不了什么，比我强的人多着呢。你应该去鼓励那些比我强的人写才是。"彦梅警觉地说。

"嘿,肖医生就是个女中之强了。"他很会恭维姑娘,哪管你讽不讽刺他呢,只要有一小点儿机会,他都会争取。他如此说,彦梅又厌恶,又不知如何回答是好。刘官讳见彦梅不作声,脸上又现出皮笑肉不笑的神情,讨好似的说:"肖医生为什么不留在南宁呢?那里更有发展前途。"

"蠢材,你问了多少次?"彦梅在心中骂道。

"肖医生的老家是哪里的?"他又无话找话讲。

"阳朔的。"彦梅简单地答道。

"喔,原来是阳朔的。难怪肖医生如此才貌出众。常言道:桂林山水甲天下。阳朔是个风光好的地方,自然出此人才。"

"刘副院长,说得太过分了些吧!"彦梅厌恶极了,不假思索地说。

刘官讳喜出望外,恬不知耻地继续说:"肖医生确实是位难得的好姑娘。"

彦梅轻蔑地一笑,理也不理。她早就看透这家伙不是好东西。虽然他用许多美丽的语言来奉承,还是掩盖不了无耻之徒的模样,语言美化不了他丑恶的心灵。彦梅再也不想理会这个丑陋的东西,便顺手拿出一本书来翻看。

刘官讳见彦梅不语,以为姑娘开始动心了,便凑近她,轻声问:"是什么书?"彦梅忙把书本合起,随手扔到桌上,转身向窗外望去。刘官讳毫不识耻地拿过书本来看,是《叶尔绍夫兄弟》。刘官讳大模大样地指手画脚,转身对她说:"这本书的女主角遭遇十分悲惨,我很同情她。"

彦梅仍然不语,眼神注视着窗外。一会儿,彦梅起身走近窗前,窗外一片漆黑,没有星星,没有月亮。一阵晚风吹来,把她额前的长发吹动几根,她用手轻轻拂去,深深地吸了一口气。窗外飘来玫瑰香。刘官讳扔下书本,掏出烟来要抽,彦梅回过身来,毫无表情地对他说:"刘副院长,我这里禁止抽烟。"

"呵哟,差点儿又违规。"刘官讳奸笑一声,急忙熄灭火焰,又自我解嘲地说,"肖医生,你的提醒使我又回忆起在苏联留学期间,也曾有那么一位女子禁止过我——"

这时,他还没把话说完,小欧走进来了,高声说:"刘副院长,李副科长找你。"

"他在哪里?"他恼怒这人早不找晚不找,偏偏这个时候找。

"在你的办公室。"小欧利索地回答。她巴不得刘官讳快些出去,说着,她悄悄向彦梅努努嘴巴,彦梅明白她的意思。刘官讳听说,急忙去了。

彦梅待小欧进来坐定,埋怨她道:"刚才你不应该走。"

"我见到他就反胃了。"小欧说着,重重地坐在床上。

"你呀,都不为我着想。如果他非礼我怎么办?"彦梅温和地说,但话里有些怨意。

小欧皱眉一想,将嘴唇一咬,"哼"一声,不以为然地说:"苍蝇不叮无缝的蛋,你对他硬些,他就不敢。"

彦梅瞧着小欧那张孩子气的脸道:"人家和你说心里话,你却开玩笑。"彦梅鼓着气,停顿片刻又说,"李副科长来找他干吗呢?"

"谁知道呢?刘官讳总是拍领导的马屁罢了,还能有些什么。"

小欧淡淡地说了一句。这话把彦梅也逗笑了，两人尽情地欢笑着。

时间过得飞快。盛夏刚过，秋风又开始呼啸了。枝头的绿叶已变成了淡黄色，慢慢地飘落下地，地上满是一层黄叶。向阳大队不仅扑灭了历年来的疟疾高发，那里的合作医疗也成为全公社的一面红旗。广大社员都欢欣鼓舞，都说是革命卫生路线的伟大胜利。三个多月的繁忙过去了，秋季抗复发仍一点儿也不能放松。就在此时，黎明又病倒了。他怨自己的身体不为自己争气，总是咬牙坚持着，不让病痛流露出来，可怎么瞒也瞒不过聪明的小平。待她问起，黎明却矢口否认自己的病情。小平也极力为他分担工作。为了减轻他的劳累，她每天坚持早出晚归，回来时还设法把好的消息带回来说给他听，让他开开心。秋收大忙，邱大爷经常三五天不能回家。虽有小平精心照料，但黎明的腰依然胀痛，又出现了血尿。他就这样坚持着，从不叫一声苦，不叫一声累。小平曾几次劝他休息，他都不听。这一次小平看他痛得十分严重，便关切地劝慰他道："黎医生，经过几个月的学习实践，我们也掌握到了些技术经验，你就回县里休息几天吧，顺便治治病，这也是爷爷的意思。"

黎明只是笑了笑，扮个鬼脸给小平，俏皮地说："谁有病呢？你有病是不是？"

小平拿他没办法："人家是说正经话，哪有工夫和你开玩笑呢？"

说话间，邱大爷回来了。

"你们都说些什么，说说笑笑的？"邱大爷一迈进里屋便问。

"爷爷，我们正说黎医生的病呢。黎医生病成这个样还说没病。"小平急切地说。

邱大爷手拿着一把草药，疼爱地指着他说："你呀！病成这样了还隐瞒。你该回县里去好好治病。"小平在一旁笑起来："看爷爷都赶你走了。"黎明还是一个劲地摇头。

此时，接县里来电，通知黎明立刻回医院去。他这才没有话说。听到黎明明天要回去，小平家里挤满了人。邱大爷看看大家，又看看黎明，深情地说："黎明，大家都对你抱着希望，治好病，还要常到我们这里走走哇！"

黎明激动万分，望着乡亲们，感激地说："我永远忘不了社员同志们。贫下中农的家就是我的家，我会常来的！"

黎明又回到离别四个多月的医院。医院里一切依旧，花园里开遍了太阳花，枝头落光了叶，留下光秃秃的枝丫，满地黄叶。秋风随和轻拂，抚着他苍白的脸，他感到一阵痛。他走到房门，锁紧紧地锁着，没有人打开过。打开门进去，一阵霉气扑进鼻里，蜘蛛架着网，东西上蒙着许多灰尘。黎明放下行李，便动手打扫室内。一会儿，打扫房间完毕。他休息一阵，又找钟院长去了。

他才走到院长办公室，秘书忙告诉他："钟院长知道你回来了，他现在在县革委开会。"秘书略略停顿片刻又说，"你擅自离职四个多月，本院经卫生科批准，决定扣你四个多月工资不发。你有什么意见吗？"

黎明惊呆了："是你来通知我到向阳大队去劳动改造，怎么说是我擅自离职呢？"

"你去了不久，院里通知你回来，你不回来，这不是擅自离职吗？"秘书傲气地说。

黎明转念一想，算了吧，干革命不是为了个人得失。沉吟半晌，他又坚定地说："既然院里这样决定，我没意见。但——"

"还有，"秘书打断他的话，"三天内，你写两份详细的书面检讨交上来。一份院里，一份科里。"

黎明心中立刻升起了疑义，叫我写检讨，我没错呀！到底这些人要干什么呢？他立时气上心头，但还是压抑住冲动，克制地说："请问为什么让我写检讨？我没——"

"怎么？"秘书又打断黎明的话说，"不服气？那就要罚你到生产队去当四五年的社员，改造思想。你愿当几年社员，还是愿写检讨，由你选择。"

"我在向阳大队所做的，都不算是革命工作吗？"黎明沉静地问道。

秘书斜眼瞅着黎明，神气地说："是不是革命工作，你自己跟钟院长说去。院委讨论决定处分你。"

"处分，凭什么处分我？"黎明惊讶地望着秘书，幼稚地问道。但他很快又醒悟过来，便转身走出办公室。

他回到房间里，叉着腰站了一阵，便拿出毛笔来，写了一幅字："不管风吹浪打，胜似闲庭信步。"写毕，工工整整地钉在床对面的墙上。然后，拿出近四个月未动的日记本来翻开。他思索了一会儿，应该写些什么呢？把眼前的斗争写上去吗？或者，写写在乡下四个月来的体会？可写的东西太多了，不知先从何动笔。总之，这四个月来，他没有虚度，他也没有错，他只是觉得自己的贡献太少了。这一点儿打击太轻了，比起父辈们曾经浴血奋战、南征北战相差得太远了。作为一个革命后代，医疗事业的接班人，难道还能容许别人把历史向后拉吗？不能，绝不能！为了保卫这一伟大

的成果,就只有战斗,战斗,再战斗!他把自己在北京天安门留影的相片拿出来,心中默默地念叨着:"父辈们用鲜血和生命开创了万里锦绣河山。作为一个革命青年,我要继承父辈们的遗志,将这红旗扛在肩上,永远坚定地干革命!"黎明拿出笔,豪迈地在日记上写道:"一不怕苦,二不怕死。以苦为乐,乐于献身共产主义事业。以死为荣,荣为无产阶级革命事业。哪怕眼前是十二级台风,也要勇敢地迎风斩浪前进,至死方休!"

写完日记,他又摊开信笺簿,写起院里要的检讨。他写上了贫下中农热情洋溢地对待合作医疗,写上了四个月来火热的战斗生活,写上今后工作的计划。他要向院领导、向同志们做详细的汇报。他要用事实和实际行动来回击一小撮别有用心的人对他的攻击!

第二天,果然科里不让他值班。秘书到房间来找他索取"检讨书",黎明把昨夜写好的东西交给他。秘书看了一眼,摇摇头说:"不是这份。"

黎明坚定地说:"我知道你们所需要的不是这个东西。但我所能交出来的也只有这个!"

秘书摆着脑壳:"我这是一片好心。黎医生,你也太固执了。这样对自己没有好处。"

"不,秘书同志。这是事实的根本所在。"黎明还是坚强而有力地说。秘书拿他没法子,看看手中的那份检讨,又看他一眼,摇着头悻悻地离去。

秘书走后,黎明坐在床上呆呆地望着在天安门前的留影,那雄伟的天安门,使他又回忆起了那"长征串连"的生活,"梅花欢喜漫天雪"。眼前这考验,太轻了!让暴风雨来得更猛烈些吧。雨打红旗旗更红,霜打古松松更劲。

黎明关上房门,步出宿舍,走上大街,来到了革命烈士陵园。他站在高大的纪念碑前,抬头眺望远方,晚霞把大半个天空染得通红。周围的树叶差不多落光了,只有这棵巨松还是挺拔屹立,郁郁葱葱。他几乎忘记了病痛。他信步来到那棵松树下,斜身靠着这棵古松,任凭秋风吹打。革命先烈用生命换来兰城的今天,我们应该如何使这胜利更加巩固呢?要像这松树一样,挺拔屹立。只有这样,才能对得住牺牲了的先辈!就这样站了一会儿,他向山下的阶梯望去,有两个人正朝烈士陵园走来。待这两人走近,他定神一看,其中一人原来是他敬爱的邱大爷。

"邱大爷!"黎明放开响亮的声音,热情地呼喊着邱大爷。他扑过去,眼睛闪过一丝光线,似乎看到了无限的希望。

邱大爷一把抱住了他,抚摸着他说:"黎明,你看谁来了?"邱大爷的后面,就是他来兰县报到的第一天也在此见面的老同志。邱大爷又指着他说:"这就是我们县委的欧书记。"

"欧书记!"黎明与欧书记握了握手。欧书记从黎明的眼神里看到了不屈的光。

三人来到纪念碑前坐下,欧书记笑着问黎明说:"我们前后见过几次面了?"

黎明不好意思地笑着说:"两次了。第一次是我来兰县报到的头一天,也是在此见面。"

邱大爷望着欧书记,拍拍黎明的肩膀说:"看来黎明还不知道以前的事呀。"

欧书记只是笑了笑:"小伙子,有困难就说嘛。"黎明坐在中间,闪动着眼睛,热泪盈眶,在生人面前,不知有多少话要讲啊,但又不知从何开口。欧书记望着他,语重心长地说:"刚刚步入生活,不能流泪,要坚强些。"

"我并没有哭,欧伯伯。"黎明说,拭去了面颊的泪。

欧书记望着久经风霜的邱大爷,慢慢地说:"邱大爷是位革命老前辈。为了兰县解放,他献身于革命事业,从没叫过一声苦,从没流过一滴泪。"

听了欧书记的话,黎明只是点点头。邱大爷只是抚摸着他的头:"孩子,你是革命的后代,要经得起考验。"

欧书记望着黎明说:"来,让邱大爷讲一讲兰县人民解放战争的故事。"

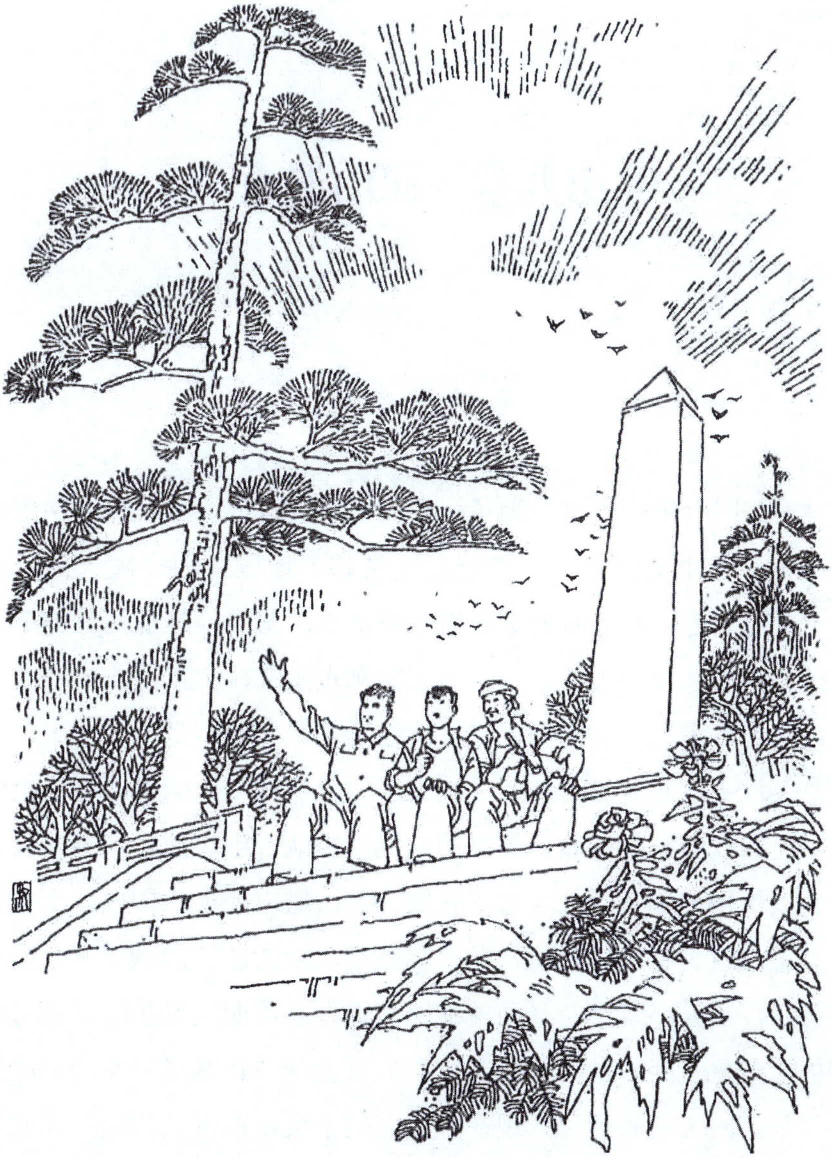

第九章　深山遇虎

　　一九四六年十二月，为了兰县人民得到解放，为解放全中国，我军执行党中央的命令，进行战略转移。地方主力也随大部队走了。党把黎为华和当时的县长老欧留下来。黎为华担任兰县游击大队政委，老欧担任大队长。主力部队刚走不久，大批逃亡的地主、土匪"还乡团"便打着国民党"清绥第九军"的旗号打了回来，到处杀人放火，四处鸡跳狗吠，犯下了滔天罪行。他们还四处派出便衣，侦察我游击队活动，妄图围歼我游击队。由于敌众我寡，县游击大队决定先避开敌人主力，化整为零，撤出敌人包围区。十二月二十七日这天下午，我游击队在黎政委、欧大队长的领导下，顺利转移了，敌人扑了个空。而就在这一天，小黎明也诞生了。当时黎明的母亲曾玉新，是县委委员，县妇联主任，在激战前夕的拂晓生下了他。欧大队长说："现在我们是处于黎明前夕的黑暗，光明就在前头，为了纪念我们今天的战斗，也为了迎接明天的胜利，便给小家伙取名叫黎明吧。这象征着胜利即将来临。"小黎明生下来还未满月，就断了奶。曾主任扔下孩子，又扛起枪炮，走上革命道路。未满月的孩子，就这样在邱大爷的抚养下，走东家喝一口，进西家吃一餐。孩子在贫苦大娘大婶们的怀抱里一天天长大，在南瓜汤、红薯汤里泡大。这样的日子，一直熬了三年。

一九四九年十月，兰县人民终于盼来了解放。兰县纵队（过去的游击大队）解放了自己的家乡。打小就与父母分开的三岁的小黎明，终于回到了父母的怀抱。兰县成立了工农民主政府，黎政委被任命为书记，欧队长任县长。平静的日子才过一个多月，土匪"还乡团"又打了回来，工农民主政府暂时又撤出了兰县。敌人太多，又来得突然，为了掩护后方机关，也不让一件物资粮食落到敌人手中，黎政委带着部队，在距县城三里之外阻击敌人。欧县长负责组织撤退，并且相当顺利地带着后方机关撤出了县城。但时间仓促，曾主任赶回县城的时候，来不及让小黎明一道跟后方机关撤出。由于敌众我寡，在迎击了几个钟头敌人之后，留后做掩护的黎政委率领部队被迫撤到了兰峰山脚下。很快，敌人就把兰峰给围了个密不透风。黎政委只好又带领掩护部队撤到兰峰半山腰，拼命阻击敌人。因为这时的兰峰山上，还有一些本该撤走但来不及撤走的人，所以黎政委率领队伍拼命抵挡，不使敌人逼近一步。敌人好像知道了我方意图似的，进攻从未间断过，并且一次更比一次猛烈。我方伤亡人员逐渐增多，弹药却越打越少了。

曾玉新对情况做了判断后，果断地把小黎明交给了老交通员邱大爷，要他带回乡下去。她自己则留下来，与丈夫一道阻击敌人。黎政委本不想同意妻子的要求，可是身边的战士眼见已经越来越少了，多一个人就多一份抗击敌人的力量，多一份力量邱大爷他们就会多一份平安转移的可能，最终他同意了妻子的要求。

此刻，欧县长的爱人彭桂敏因怀孕跟不上撤离的队伍，也上了兰峰，过于颠簸的路途要使她提前分娩了，阵痛已经开始。她忍住痛，挺着个大肚子跟了大家跑。邱大爷的儿媳妇徐婕也没能跟着撤出去，胸前正抱挂着尚未满月的小女儿小平，手中提了支汉阳造步枪跟着大家满山赶。黎政委实在很为这帮拖儿带女的女同志牵肠挂肚，土匪把山峰围得像铁桶一般，他想不出到底怎样才能保证她们安全转移。

曾玉新看得出丈夫的心事，想了想，对他说："把孩子交给邱大爷吧，让他老人家带了他们离开。我们在这里顶住，不让敌人前进一步！"

黎政委采纳了妻子的意见，由邱大爷组织第二批突围队伍，让老弱病残、妇女儿童和受伤能行走的战士，都跟邱大爷撤离战场。黎政委亲自带一支小分队在后做掩护。他看看表，挥手命令他们快走。邱大爷二话不说，领了两个妇女，背着小黎明，还有三个受伤战士互相挽着臂，告别了黎政委他们，找路下山了。

突围的人们才走不到半里，战斗就在山下打响了。上千土匪把兰城周围几座山团团围住，展开了激烈的围攻。

邱大爷背着三岁的黎明，徐婕挽着临产的彭桂敏，以及三位受伤的战士在山腰转了几转，不是有土匪把守便是悬崖绝壁，实在找不到能够突围出去的空隙，只得又转路回到兰峰山上，匍匐在古松树下的草丛里，等到天黑再走。

战斗打了四个多小时，欧县长带着后方机关和主力大队以及运着粮食物资的队伍顺利地转移出去了。这边，剩下来的黎政委夫妇，带着十来个负了伤的战士边打边退，不一会儿便退到了兰峰上。想不到，就在古松下面碰见了他们几个。

黎政委预计敌人决不会就此罢休，立即就会有战斗展开的。因此，邱大爷必须在战斗打响前，离开这危险区不可。可就在此时，欧县长的爱人彭桂敏临近分娩了。徐婕把怀中的小平递给了丈夫邱志红，就与曾玉新一道过来料理彭桂敏。不一会工夫，在这冰天雪地里、古松树下面，就降生了一个胖胖的小女婴！黎政委走过来，一把抱起婴儿，望着尚还枪声不断、弥漫着战火硝烟的县城一声不吭，把牙关咬了又咬。

彭桂敏对他说："黎政委，给孩子取个名字吧！"

黎政委指着还在风中飘扬着的红旗，轻轻说道："我们是扛着这面红旗走出来的，为了不让她忘记今天的战斗，就叫她红英吧。"

小黎明在一旁欢天喜地蹦过来，喊了声"红英妹妹"。

就在这时，敌人又组织了新的进攻。飞来的子弹打得树叶纷纷落下，形势十分紧急，必须立即进入战斗。黎政委果断命令邱大爷立即带着两个妇女和孩子，以及几个重伤员，尽快向后山撤退。邱志红和曾玉新带几个战士，从正面掩护。邱志红吻了孩子两口，来不及多看一眼就递回妻子怀里，和曾玉新带领战士猛扑了过去。

邱大爷眼看形势不对，就一把抱过小黎明放在一只箩筐里，又从两个妇女手中接过小平和刚生下的红英，放在另一只箩筐，挑着担，大声地喝令他们几个跟上。

黎政委见敌人就要冲到跟前了，就对他们说："为了孩子，你们快走！突围后，大家集中到向阳村。"

于是，彭桂敏和徐婕互相搀扶着，邱大爷挑着三个孩子，借着

黑夜做掩护，从山后找路下去。

黎政委命令两个战士跟上去掩护他们，他自己领着剩下的三个战士飞步前去迎敌。就在这时，前面剧烈的枪声又响了起来。此时，曾玉新小队和敌人短兵相接。黎政委他们迅速赶到，终于又一次打退了敌人的进攻。

邱大爷走了五六里，前面又来了一股敌人，不知有多少。婴儿尖厉的哭声引来了敌人的追击，两位追上来的战士奋不顾身地冲上前去迎敌，可是敌人的火力太密，他们都先后牺牲了。邱大爷挑着担转身向侧面跑去，敌人沿着脚步声紧追不舍。跟在邱大爷身后做掩护的彭桂敏急中生智，一把将邱大爷往崖头下面推去，自己与徐婕猛地回过头来，迎击敌人。待敌人靠近之后，喊一声"打"，就啪啪啪一阵连射，击倒了冲在最前面的几个敌人。敌人一下子吓蒙了，赶快趴下，趁这机会，她们两人迅速爬到了石崖上继续朝敌人射击，又一连打翻了几个。可就在此时，一颗手榴弹飞来，彭桂敏眼疾手快，一把将徐婕推倒，自己扑在她身上。手榴弹炸开了，把彭桂敏的枪炸断了，她的腰部也中了弹片，立刻昏迷过去。

想不到此时邱大爷并没有能突围出去，而是担着三个孩子又转了回来。徐婕眼看不好了，便想也不想，坚定地对邱大爷说："爹，三个孩子都交给您了，您老就是牺牲了也要把他们带出去！您赶快从石崖头那边走，我来掩护！"

邱大爷来不及回答儿媳的话，就被徐婕一推，他只好就势挑着三个孩子弓着腰，迎着嗖嗖飞来的子弹跑步奔去，很快消失在了黑暗中……

这时，彭桂敏醒过来了。兰峰仍不时传来阵阵枪声。

"黎政委他们还没有撤出哇！"徐婕惊叫起来。

于是她们决定返回兰峰，去掩护黎政委撤退。徐婕一手提着枪，一手挽着彭桂敏，两人艰难地朝兰峰方向走去。

爬到山腰，只见兰峰的四周，燃起一堆堆大火来。她们心如油煎，非常担忧黎政委的安全。徐婕挽着彭桂敏，吃力地、顽强地往峰顶上一步步走去。好不容易爬到了峰顶，但一点儿动静也没有。他们是牺牲了吗？两人难过得流出泪来。只见几位牺牲的战士尸体，看了这个又看了那个，都不是黎政委和曾玉新主任。她们不死心，再翻过峰顶，转到那古松树下，方见有人隐约在那里划火柴点燃什么。徐婕放下桂敏，把枪握紧，轻轻发出一声联系暗号："兰峰！"

"解放！"——是曾玉新的声音。

她惊喜地叫一声"曾主任"，便轻捷地朝这边小跑过来。

曾玉新此时刚从昏迷中清醒，半躺在地上，她周身都是血迹，身旁散落着无数的弹壳，面前有一堆正在燃着的火——原来她醒过来后在抓紧烧毁文件资料。听到对方发来的暗号后，曾玉新应了一声，但仍很警觉地问了一声："你是谁？"同时手中的驳壳枪也跟着提了起来。

"是我，是我们找你来了。"徐婕惊喜地答道。

"啊！徐婕！"曾玉新放下了枪，高兴地喊道，"原来是你。你怎么还在这里？难道你没有突围出去吗？孩子呢？"

徐婕接近她身边，扶起她，气喘吁吁地说："放心吧，孩子已经由我爹安全地带出去了。黎政委呢？"

"他们也安全转移了。"她看了看徐婕，又问，"桂敏呢？"

"在那儿，不过她也受伤了。"徐婕用手轻轻指着桂敏，也问她道，"黎政委转移了，你怎么还留在这里？"

曾玉新喘着气，轻轻抹了一下鬓发，说道："掩护你们突出去后，我左腿被打断了，走不了，为了不拖累他们，就留下来掩护……"

敌人把整个山都团团封住。这么久了，敌人还未发出一声炮响，看来要等到天亮进攻了。可是现在要想突围出去也是很难的了。

曾玉新好像想到了什么，她眼睛一亮，对徐婕说："徐婕，来，我交给你一个任务。"徐婕借着月光看她，她说："现在趁着敌人还未进攻，你去把牺牲了的同志的尸体安葬在那棵松树下，把他们的名字都记下来。"

"是。"徐婕坚定地应一声，便要起身执行任务。

"还有……"曾玉新拉住她，"把枪支弹药全部集中起来，等一下可能还要用。烈士们口袋里的东西，能毁掉的都尽量毁掉，一样也不留给敌人。"

"知道了。"徐婕起身下去了。

曾玉新这才拖着沉重的右腿爬到彭桂敏的身边："桂敏！"

彭桂敏已经醒过来了，只是流血过多。她见到曾玉新过来了，忙睁开眼睛来，无力地喊了声："曾主任！"

曾玉新把她拉到自己跟前，用手帕轻轻拭去她的伤口上的血，包扎着，忍住疼对她说："孩子们已经安全转移出去了。"

桂敏听了，露出了一丝笑意。如此的话，她可以放心了，放心地跟敌人拼到底了。她对曾玉新说："曾主任，能想办法给我一支枪吗？我的那支炸断了。"

说着,她挣扎着坐起来,左顾右盼了一阵。

"我还有两支短的。"曾玉新摸摸别在自己腰间的驳壳枪,又掂了掂腰际的子弹带。枪还在,可是子弹所剩不多了。

"给我一支吧。"桂敏说。

曾玉新忍着伤口的剧痛,艰难地爬近她,塞一支驳壳枪在她手里。

枪柄上红色的绸带被鲜血给沾湿了,枪口还散发着浓烈的火药味。桂敏忍住泪,把枪吻了一吻,也别在腰里。

曾玉新慢慢地向古松树下移去,到了那里,徐婕也把战士的尸体背过来了。"牺牲了多少人?徐婕。"

"我们牺牲十七个。"徐婕喘了一口气,拭拭汗,"敌人死得可多了。"她高兴地笑着。

徐婕一手扶着松树,一手叉腰站着回忆刚才的战斗。他们胜利地实现了战略转移,但更大的胜利还在后头哇。毛主席在北京发出了歼灭白匪的电报,广西就要迎来解放了!徐婕高兴地想着,她拂去额前的发丝,走过来扶起桂敏,一道围在曾玉新身边。

曾玉新看着两个战友,信心百倍地说:"我们都是共产党员。同志们,也许我们不会等到那一天了。但是,我们坚信,这一天一定会到来的,我们要用鲜血和生命迎来这一天!"

徐婕和桂敏不约而同地点点头,脸上焕发着荣光。徐婕拿出纸条来递给曾玉新:"牺牲的同志,名单都在这儿了。"

月光下,三个人望着名单,又凝视着静静地躺在松树下的烈士的尸首。沉默一会儿,玉新抬起头来:"我相信,解放了,党和人民政府一定会在这里,就在这松树下——树起一座高高的纪念碑,

来悼念我们的。"

三个战友依偎在一块儿，三颗红色的心在一块儿跳动。玉新拂去徐婕头上的乱发，又给桂敏整了整衣袖。三个人都在沉思着，向往着胜利的那一天……

渐渐地，东方露出鱼肚白。新的一天又到来了。曾玉新看了两个女伴一眼，坚定地说："同志们，准备战斗！"

三个人一同爬到阵地上，目光炯炯地向山下望去，满腔怒火在胸中燃烧。三支枪一齐指向山下。曾玉新环顾四周，默默地从桂敏手中接过一颗手榴弹，塞在怀中。又把写有英雄名字的纸条仔细折好，插在古松的树皮底下，一切准备妥当，她们又安静地埋伏着。天渐大亮了，晨雾笼罩着山顶。果然，天刚亮敌人又开始进攻了。敌人闹老半天，才确定山上只有三支枪，胆子也壮了许多。

敌人立即叫抓活的，谁抓住奖大洋一千块！"冲啊！""抓活的！"随着敌人的喊声，三支枪又一齐开了火，把敌人压了下去。

"他妈的，快冲！"敌人又骂又跳，冲锋又开始了。

这时，桂敏的子弹打完了。她用力将一颗手榴弹扔出去，轰一声响，炸翻了几个敌人。看看身边没有武器，干脆推下去几块石头，打得匪兵哭爹叫娘的。接着，玉新和徐婕的子弹也打完了。枪声停了下来。

敌人在山下大喊："弟兄们，她们没有子弹了，快冲，抓活的，抓活的！"

"子弹打光了，快过来。"曾玉新果断地命令道。徐婕走过去把彭桂敏挽起，两人来到曾玉新面前蹲下来。曾玉新望了望正往上冲来的敌人，镇定地对两个战友说："砸枪，不能留给敌人！"说罢，自己拿起心爱的驳壳枪，往上一举，奋力向石块上砸去。桂敏与徐婕也跟着砸，桂敏无力，徐婕过来帮她砸。很快地，三支枪都砸烂了。玉新招手，三个战友又聚在一块儿。曾玉新握着仅有的一颗手榴弹，豪迈地说："同志们，我们的任务完成了，现在该怎么办？"

两人同时点点头，坚定地说："共产党员宁死不当俘虏！"

这时，敌人冲近了，方才发现三个都是女的。当官的高兴地说："弟兄们，冲啊！"十数把明晃晃的刺刀朝她们逼来。曾玉新伸开双臂，把两个战友紧紧地搂在怀中，两眼凝视着巍然屹立的松树，然后毫不犹豫地拉着了手榴弹的引信！

冰寒的雪夜，邱大爷挑着三个孩子，回到了苦难深重的向阳沟。邱大娘用衣服紧紧包住初生的孩子，邱大爷不停脚地找来几位老党员，把没娘的婴儿，分散在两个可靠的贫农家里，自己身边留下三岁的黎明。邱大娘从老头子的眼里猜中了一切，她把黎明搂在怀中。黎明在大娘怀抱里酣睡着，发出轻轻的鼾声。大娘抱着他，泪水一滴一滴地滴在孩子脸上。

解放的日子一天天临近，风声也一日紧似一日。黎明病了，发着高烧，说胡话。邱大爷找了几服草药也不奏效。邱大爷生怕孩子有什么三长两短，急着说要找大夫。邱大娘听人讲，石头弯那边有一个姓牛的大夫。此大夫操外地口音，准不是本县的。因此，邱大爷很不放心，孩子是革命的红苗，万一有什么差错，对不起政委。此时，黎明又高烧昏迷了，老头子急忙出去采草药。邱大娘瞒着老头子，把牛大夫请来了。

这牛大夫，面色光滑油亮，他在黎明的脉上按了按，摇头说：

"病入膏肓，迟了。"

大娘急得哭了："这该怎么办，天哪！"

牛大夫看她那老态龙钟的样子，突然问："这孩子叫什么名字？"

"黎——"大娘住了口。

牛大夫暗地里高兴，轻轻地笑出声来："要赶快治，还是来得及的。"

邱大娘似拾到了救命药，忙祈求他，牛大夫总算给开了一方药，但需要到县城取药。打发大夫去后，傍晚，邱大爷回来了，找来了药。他知道此事后很焦急，不住地埋怨老婆子。因不知这牛大夫是什么人，为了预防万一，决定明天把黎明转移到山上。自己摸着黑，前去通知抚养两个婴儿的人家。但是，等到第二天天亮了，邱大爷还未回来，邱大娘焦急地等着。哪知还乡团已把向阳沟团团围住，荷枪实弹要搜捕黎政委的后代。全村男女老少被集中到村头大木棉树下，邱大娘把病着的黎明紧紧抱在怀中。

"邱老婆子呢？"敌人气势汹汹地搜寻邱大娘。邱大娘后悔不听老头子的话，知道逃不过了。她急中生智，把孩子递给了身边一位老人，自己颤巍巍挤出人群。

"老婆子，把孩子交出来。"敌人逼着问。

"我没有孩子！"邱大娘沉静地说，眼中充满了怒仇。

"他妈的，你不说。"敌人把老婆子打翻在地。"搜！"总头目喝令一声，敌人把整个向阳村翻了一遍，一无所得，便放火烧掉邱大爷家。

老大娘站起来，咬牙切齿说："全国就要解放了，解放军很快就要打进来,看你们这些王八蛋能横行到几时?"

"他妈的!"敌人用刺刀划破邱大娘的脸,血流了她一身。敌人将她打翻在地,正要用刺刀向她胸部刺去。

"大娘!"突然一声孩子的尖叫响起,小黎明哭着冲出人群,向大娘扑去。人们愣住了,还未回过神来,敌人已把枪对着黎明瞄准。邱大娘大喊一声:"乡亲们,牛大夫是叛徒!"喊完立即扑向黎明,随着一声枪响,婆孙俩同时倒在血泊中……邱大娘牺牲了,黎明只是昏迷过去,一点儿也没有伤着。

直到天黑了,邱大爷才回来。家已被烧光,老婆子也被匪兵打死了。面对这一惨景,邱大爷老泪纵横,当夜便挑着三个孩子上山了。他要去找游击队,找黎政委和欧县长。

一九五〇年一月,兰县终于回到了人民的怀抱。全县人民欢欣鼓舞。兰峰顶上,飘扬着红旗。革命烈士的尸骨,已安放在古松树下,在战士们英勇战斗、壮烈牺牲的地方,树起了一座高大的革命烈士纪念碑。英雄们的遗愿终于实现了……

邱大爷的故事讲完了,黎明深受感动,热泪盈眶。他拉住邱大爷和欧书记的手,满怀信心地说:"我一定不辜负父辈们的遗愿。"

邱大爷与欧书记对望一眼说:"对,孩子。要记住,拿枪的敌人已被消灭了。但不拿枪的敌人,依然存在。坚强些,面对斗争,不能流泪。"

黎明点点头,三人一起发出一阵欢笑,笑声在兰峰上清晰地回响。

黎明被处分之事,在整个医院里传遍了。由于刘官讳不断煽动,人们都用幸灾乐祸的神态看待黎明。黎明坚持不写检讨,钟永

富与刘官讳上报到卫生科李薪那里去。为了得到更充分的证据严处黎明，李、钟、刘协商研讨，决定抽调工作组，以"合作医疗调查组"为名，到向阳大队去调查搜集黎明的材料。李薪亲自抽点人马，由刘官讳、朱道枸、欧红英组成工作队。为了使黎明心服口服，让黎明也随同去。

听说县医院"合作医疗调查组"来到向阳的消息，社员群众都十分高兴。大家都请他们到自己的家去。小平正在办小队卫生员学习班，一见黎明他们，她高兴极了，把他们拉到自己的家里。他们来到了邱大爷家，黎明把他们介绍给邱大爷，又把小平介绍给他们。为了方便工作，刘官讳与朱道枸住在向阳小学里，学校腾出办公室来给他们住。小欧和小平住在一块儿，黎明还是住在邱大爷房内。

休息还未定，黎明便要带小欧去大队合作医疗卫生所去参观，小平便一起去了。小欧边看边赞不绝口，指着那些药物不住地问这问那。

一会儿，小平又把小欧和黎明带到他们的草药园里去玩。三人走进园里，一阵阵清香扑鼻而来。各种草药都分别种成一行行，整整齐齐的。有些还开着美丽的花儿。这些都是小平精心料理，付出辛勤汗水而得来的。

看着这一片草药园地，小欧似得到了启发，充满信心与欣慰。她拉住小平的手，欣喜地问："小平，这些都是你们自己种的吗？"

"是的，这都是我们自己种的。"小平兴奋地说，躬身抚摸一片细叶，这些成果就是她的骄傲。

"啊，真不简单。小平，我真佩服你们的能耐。"小欧边观看边赞叹，她的眼神里流露出敬慕之光。

小平笑吟吟地望着久不开言的黎明，温和地说："这个功劳有一半是黎医生的。"小欧和小平都把目光集中到黎明身上，似乎看到了无限希望。

此时，黎明面部也渐渐露出微笑，对着两位曾共患难的妹妹说："这不能说是我的功劳，都是贫下中农的努力，才取得今天的成果。"他摘下一片叶子，凑到鼻尖闻了闻，有些腼腆地将头侧过一边去。

"黎医生向来就是如此谦虚。"小平看着小欧，又看看黎明，"如果没有黎医生的支持帮助，我们的合作医疗也办不起来。"小平沉静地说，但话里含有许多谢意。

"哪里呢？这是大家的共同努力。"黎明爽快地笑着说。

小欧在一旁立即跳起来，俏皮地说："你不愿领这份功劳，那么这份功劳是我的吗？"说罢，她又侧过头去观看黎明的神色，引得小平和黎明都笑了起来。三个年轻人同时欢欣地笑着。

"你们都在这儿说说笑笑什么呢？"小平正要开口说话，忽然有一个声音插进来。三个年轻人同时向身后望去，朱道枸顶那张大麻脸，手中握着一根茶树拐杖，皮笑肉不笑地缓行过来。

小欧嘴快，伶俐地说："朱主任，原来是你呀！吓了我们一跳。"她有些不快的神情。

朱道枸不理会小欧，弯身摘起一枝草药："这些都是你们自己种的吗？"他抬起那张麻脸，不假思索地问小平。他环视草药园地，又瞧了瞧黎明和小平，似乎在思寻什么。

小平兴奋地望了望药园说："这当然是我们自己种的，难道还

有谁来为我们种吗？"她骄傲地望了朱道枸一眼，很快又转眼望小欧和黎明。此话只有黎明才理会含意，这里面含有许多的讽刺性。黎明侧头去看小平，晚霞映射着她秀美的脸庞。她的脸上微微发红，使她显得更加成熟、坚强，那双清晰的明眸一眨一眨动着，好招人喜爱。

"种这么多药用不完嘛。"朱道枸随即说，脸上没有一丝表情。

"哪用不完呢！以后还要分给别的大队。"小平温善地说着，索性摘一枝白花丹送到朱道枸跟前问，"朱主任，这白花丹怎么用法呢？"朱道枸看了一眼，摇摇头说："不知道。"黎明、小平、小欧三个年轻人一齐惊讶地望着他。

黎明与小欧又摘一株红牛膝问："这是什么药呢？"

"这些我都没有学过，在书上也没见过，我怎么知道呢？"朱道枸不假思索地答着，可他现出了难堪而尴尬的神情，那张大麻脸微微发颤。

三个年轻人有些奇异地你望我，我望你。不是说朱道枸是草医出身吗？怎么问这都不知，问那都不懂呢？三个年轻人都有相同的感觉，在心里发出疑问。

小欧闪动着眼睛说："朱主任，别谦虚了。你不知道这些药才怪呀！"小欧不知道是朱道枸有意不答话还是无话可答，只见他默不作声地迈步悻悻离去。三人都惊异地目送着他那瘦长的身影。待他消失后，他三人一齐爆发出一阵笑声，这笑声不知是嘲笑还是欢笑，在山间清晰地回响。

谁又知他们仨是二十年前患难与共的童年伙伴呢？今天他们又战斗在一起了。这一切，黎明已知道了，但她俩还不知道。要是她们也知道过去的事，不知小欧要高兴到何等地步哇！瞧她那调皮的孩子气。黎明沉思着往事，回忆着邱大爷讲的战斗故事……

"黎医生，你怎么了？"小欧见他怔着，以为他又病了，便关切地问。

"没什么。"黎明从沉思中惊醒过来，急忙摇摇头。其实，此刻他的腰已隐隐作痛。

"黎明！小平！"

他返回身望去，见邱大爷急匆匆地跑过来，脸色都变了，他们料定有什么事了。

"快回去。"老人发颤地说，几乎都要说不出话了。

三人立即跑回家，一进家，看见许多人围着。大家见是黎明到来，似乎盼来了希望，忙让开一条路给他。黎明分开人群，进到里面，见一位有些面熟的苗族妇女，他一时想不起是谁。她正抱着一个已昏迷的小婴儿。

"黎明，"邱大爷指着那妇女说，"这是七家山的李二嫂。"不待邱大爷说完，黎明点点头，很快明白一切。他接过来小平递来的听诊器，小心地掀开孩子的衣服，在胸部、背部等听了起来。一会儿，他站起身，取下听筒，伸开手背又在孩子额前、面部摸了摸。

正在这时，刘官讳与朱道枸大摇大摆地走了进来。刘官讳斜眼看了黎明一眼，漫不经心地说："我以为是什么大不了的事，原来是一个小孩病着。"

刘官讳如此说，根本不像一个医生讲的话。邱大爷在一旁很不满意地答道："刘副院长不能这么说呀！小孩儿也是个人。你看昏迷过去一阵了，该怎么办呢？"

· 239 ·

"是呀！孩子也是一条生命。医生，你们带什么药了吗？救救我孩儿的命吧！"李二嫂几乎是用恳求的口吻说，焦急的目光转向黎明，似乎在期待一线希望。

刘官讳站在众人当中叉起腰来，神气十足地瞥了黎明一眼说："我们不知道会有这么个情况，没有带药来。"

"医生下乡不带药，这像个人民的医生吗？"不知众人中是谁说了这么一句。可把刘官讳气坏了，但他又不好发作。

"我们分科别，这是内科病，我们是搞外科的。"片刻，刘官讳才不怀好意地说，那双邪眼气势汹汹地将众人扫了一遍。大伙儿都想，这准不是个好东西，一个人民医生哪有抱着这种态度的！

黎明检查完毕，抬起头说："这是重型肺炎。要用青霉素才行！"他转过身子，正要请示刘官讳。

刘官讳却吼着说："刚才我都说了没带药，你还逼着我要药做什么？"

黎明一时不知所措，愣住了。下乡不带药，他来干什么呢？这太不像话了，来之前自己忽略了些，没有再检查一下。黎明脸上立刻现出了为难的表情。自己是一名医生，怎么能眼看着病人等死呢？正在寻思中，小欧翻开药箱，找来了几支青霉素到黎明跟前说："黎医生，还有几支青霉素。"大家都一齐望着小欧，似盼来了希望。

"哎呀！那是留着……"刘官讳指着小欧有些恼怒地说，只说了一半便把话止住了。

只有几支青霉素，还不行。得想办法找一点红来，孩子才可能有救。黎明再也不理刘官讳那一套，便吩咐小平道："你来护理小孩，我到山上去找一点红。如果再拖延时间，孩子可能有危险。"

小平坚定地对他说："你在家护理，让我去，我熟悉路。"说罢，便要动身出发。

"小平，还是我去。"黎明拉住小平，小平还是坚定要去。

两人互相争执，邱大爷见他们都有这份心尽力，便来解围："你们都有这份热心，那好，两个都去。因为要到达梁坡去才有一点红，恐怕未走到那里，天都黑了呢！你们快去快回，小孩就让小欧来护理吧。"

邱大爷吩咐着，小欧立即动手给小孩注射一针。她伸手摸摸小孩的额前，又摸摸手足。手足已有些冰冷了。小孩沉沉地昏睡在他母亲的怀里，那张可爱的小脸很安静，没有一丝表情，小嘴唇几乎没有血色。小欧将小孩的一只小手贴在她脸上，这只小手似乎触动了她那颗火热的心，使她猛然醒悟到了许多。

小平找来了手电筒。黎明交代好小欧怎么护理小孩，就和小平出发了。

走出村，一阵风袭来，使人感觉到有一种莫名的寒意。此时已是傍晚，初秋的傍晚。一把镰刀似的弯弯的月亮挂在蓝天上，山头还围着一缕缕青烟。黎明与小平加快了脚步，三步并作两步行。

"小平，到达梁坡去，要走多远呢？"黎明平静地问。

"起码有七八里路，按我们的速度，兴许用半个小时，便会走到的。"小平闪动着眼睛说，晚风吹拂着她的乱发。

两人都渐渐冒汗了。黎明的额前冒着许多颗豆大的汗珠，他解开衣扣，用衣角抹了抹额前的汗珠，又用一边衣角扇了扇凉，侧头看了看小平说："小平，爷爷常讲革命战斗故事给你听吗？"他想试看小平是否知道自己是她童年的共患难过的伙伴。

提起战斗故事,小平精神又来了,她昂起那张白里透红而不失静美的脸,欣喜地说:"当然讲啊!每次爷爷讲起战斗故事,大伙儿都要听到半夜才回去。"

看来,她还未知道他们是童年的患难朋友,假如她知道了这一切,而今天他们又能在一起工作、战斗,她一定会为此感到自豪而高兴。邱大爷为什么不把这些告诉他孙女呢?或许是……

"黎医生,前面就是周邦河了。"小平愉快地指着说。

黎明顺着她指的方向望去,一条清清的河水正哗哗地向东流。天已黑下来了,他们没有拧亮手电,而是借着月光照路而行。山涧不时传来鸟叫声,路旁虫鸣阵阵。小平有些胆怯,在黎明身边走着,一会儿便来到了河边。两人都把裤脚挽起,黎明拉着小平的手,涉河而去了。走到河中,因为河水流急,河里的石头特别滑,加之黎明的腰痛发作,他有些支撑不住,腿有些发颤,不注意便滑了一下。小平眼快,立即抱住他的腰部,才免于落水。

过完河,他们很快来到达梁坡脚下。两人拉着手,小心翼翼地正要上山。突然一声长啸,两人同时吓了一跳,小平惊得差点儿叫出声来。黎明把小平抱得紧紧的,不知是怎么回事。

"黎医生,怎么办?我们遇上了老虎。"小平紧紧地抓住黎明,打战地说着。

"别紧张,冷静些,我们想办法对付它。"黎明也有些发怵,但他还是做出平静的神情安慰小平。

他顺着声音望去,月光下看得很清楚,那只大野兽在远远地朝他们奔来,两只眼睛像电筒般发亮,正好上坎有一棵不大不小的树,黎明急中生智,拉住小平拼命奔去。

"快跑,有办法了。"黎明顾不了许多,拉着小平就跑。

小平边跟着黎明跑边问:"黎医生,有什么办法?"

此时,已跑到了那棵树底下,黎明有些急切地说:"小平,把鞋脱下,快爬到树上去。"

"嗯,好的。"小平利索地脱掉了鞋。

不知这棵是什么树,树根有些滑,没有枝杈,上面的枝叶又茂盛。

小平爬不上去。黎明便蹲下身子说:"小平,来,踩着我的肩膀上去。"

"这怎么行呢?"小平迟疑。

"快,时间就是生命。"黎明催促道。

于是,小平不再迟疑了,双手扶着树,双脚踏着黎明的肩头。黎明忍受着腰痛,慢慢地站起身子。小平两三下便爬到了树上,她坐稳了树杈,双手伸下去拉黎明。有小平在上面拉黎明,黎明不费多大力气也爬得上去了。恰巧刚爬上去,虎又长啸一声,猛扑到树下来。他们俩坐在树杈上,连大气都不敢喘。黎明紧紧地抓住小平的一只手,虎在树下躬起腰,尾巴甩了两甩,朝地面闻了闻,长啸一声,又慢慢昂起头来朝树上张望。它在树下吼着,绕着树走了两圈,最后无可奈何地蹲在那里,看着黎明和小平的鞋。

黎明看了一会儿,断定虎伤不了他们,便小声对小平说:"原来老虎不会爬树,猫师傅还未全把本领教给它呢。"

"别说话!"小平谨慎地止住他的话头道。

"别怕,我来收拾它。"他松开小平的手,伸手拉来一支碗粗

的树枝，用力一折，啪一声脆响，把虎吓了一跳，发起威来对着大树狠命吼叫起来，用前爪疯狂地抓扒着树身。黎明用力把树枝折成几截，拿一截在手，瞄准那虎的头，啪的一棍飞去，不偏不倚，正好打在虎的前额上，又啪的一声，木棍飞落到虎头去了。虎吓了一跳，吼——一声巨响，躬身一跳，蹿到前面的芦苇中，消失在山间了。

虎跑了，黎明高兴地拍手赞道："小平，你看，老虎怕我们了。"

"别高兴得太早，听人说老虎会报复的。万一这东西会躲在路上等我们呢？"小平警觉地提醒。

"好吧，那么我们再等一会儿，没有动静我们再动身。"黎明不假思索地说，很快又想起了生病的孩子，便又对小平说，"孩子的病不轻，不管怎样，我们也要找到药。"

小平轻轻地点点头道："是的，如果找不到药回去也不好。只是这虎……恐怕它此时就在达梁坡顶上等着我们呢！"小平迅速地环视山的四周一阵。

"别怕，只要我在，一定找到药。我们这正是明知山有虎，偏向虎山行！"他坚定地说，冷静地分析着。

一会儿，他们从树上下来了。下树时，没有上的时候难，小平自己从树上滑了下来。身边的草丛没有任何动静，虫又开始叫了。此时黎明拉着小平的手，警觉地、慎重地上山了。不一会儿，他们来到达梁坡上，找了一会儿，才得几株半枯的一点红。山顶上有一块平地，长有许多草。但还有两丈多高的石绝壁，怎么能攀上去呢？山顶上没有树木，光秃秃的。只有石头一凹一凸地起伏，像馒

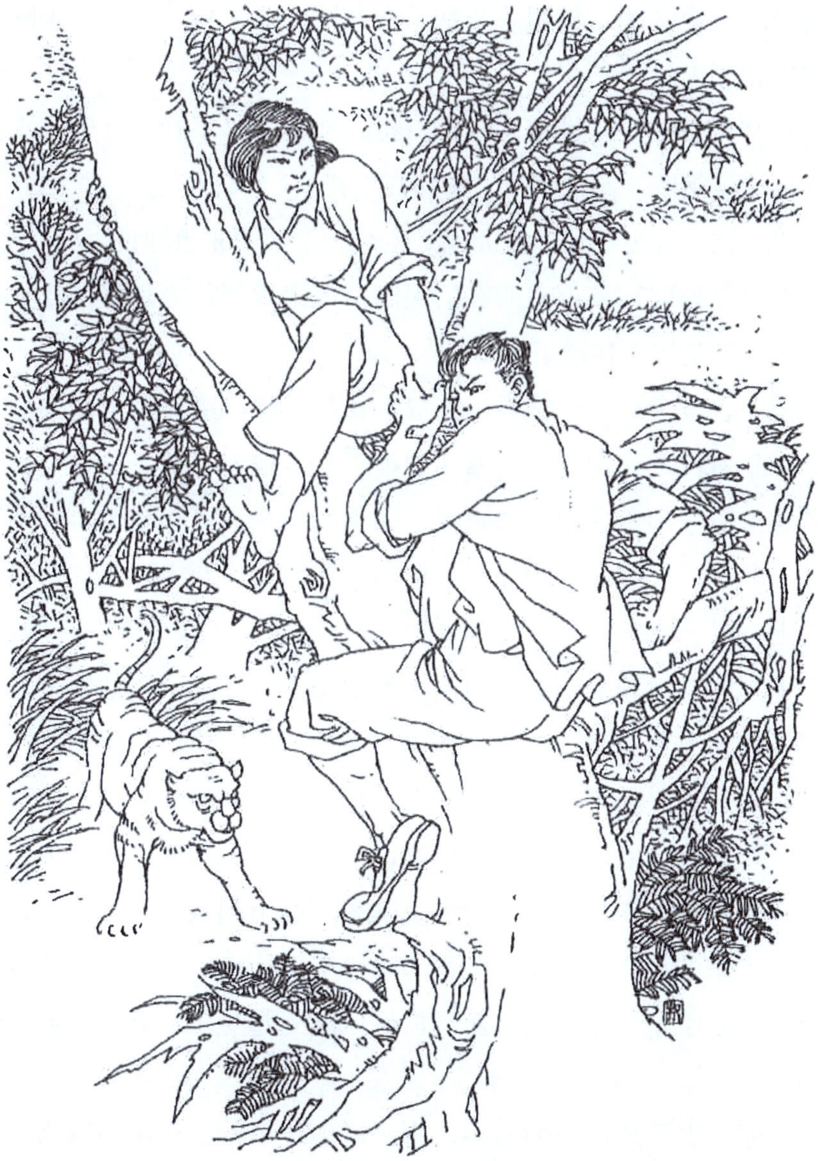

头一样。怎么办呢？黎明思索着。小平也在心里想着办法。时间就是生命，不宜多想，黎明还是拿出老办法：蹲下身子，叫小平踩着他的臂膀上去。

小平望着他有些憔悴的神情，担心地说："不行，我怕你支撑不住。这是绝壁，不像刚才上树那样不费劲。"

"快些，别迟疑了，时间就是生命。"黎明正色地说。

小平立刻闪现着那双明亮的眼睛，严肃地说："那好，我来顶你上去。"说罢，便蹲下身子。

黎明也没多想，试试看，便双手扶起石壁，踩着小平瘦小的肩头。小平慢慢地站起身子，黎明边摸索着，扶着石壁，一边生怕小平苗条的身子顶不住自己的重量，如果摔下来，可不是小事。小平很快立稳身子，黎明寻找到了一块凸起的石块，两手抓紧，挪挪身子爬上去了。

上到达梁坡顶上，肥沃的泥土散发出清香。到了平地顶上，他顾不了欣赏夜色美景，便拧开手电，寻找着药。这里，果真有许多一点红，他高兴极了，忘记了疲劳，忘记了刚才遇虎之事。他一口气拔了一大把，看看够了，才捆好，塞进布袋。此时，一朵黑云将月亮遮住，他站在崖顶上，向天空眺望，群山起伏，满天星斗。他缓步到上来的地方，见小平蹲在那里等着，他唤小平一声，便将药袋扔下去给小平。小平接着药袋放好，又立起身子，靠着绝壁接应黎明下来。

黎明扶着那块凸起的石头，脚慢慢地往下伸，左脚尖踩到了小平的肩头，另一只脚方慢慢伸下。就在此刻，右脚还没有伸下，他的一只手抓住那块石头不稳，"小平——"他失色地叫小平一声，摔了下来。小平的头部也碰到了石壁，但没有摔着。蹭破了一点儿皮，她用手敷了一阵，就蹲下身子扶起黎明，可黎明已摔昏了。小平极力地摇撼着他，可他还是未醒。小平不知所措，急得直想哭，蹲在地上，把黎明的头抱在胸前。她很快想起了一个办法，这个方法是爷爷教她的。她把黎明的头靠紧左胸，用右手拇指尖顶捏黎明的上唇人中穴。捏了一阵，黎明微微睁开眼睛。

小平兴奋地连声唤道："黎医生，黎医生，你醒来了！"她脸上的乌云，慢慢地消失了。

"哎哟……"黎明痛苦地叫唤一声，在小平怀里挣扎着起来。腰两侧像刀割一般疼痛，幸好只有臂部擦破了皮，其余没有大伤。小平扶起黎明，拎起药袋，与黎明互相搀着下山去了……

小平和黎明回到家里，已是深夜一点钟了。人们都陆续散了，唯独还有小欧坚持守护病着的孩子。小孩还静静地昏睡在床上，显然小欧已给他注射了几针，但还是昏迷未醒。

小平与黎明刚踏进门，小欧立即迎上前去问道："药找到了吗？"

小平将药袋递给小欧说："找到了。"

小欧接过药袋："辛苦你们了。"边说边解开药袋来看。她把药倒进盆子，动手洗药。

小平一刻也不休息，到厨房里烧火。她看着黎明疲倦的神态，又想起在山上遇虎摔跤的事，便关切地说："黎医生，你一定累极了，你去休息吧！药有我和小欧煮呢！"

黎明确实也累极了，刚才摔了一跤，加之腰又发痛，想了想，也好，她们俩煮药，等药煮好了，待一会儿再起来也行。便交代她

们说:"好的,我休息一会儿,药煮成了叫我起来。"转身进邱大爷房里去了。

小欧与小平坐在灶边看火,边聊着刚才小平和黎明在山上遇虎和摔跤的事。谈了一会儿,药也沸了。小平起身到碗柜拿一只碗和一个小匙来准备。小欧又走到床边看看孩子,孩子仍昏迷着,像安静的熟睡。看看药成了,小平倒下一半碗,走到床边,小欧把孩子抱在怀里,用右手分开小孩的嘴。小平动作灵巧地一小匙一小匙地喂着,见孩子吞服下药水,她们的脸上都露出了微笑。

"唔,小平,黎医生说药煮成了叫他起来。"小欧想起了黎明的叮嘱。

"嘘——"小平用食指竖起说,"别管他,让他再休息一会儿,他太累了。"小欧轻轻地点头,又小声问:"要喂多少?"

"就喂这半碗,等一会儿再喂。"小平利索地回答。

一会儿,小孩微微张开眼睛。小欧欣喜地逗着小孩说:"小乖乖,你醒来了。"小孩又困惑地闭上眼睛,她们俩看着孩子甜甜地睡着,心中有说不出的喜悦,她们都在想,孩子会好起来的。

两个女伴一直守护在床边,谁也不想休息。屋外,不时传来鸡啼狗吠声。窗外,一片漆黑。不知什么时候,乌云密布,月亮被遮住了,没有一颗星星,好像一场大雨就要来临。

一个多小时过去,小平又倒来半碗药水,准备喂第二次。就在此时,朱道枸和刘官讳推门走了进来。朱道枸那张长麻脸精神得没有一点儿睡意。刘官讳的那双邪眼眯缝着,流露出瞌睡的神情。走到床边,朱道枸显出沉静的神情问道:"孩子脱险了吗?"

"刚才喂第一次药时,醒来了一会儿,又熟睡下去了。"小欧嘴快，利索地回答。

"喔，那么就脱险了？"朱道枸警觉地又问。

小欧看着熟睡的孩子说："现在还不知道，看来也没有多大危险了。"又转脸望着刘官讳和朱道枸问，"刘副院长，朱主任，你们还未休息吗？"

"睡不着觉，就过来看黎明和小平回来没有。"刘官讳不怀好意地说。

此时，小平端药碗过来了。朱道枸盯着药碗说："准备喂药吗？"

"是的。"小平不假思索地说，"哎哟，你们还未休息吗？"

"过来看看你们，来，让我喂喂看。"朱道枸伸手接过药碗又问，"黎明呢？他睡了吗？""黎医生太累了，他休息去了。"小平答道，便转去厨房洗手。

刘官讳浮肿的眼睛看着小欧说："来，把孩子让我抱，你们休息去吧！"

小欧把孩子递给他："孩子不脱险，我们休息不下。"转身拿过一张凳子让刘官讳坐下。刘官讳抱着孩子坐下去了。此时，小欧看见朱道枸用小匙搅了搅药，那双眼睛滴溜溜的，神情有些不自然。还吹着热气，吹气时，他那张长麻脸更显得老长。

小平也从厨房里出来，四人一起围着喂药。刘官讳抱着小孩，小欧分开嘴，朱道枸便一小匙一小匙地倒进小孩的嘴里。小孩吃了一阵，突然睁开眼睛，手舞足蹈，大叫一声，那张可爱的小脸显得十分痛楚，立刻又闭上眼睛，手足软绵绵地松下去了。朱道枸再喂一匙，可孩子已不会吞服了，药水顺着他的嘴角流了出来。小平与

小欧两人脸色立即变青,焦急地察看半晌后摇着孩子同声哭了起来。

刘官讳立即板起面孔,站起来大声吼道:"他妈的,黎明这小子,这下可好啦你,拿贫下中农子女做试验,这是什么草药?"将孩子放到床上去,还不止地破口大骂。

此刻,刘官讳的骂声和小平、小欧的哭声嘈杂成一片,惊醒了黎明、邱大爷、李二嫂。他仨同时冲了出来,黎明慌神地问道:"出了什么事?这么闹哄哄的。"

刘官讳气势汹汹地指着黎明说:"你的草药毒死了孩子,你还假装不知道是什么吗?嘿,由你负全部责任。"

"刚才喂第一次药时,孩子还好好的,还醒来看了我们一阵呢,不知这是怎么了。"小平边哭边说着。

朱道枸正要将那碗剩药泼丢,邱大爷很快想到了什么,走过去一把抓住那碗剩药说:"这药不能倒,黎明需不需要负责任,关键就在这碗里。"邱大爷将这碗剩药拿到房间里藏好。

"这是一桩医疗事故,黎医生当然要负一定责任!"朱道枸脸色即刻变了,说话的声音也有些变了。

李二嫂抱着孩子,看着他们口口声声都说要黎明负责任,深觉这样太不公平了。她止住哭泣,坚定地说:"我们孩子本来就病重着,黎医生尽心救治了,他不用负这个责任。"

黎明走到李二嫂身边,看着孩子痛楚地说:"不,这个责任我负责,我有责任。"刘官讳又暴跳起来,痛斥黎明道:"你想推脱责任,这可不行。"

"你这位副院长说话要负责任哪!"邱大爷从房间里出来,正碰着刘官讳吼斥黎明。

"我当然会负责任地处理黎明。"刘官讳站在屋中央，叉着腰，那双邪眼瞅住黎明，跺着脚大声吼道，"我明白告诉你，我们此次来不是什么合作医疗调查组，而是受上级的指示，专来调查黎明的罪恶行为。朱主任，走吧！事情已了解清楚，我们明天回去。"说罢，转身向朱道枸使个眼色，朱道枸会意地站起身来，和刘官讳出去了。

　　刘官讳的这番话，使小欧明白了一切。她默默地，一句话也不讲，她在思考着眼前发生的问题。第一次喂药时，孩子还醒来好好的，为什么他俩来喂第二次，孩子就死去呢？可疑的是自己转身去拿凳子给刘官讳时，朱道枸那慌神的举动和搅药的动作，这一举动使她发现了阴险家伙的可恶行为，使她看清了阴险家伙的目的所在。等着瞧吧，看这些阴险家伙还要干出什么恶事来！

第十章　恶狼伤情

　　黎明受处分了，被下放到向阳大队去劳动改造。临去时他没有跟彦梅打一声招呼。去了这么久，也未捎来一封信，彦梅为此深感苦恼。她知道黎明是无辜的，黎明几次被下放到向阳大队去劳动改造，这里面的原因，也只有她最清楚。如果自己不来兰县，黎明是否会受到这番陷害呢？自己来兰县不是为黎明而来吗？是呀，她爱黎明，为了自己心爱的人，她抛开城市生活，跟随着心爱的人奔赴艰苦的山区。然而，社会是复杂的，生活是多元的。近段时间，刘官讳得意的神态，对自己过于殷勤，甚至有些言行举止不太高雅，这使她不能不考虑到许多东西。于是，琐事频繁地围绕着她的心胸。她烦闷、忧郁，成天脸上没有一丝笑意。她躺在床上，凝神望着天花板，思考着发生的这许多事情。刘官讳将黎明打下去了，又要向她进攻。这一明显的举动，稍微留神的人们，都会觉察得到刘官讳这家伙的目的。她懊悔之时，念极了黎明，她在心中千百次地呼唤黎明，她知道黎明多么需要爱呀，她真想见到黎明，用自己的爱去温暖他那颗充满创伤的心。此时，黎明——她心爱的人，在哪里呢？她痛苦、哀伤，追忆着往昔与黎明恩爱如梦境般的时刻。

"梅，别流泪。流一滴泪就失去一分力量。"黎明曾经如此说过她。这些话总是在她的耳朵里回响，她凝视着蚊帐顶，黎明的笑貌几乎出现在眼前，她伸手去摸摸，没有触到什么。她定神一看，黎明的笑貌没有了，只见一片白色的蚊帐顶。她的心立刻有一种失落感，辛酸的泪水含满了眼眶，就要往外流，视线模糊，她看不见一丝希望的光。

为了得到一点儿心灵的安慰，她疲倦地从床上翻起身来，找来影集，翻看黎明的照片。

"嘭嘭嘭……"是谁轻轻地叩了一阵门，吓了她一跳。她心惊胆战。是不是刘光棍儿呢？这家伙来干什么呢？近来刘官讳常夜深了才来找她谈话，谈话间还说些不该说的话……她一阵害怕。她别的什么都不怕，只怕刘官讳对她进行非礼。"肖医生，休息了吗？"噢，原来是小欧的声音。

彦梅起身走过去拉门，惊喜地道："小欧，原来是你，吓了我一跳，快进来坐。"

"我以为你睡了呢。"

她走进来，信手拉上门。两个人都脱了鞋，一起坐到床上去。

"我哪睡得这么早呢？哎，你不去看电影吗？"彦梅含笑地问她。

"不看。"欧红英打量房间一阵，觉得房间里仿佛有一股香气。她又看看彦梅，彦梅的神情是那么忧郁，脸色苍白，似乎有什么心事。她便关切地问："肖医生，你好像有什么心事，是吗？可

以告诉我吗?让我来为你分担一些。"

彦梅抬起那张静美的脸,眨动着那双漂亮的大眼睛,咬着下唇,动了动嘴,极力地说:"小欧,我只是担心黎明他……"

她许久才迸出这句话来,从她的眼神来看,小欧可以理解到她的心思。小欧安慰彦梅道:"肖医生,你也别顾虑得太多。一切事情将会过去,事情过去了,也会改变你们的生活。"

"唉,这种事情到什么时候才能了结呢?"彦梅叹气地说。对于这里的一切她已经不抱有什么希望了。

小欧也跟着忧心忡忡。是呀,这种事情到什么时候能了结呢?其实谁都懂黎明是无辜的。自从向阳大队发生医疗事故以来,小欧也发觉了许多东西。可以说黎明没有一点儿错误,他是遭受陷害的。小欧也为此打抱不平,但自己又未能给他们做出一小点儿帮助。面对着彦梅悲伤的神色,她也不知该用什么话语去安慰彦梅,去温暖她的心。许久,她才说:"肖医生,不要难过,生活里充满着斗争,这是客观事实,烦恼也没用。还是鼓起勇气来,面对现实,昂起头,和坏人坏事斗争到底,不要让人家笑我们。你看,我成天不是笑哈哈的吗?"

"小欧,我怎能笑得出来呢?连续发生这许多事,我的心烦得很哪!"她睁着眼睛说,但脸还是显得很沉痛。

"不能这么想,你顾虑得太多,会坏了身体。烦恼只是暂时的,不必将这些事挂在心间。"小欧温和地说,抚摸着彦梅的辫子。

彦梅转过脸去望小欧,扑在她的肩头,说:"现在我担心的是黎明的身体,他的肾结石还未好,我只怕他病着还坚持劳动,这不是要累坏他的身子吗?"

"这条你放心,有邱大爷、小平和许多热心的群众,他们会照顾黎医生的。"小欧安慰地说。

彦梅似乎得到了一些安慰,认真地问小欧:"你对这次发生医疗事故的看法如何?"她欠欠身子,等着小欧的回答。

"我认为这桩医疗事故,与黎医生没有关系。"小欧严肃地说,脸上没有笑意。

"那么你认为……"彦梅似乎看到了一点儿光明,喜形于色地问小欧。

小欧友好地拉住彦梅的一只手,认真地分析道:"因为小平他们用过这种草药医治过许多患这种病的人,都没有问题。为什么偏偏工作组下去才发生这种事呢?我们喂第一次药时,李二嫂的孩子还醒来。第二次是朱主任和刘副院长亲自喂。小平进去厨房洗手时,我转身拿凳子给刘副院长坐,转回来便发现朱主任搅药,神色有点儿不同。他们喂了一阵,孩子就死了。"小欧一气之下把这些疑点讲了出来。

"啊!你为什么不早告诉我?"彦梅惊讶地睁大眼睛,埋怨着小欧。

"嗯……你听我说。这种事情抓不到证据,一时不能乱发言,要慢慢来,事情会弄清楚的,声张出来会影响更坏。"小欧年龄虽不算大,但她做事细心又灵巧,对事看事还有一套呢。

"别焦急,等张支书搞完社教回来后,他会把事情弄清楚的。"小欧镇住彦梅的激动,平静地说道。

彦梅点了点头,心想也只有如此了。于是,两个姑娘在床上,就这样无聊地说着些不着边际的话。不知不觉,时间就过去了两个

多钟头。有时两个人又同时陷入沉思，久久不说一句，各想着各的心事。

这是个什么样的世道哇，让人如此心烦。彦梅想，她似乎看到了许多魔鬼就在眼前张牙舞爪，似乎看到了他们有意在折磨黎明，似乎看见黎明艰难地与它们搏斗。她不由得在心中焦急地喊道："黎明啊，要警惕这些魔鬼呀！它们将会把你的血吸干，而且现在已经吸了你许多血，你还不知道吗？"

就在此时，门被人轻轻地推开。刚才小欧进来时忘了上门闩。两个姑娘吓了一跳，抬头望去，原来是刘官讳。他那张令人生恶的大脸就横在了门口中央。彦梅和小欧互望一眼，两个人的心几乎同时停止了跳动。尤其是彦梅，她看到刘官讳的脸似乎不是人脸，而是一张魔鬼的脸。小欧呢，近来她也发现刘官讳常跟彦梅闲扯，对彦梅过于殷勤，她也隐约地意识到其间定有点儿什么。可是有点儿什么呢，她又说不出所以然来。小欧欠了欠身，不由得望过去看刘官讳一眼，又转过脸来瞧瞧彦梅那张静美的脸。刘官讳笑笑地走了进来，小欧侧过身去，对彦梅努了努嘴，又歪一歪头。便动作迅速地下了床，信步走到门边，朝刘官讳的身后扮了一个鬼脸，就噔噔噔地踏步出去了。

只剩彦梅一个人面对刘官讳，她不由得感到一阵害怕。她不敢看他的脸，便俯下脸去，轻声低吟。

刘官讳见小欧走了，那个高兴自不消说。他嬉皮笑脸地一屁股坐到床边，凑近彦梅，用一种异样的声音问道："肖医生，你好像有心事，是吗？"

彦梅略略举头，本不想搭理他的。可现在自己孤身一人，可不能得罪他。想到此，才轻轻答了一句："我没有心事。"

她恨极他了，时时在心头喊他"老光棍儿"，恨不得马上赶他走。

"我看你愁眉不展，谁信你没有心事？"他盯住彦梅的脸庞。

"呸，有没有心事关你什么事，谁要你来关心？"彦梅在心中唾他，可是不敢流露在脸上。她不知该用些什么话来回答他无聊的问题，更不懂用什么办法才把他赶得出房间去，所以她只好沉默。

刘官讳见彦梅沉默不语，便无话找话，想以此打开彦梅的心扉。

"肖医生，想开些嘛，别像黎明那样不求上进。过几天我要到南宁去参加外科学术讨论会，你的那篇论文完成了吗？"

彦梅摇摇头："没有，不写了。"

"为什么呢？"他惊讶地问。

"谁有心思去写那些乱七八糟的东西呢？"彦梅不假思索地说。

"嗯？哪能这样说呢？年轻人，要有远大的抱负才是呀！我看肖医生有一定的水平，我劝你还是继续写才好。"

"就是有时间我也不写，"彦梅生气地说，"我没有水平，我贪玩。"

刘官讳依然满脸堆笑，并不生气。

"也好，也好……多玩一些，舒舒心。不过呢，你还是写下去。写完了我为你修改，就可以上杂志了。肖医生，这可是事业有成的好机会呀，别错过。俗话说'机不可失，时不再来'呀。"

"我为什么要珍惜这种机会呢？要说机会，以后可多着呢。"彦梅冷冷地说，阴沉着脸，一点儿也不给他好看。之后，她微微地眨巴着一双好看的大眼睛，轻轻地爬起身，把双脚伸进了拖鞋里，

下得床来，信步走到窗前，向外凝望。外面一片漆黑，天上连一颗星星都没有。她腕上没有戴表，不知道现在几点钟了，反正夜已经很深。她想，为什么他还不走呢，他想要待多久才离开呀？这么晚，他来做什么呀？一连串问题老是在她的脑际，可是她又鼓不起勇气来把他支走。

"肖医生，我想此话不会是心里话吧。"刘官讳说，然后欠了欠身，坐到床边的一张椅子上，翻弄桌上的东西。

彦梅本待不理他，想出门而去。可这样她觉得又过分了些，按理来说也不礼貌，便闷着气，不愿意听也得听着这些乏味的话。室内的气氛有点儿紧张，沉闷得有点儿让人透不过气来。淡黄色的灯光不很亮，身影照在洁白的墙壁上极似鬼影，这使彦梅更感到害怕，她害怕突然停电。因为这是常有的事，所以她显得非常紧张。而她此时只顾东想西想的，根本不理会刘官讳那一些无聊的话。

刘官讳见彦梅沉默着，便说："真的，如果肖医生不趁此时机发挥特长，将来后悔莫及的。当然，我相信肖医生绝不会长期隐没在这山沟沟里。"

彦梅实在忍不住，掉回头讥笑道："我倒想永远住在这山沟沟里哩，只怕我没有这份福气。假如我一辈子能住在这山沟里，我永世不会后悔。我为什么要后悔呢？如果能这样，才是我的最大荣幸。"

"嘿，是的，是的。我也有这种想法。"

这时，一股风从窗外吹来，彦梅不由得打了个寒战。她便转身回到床前，随手拾了件外衣披在肩上。

刘官讳也利索地走过去，把门关妥，还拉上了窗帘。屋里的空气立刻变暖和多了。他这才转过身，带着某种笑意，盯住彦梅的脸。

彦梅见不得他的这种目光，不由得周身突然一阵寒栗，便厉声说："为什么关门哪？快把门打开。"她说着，便走去要把门打开。

刘官讳把她拦住了，说："不，就这样好。外面的风又冷又大，你会着凉啊。"

彦梅还没有完全醒悟过来，刘官讳已啪的一声拉熄了电灯。

…………

刘官讳不知什么时候已经离开，彦梅一个人在黑暗中抽泣。

泪水浸湿了枕头。她万分痛苦，肉体的痛，心灵的痛，莫不折磨于她。她轻声地呻吟，也怨，也恨。可又怨恨什么呢？怨恨谁呢？怨恨这个世道吗？

此时，她内心最大的痛苦并不是失身，而是想到黎明。黎明知道了，他该怎么想？又会出什么事呢？她应该怎样跟黎明开口呢？黎明又会是怎样一个心情呢？他听到了又会怎样？一连串的问号在她脑际旋转。窗外，寒风使劲敲打着窗框，犹如敲打着她的心那样。她的心在流血，她的眼睛流着泪。谁能医治她心灵的创伤呢？谁来为她抹去脸上的泪水呢？又是谁让她流泪呢？她又为了谁而流泪呢？她极力地想着往昔爱她的黎明。黎明，你在哪里呢？你快点儿回来吧！我现在多么需要你呀！我多么爱你呀！不，不，不能"爱"。要让人知道，社会的压力，人们的歧视，那些令人发指的指指点点，那些个幸灾乐祸的神态，让我怎么做人？因此，只好趁着人们还未知道，趁早解决问题吧。此时，屋里屋外一片漆黑，她在心中也看不到半点儿光明。她圆睁着眼睛，想寻找人生的一线亮光一丝希望。可是她什么也看不到，她终于失望了。黑暗中闪现着

野百合

的，尽是魔鬼的目光。于是她在痛苦之中做出了最后的抉择，不声不响，也不让谁知道，离开这里，打道回南宁……

黎明又拖着沉重的两腿，回到了离别三个多月的医院。医院里早已停诊，同志们都休息了，宿舍里静悄悄的。经过彦梅的房门前，他看过去一眼，只见她的门窗紧关着。心想，也许她还在手术室里吧。这时候，他才突然感到，在这场严肃的斗争中，自己竟忽略了对她政治上的帮助，这是不能原谅的。特别是她曾经是在一起战斗过的战友，曾经一起举起手宣誓过的共青团战友，生活上的知心人，未来的妻子。黎明感到自己无形中铸成了对她的一件大错。因此，她生气是有道理的。

黎明回到自己房间，开门走了进去，放下药箱，伸手就取过搁在桌上的小镜来，翻过背面，小镜蒙上了一层灰尘。他用衣袖拭净，盯着照片上彦梅那张熟悉的脸，一桩桩幸福的往事渐渐浮现在眼前！想起往事，黎明在心中暗暗自喜，决定找个时间，和她好好地谈一谈。不，只要见到她，就立刻谈。斗争中，多一个战友，就多一份力量啊！他拧亮台灯，把行李包挂到墙上，就拿过扫帚来，准备扫地。此刻，外面传来了轻盈的脚步声，不一会儿，便在门口停下了。他惊喜地脱口而出："是我，梅，我在里面！"

黎明的眼睛闪现出晶莹的光芒，伸手便把门拉开。

——门口站着的，是欧红英。

她神情严肃，脸上没有了平常的笑容。

黎明有点儿不好意思地笑了，忙对她说道："进来坐吧，小欧。我刚回来，你看，房间这么乱，她什么也没有帮我整理。"

小欧一句话不说，只是轻轻地一摇头，递给了他一封信。

"是肖医生临走，托我转交给你的。"

"她——"黎明有点儿茫然，有点儿发怔，木木地伸手接过那信，却仍在发着愣。

"半个多月前，她回南宁了。"她轻轻地说，"再不回来了。她请我跟你说，今后的日子里，请你自己多多保重。"

"什么？她为什么这么说？为什么走了也不跟我说一声？她为什么走的？"黎明一连串地问，两个眼睛都急得要冒出火来，面孔通红，像是喝醉了酒。

"她要你别等她了，另找一个比她好一百倍的，她永远永远不回来了……"

"为什么？"黎明急切地问。

小欧没再多说一个字，默默地转身往回走。

黎明这才发现手中的信，身子晃了两晃，有些支撑不住，急忙靠在门背上，总算没有跌下去。就这样定一会儿神，才走到写字桌前边。小镜里，映现出自己疲倦、憔悴的面容，两眼下陷，两颧骨高突出来。和之前比，简直是两个人。秋夜里静悄悄的，窗外传来秋虫的轻鸣。风轻拂着窗帘，发出有节奏的啪啪的响声。他捏着信，沉思半晌，也不拆开信来看，就划燃一根火柴，将信烧掉了。

黎明又独自来到高高的兰峰，停立在纪念碑前。秋高气爽，一轮皎白的明月，高挂在松树梢上。往事又涌到眼前，他想到曾与彦梅在这里共话理想。在这里，曾多次聆听彦梅的歌声、笑声。于是，她的音容笑貌仿佛展现在眼前……

如今，只剩下自己孤独的一个人了。精神上的痛苦有时还能弥合，而心灵的创伤，有何可治呢？微风中，他找到了妈妈的名字，声泪俱下。他扶着纪念碑,望着妈妈的名字,抚摸着妈妈的名字。他在心中极力地呼喊着:"妈妈,妈妈呀,你睁开眼睛来看看你的儿子吧!妈妈,你伸出手来,抚摸你伤痕累累的儿子吧……"

深邃的夜空,星斗闪烁,万籁俱寂。他困极了,可仍在声嘶力竭地喊:"妈妈……"

"妈妈"这两个字是世界上最亲切、最温馨的字眼哪。可黎明,从小就失去了母爱,从小就失去了最亲的亲人。他记不得曾在自己亲爱的妈妈的怀里得到过的温暖。当孩子受到委屈时,总要找自己的妈妈。可黎明,此刻的他,唯有带着一颗受创伤的心,来这里——革命烈士纪念碑前,找寻妈妈的灵魂,找寻妈妈曾经的足迹,以从中得到一丝温暖。他痛苦地呼喊着妈妈,可妈妈怎样也不会再睁开双眼来看看伤痕累累的儿子了。任他怎么喊,回答他的也只是无情的秋风……

"黎明!"

一个温和的声音在呼喊着他,他回过头来看,原来是欧书记。

"欧伯伯!"黎明再也抑制不住泪花,一头扑到欧伯伯的怀中,拼命地哭喊着,颤抖着。

欧书记慈爱地抚摸着他的头,半晌,才深切地说:"孩子,坚强些。我什么都知道了。"

"欧伯伯,我不明白,我到底错在哪里?"

欧书记拉着他,坐到石凳上:"孩子,你做得对,你没有错。与敌人斗争就要坚强些。"

黎明抬起头来,这才看见欧红英也站在一旁拭泪。欧书记望望女儿,又望望黎明,用坚定的口吻说:"你们的妈妈死得早。她们

是含着笑赴死的。所以，孩子，要坚强些，别让泪水玷污了她们的精神！斗争只有流血和流汗，不能流泪……"

红英和黎明急忙拭去泪花，红英也坐到他身边来，默默地看着他，不知该说些什么好。半晌才转向自己爸爸，撒气地噘着嘴说："爸爸，在自己亲人的面前，可以流泪嘛！在敌人面前才不许流泪呢。"

听见红英如此说，欧书记睁大了眼睛。这位老革命似乎看到了一群灿烂的星光在闪烁。他看到了革命的后代在斗争中倔强而起，为革命事业做出了贡献。这已不辜负牺牲在这里的先辈和他的亲人，先烈们的遗愿终于实现了。他想到此，满是皱纹的眼角也掉下了热泪来。他站起身，拉着黎明和女儿红英的手，在古松下，对两个孩子说："这古松，是革命者的象征，千万场雷雨也打不倒，多少个烈日也晒不垮。孩子们，让我们永远记住革命者的精神吧！"

红英望着黎明，抑制住伤心，轻声地问他："平时你很喜欢上这里来玩是吧，黎明哥哥？"

黎明点点头："是的，你怎么知道？"

"我当然知道。你为什么非上这里来玩不可，别的地方不好玩吗？"她明知故问。

"不，因为这个地方有父辈战斗过的足迹，流过我们亲人的鲜血汗珠。我每次来，都得到力量，都增强我斗争的力量。"

红英点点头："我也热爱这古松，因为它是革命者意志的象征。"

"对……"黎明拉住欧红英的手，虽然眼睛里还有泪水，可是却也会意地默默地笑。

欧书记望着两个革命的后代，意味深长地说："斗争正在开始，革命的路还长呢。孩子们，接过先烈手中的火炬，把这场伟大的斗争进行到底！"

黎明默默地听着，全身增添了无穷的力量。这样的考验算不了什么，让革命的暴风骤雨，来得更猛烈些吧！

高大的松树，在晚风中摇曳着，一朵乌云飘来，遮住了月光，大地灰蒙蒙一片。

第十一章　崖险花艳

　　黎明最终拒绝了领导要送他到南宁治病的建议，带着病回了向阳村。

　　有党的支持、人民的拥护，他决心要在向阳大队办起一个合作医疗试点来，然后推广出去，让合作医疗之花开遍兰县。

　　吃罢晚饭，刘官讳破天荒第一次敢与钟永富吵闹。争吵的原因，当然是关于黎明。钟永富批评刘官讳，说一切事情都是他引起的，刘官讳不服气，说钟永富是正院长，对黎明的处分，都是他主张，要负主要责任。两人吵得脸红脖子粗，互不相让，最后还是朱道枸来劝解。他把刘官讳拉进自己的房间，关上门，急切地劝刘官讳："什么事值得大吵大闹的？吵就能解决问题吗？"

　　刘官讳气呼呼地说："我不服这口气。"

　　朱道枸递给他一支烟。

　　他气呼呼地说："我不抽。"

　　"抽吧！饭后一支烟，胜过活神仙。"朱道枸沉静地说。

刘官讳接过烟,朱道枸给他点燃,他狠命地吸一口:"我咽不下这口气。"

朱道枸斜眼瞅住他,轻轻地说:"人家是中共党员,又是正院长,根本不把你当一回事。"

"哼,他看不起我,我更看不起他呢!"刘官讳傲慢地说。

"哎,老兄。看不看得起,这是另外一回事呢!眼前人家人多势众,你一个人搞得过人家吗?"朱道枸漫不经心地说,边观察刘官讳的神情。

"那你说怎么办呢?"刘官讳毫无希望地问。

朱道枸掠过一丝奸笑,阴阳怪气地说:"办法嘛,多着呢,就看你要用哪一种办法。"

刘官讳神色焦急地求助朱道枸:"你说个办法吧!只要能躲过这场危机。"

朱道枸故意拖长声音:"你找到黎明,当众向他赔礼道歉,表示痛改前非。首先躲过这场危机,下次就好做事了。"

"让我向这小子赔礼道歉,除非天塌下来,那我还不愿意呢!"刘官讳气恼地说,跷起二郎腿,甩甩脑壳。

朱道枸表情平静地说:"上级对这些事要重新检查,李副科长也写检讨了。那个孩子的死也要重新调查。唉,你等着看吧!"

"哼,看什么?孩子的死你也有份儿,是你亲手下毒药的。要说责任,你的责任比我的还重。"刘官讳不怀好意地说。

朱道枸想不到他会说出这一句话来,暗地里吃了一惊。又很快恢复镇静,拍拍大腿,自我吹嘘地说:"我怕什么?只怕你这个出身不好的,又是走资派,责任指不定全落到你头上呢!"

刘官讳张口结舌,半晌说不出话来,心中也阵阵吃紧,但表面仍装作镇定。

朱道枸见刘官讳沉默,又继续吓唬:"哼,欧红英那丫头早就怀疑是你了。你还执迷不悟,还不快些想法对付。"

"那丫头怀疑我,你怎么知道的?"刘官讳有些惊讶地问。

"嗯,这你就不用知道了。"他摇摇脑壳,那张麻脸拉得老长。他故意不把话说完,让刘官讳再求他。

刘官讳不知所措,也只好笨拙地讨好朱道枸:"那你指一条明确的路给我吧!"

刘官讳此说正中朱道枸的圈套,他那张麻脸闪出可怕的奸笑:"我都是为你,知道吗?既然已这样了,就一不做,二不休。你是他的上级,弄掉他。"

"我……"刘官讳颤抖着,"我没杀过人,我不敢杀人。"

朱道枸大笑起来:"谁要你杀他,笨蛋。你弄一份材料,告他上去,罪责不就落在他身上了吗?"

"这……这不好搞哇!"刘官讳做出蠢笨的神态。

"有什么不好搞呢?要是我处在你的位置,早就把他搞下来了。"朱道枸得意地拍拍刘官讳的肩头说。

刘官讳忐忑不安地说:"万一不成,那不……"

"那就等着处理结果吧。"朱道枸对他的态度非常不满,盯住他的脸。

刘官讳看到朱道枸不高兴的神情,忙转为笑脸:"我这脑瓜子平时倒灵,事到临头就不顶用了。"

朱道枸笑了起来,在屋里转了几转,慢慢地说:"这有何难?

你可以说他目无法纪，无组织无纪律。下乡装病睡大觉，工作不认真，拿人做试验，毒死贫下中农子女。乱搞男女关系，强奸病号。"

提到"强奸"这两个字，刘官讳又沉思起来。他想起了他强奸彦梅的事，逼走了彦梅，心头又蒙上一层阴影。现在要弄掉黎明，万一不成，或者谁知道自己强奸彦梅的事，不是罪上加罪吗？面对着这些他自己亲手做的事，他心里也有些惊惧。他只顾思索，忘却了理会朱道枸。

朱道枸见刘官讳沉思，便趁势逼人："人家正磨刀，要剁你的肉了，你还蒙在鼓里做梦。"

"我想李副科长和老钟总不会把我推下火坑吧。"刘官讳自信地说。

"唉，你呀。别以为你是副院长，人家早把你当作替死鬼了。"朱道枸不让他有喘气的时刻。他指指自己的麻脸："说句笑话，我脸上有这么多眼睛，早把一切看穿了。如果黎明说，草药里的毒是你放的，你跳进周邦河也洗不清啊。"

刘官讳似乎醒悟到了什么，冷笑道："亏你还说得出，毒是你放的。邱老头从你的手中夺下的碗。"

朱道枸想不到他会反咬这一口，奸笑两声，厉声说："哼，你在我这里要去几钱砒霜干什么？"

刘官讳瞪亮眼睛说："不是拿去毒老鼠吗。"

"可人家说你毒人。"朱道枸说。

"这没证据，空口无凭证呢！"刘官讳不以为然地说。

朱道枸板起面孔说："哼，没证据。要是别人知道你强奸人家的未婚妻，拆散人家的婚姻，将人家的未婚妻赶出医院，不说你只

有一颗脑袋，就是有十颗脑袋也担当不起呀！"说完，还得意地噘起嘴巴。

刘官讳脸色顿时发青，朱道枸怎么知道呢？这样的话倒变成自己的一切已掌握在他的手心上，如果不听从他，他一揭露出来，自己不知面临什么下场呢？刘官讳越想心头越发紧，懊悔不该强迫彦梅。自己四十有余了还未成家立业，连个女友都找不上，满以为如此蛮干，姑娘就会顺从地嫁给自己，也是对黎明的报复，这样不是两全其美了吗？想得多甜美，哪知事不应手，反而招来一身祸。事到如今，也只好求着朱道枸出点子。他沉思一会儿，沉痛地望着朱道枸说："你看怎么办？我都听你的。"

就盼着他这句话的朱道枸，喜上眉头，凑近刘官讳说："说句知心话，我们不是明火执仗。只要大家团结一心对付他们，他们想弄咱们也弄不倒，这才是明哲保身啊。"

刘官讳这才像得了一颗定心丸似的，平静地说："好吧，你可别丢下我啊！可一定要风雨同舟、患难到底呀。"

"那当然，我们是同路人。"

一直谈到半夜，二人才分手。

从安定公社传来喜讯，在公社党委直接领导下，在广大贫下中农共同努力下，全公社十一个大队，队队办起了合作医疗，一百二十七个生产队，队队有了卫生室。黎明更忙得不可开交，成天穿山过弄，奔波劳碌。一百二十七个生产队，他全都走遍了。这真是脚踏千家万户，情暖千万人心。在这奋斗的日月，小平成了他得力的助手。赤脚医生队伍发展壮大，几十年来肆虐的疟疾被扑灭了。然而，斗争是永远不平静的。在革命前进的道路上，还有无数风风雨雨，坎坷曲折。

张支书回来，县医院都欢腾起来了，半个月不到，发生了许多变化。经过开门整风，群众性的大辩论，大家的思想觉悟有了提高，并对院内的不正之风做了批判。李薪和钟院长在会上也做了检讨。刘官讳的医疗作风受到严肃的批判。同时，也指出朱道枸许多不良医疗作风。医院经过整改，现在崭露了新的面貌。

小欧找到了张支书与几位党员骨干，她把邱大爷送到公安局化验的那碗草药里验出有砒霜成分的事情告诉了大家，大家听了都吓了一跳。张支书说这是有阴谋的，敌人想通过毒死小孩陷害黎明，把办起的合作医疗事业打下去！有的怀疑刘官讳，因为他跟黎明不和，想以此嫁祸给他。

张支书说，这个事还在调查阶段，叫大家注意保密，不能声张，以免打草惊蛇！张支书又说这次对黎明的处分，是错误的。这件事，李薪与钟永富负主要责任。小欧把张支书说的，用电话告诉黎明，叫他回来。

目睹医院里最近的变化，朱道枸沉不住气了。虽然几天来整风没有触及他，但他总觉得不安。他知道张支书不好对付。他渐渐感到人们对他的态度有了变化，虽然变化是微弱的、潜在的，可这是个很大的危险哪！人们知道他什么呢？难道人们已发现他就是密告小黎明的那个牛大夫吗？他望望自己截去多余指头的双手，又摸摸自己的大麻脸，摇摇头，在心里自我安慰："不会的，人们不会发现我是牛大夫的。我最多也就当个走资派被批批罢了。"

他虽然如此想，日夜还是提心吊胆，吃睡不香，两眼很快凹陷下去。

李薪在会上做检讨的当晚,刘官讳悄悄来找朱道枸了。

一进门,来不及坐定便说:"张老头要通知黎明回来啦。他回来定与我过不去!"

"谁叫你以前做得太过分呢?"朱道枸更比他精,镇静地反驳他,跟他周旋。他决定要刘官讳当牺牲品,来个一箭双雕,绝去后患。

"事已如此,埋怨过去是没有用的。你看如何躲过这一关?"刘官讳沮丧着脸说。

"依我看……这一关你是难的。"朱道枸抚摸着他那张大麻脸,漫不经心地说,"我看哪!大河不翻船,倒翻在小沟里了。我看你呀,白留学这些年。"

"嘿嘿,等着瞧吧,你也有一份儿。"刘官讳不假思索地说。

朱道枸摇摇脑壳说:"我的问题不比你的严重。放心吧!哈哈!"刘官讳强装着笑脸:"别将我的军,办公室门口挂的检举箱里,也有你姓朱的一份儿。"

朱道枸冷笑起来,很快又收敛笑容,拍拍刘官讳的肩膀说:"咳,有我的一份儿我也不怕,那邱老头与姓欧的已经把那碗剩药拿到公安局去化验了,已验出砒霜来了。"

"不是有你的份儿吗?"刘官讳盯住他说。

"你签领的字条还在我这儿呢。你与黎明闹得满城风雨,人们准说是你喂药毒死孩子,陷害黎明的。人赃俱在,能容你分辩吗?"朱道枸沉着脸说。

"你——"刘官讳气极了,说不出话来,眼睛鼓得圆圆的。

朱道枸见刘官讳气到极点,又来个硬软结合,轻声说:"有我在，准不会出卖你的。只要你……"

"只要我什么？你有办法啦？"刘官讳顿时睁大了眼睛。

"办法当然有，只怕你不敢。"

刘官讳此问，正中朱道枸的下怀。所以朱道枸在心中暗喜，却故意不把话说完，意在试他。

"什么办法？"刘官讳仍然愚昧地问。

"还不是那老办法，就是那句话。"朱道枸不以为意地说。

刘官讳立刻醒悟似的，慌忙地说："别的来得，杀人可不行。走资派还不是死罪，杀人就是死罪了。我愿当走资派算了，可不敢当杀人犯。"

朱道枸用鼻子轻轻地哼一声道："你愿意当走资派，就以为事情过得去吗？黎明一回来，你就完蛋了。"

"我怕啥呢？我又不是杀人犯。"其实，刘官讳心里早冒冷汗了。

朱道枸却步步向他逼紧进攻："不怕？只要他们来我这里一查，砒霜领条交出去你就完了。还有你强奸肖彦梅的事，恐怕那欧红英早已知道了，如果她真的知道，你不是罪上加罪吗？老兄，我真为你担心哪。"

提到强奸彦梅的事，刘官讳的心头又发紧。如果欧红英那丫头真的知道，可不得了啦。不是死刑，也是无期徒刑。还是朱道枸的办法好。他决心已定，便抬起那张无奈的脸，求着朱道枸："还是你的办法好。可我不会杀人，你去帮我杀吧！"

朱道枸见他说话颠三倒四的，知道他已魂不附体，早吓昏了。这才附在他耳边细声说："谁叫你明目张胆去杀人？你有几个头？

· 273 ·

野百合

我是说……这样一来，不就神不知，鬼不觉啦？乌纱帽说不定还能保住呢。"

刘官讳闭上眼睛，痛苦地思索。一会儿，他慢慢睁开眼睛，摇摇头说："你计策虽好，但难有机会啊。"

朱道枸见时机已来，便忙说："我有诸葛亮的神机妙算，你只要说一个'敢'字，我给你唤来东风。"

"当然，都到这个节骨眼上了，不是鱼死就是网破。我敢。"

朱道枸便地与他附耳说了几句。

听了他的计策紧皱了半天脸的刘官讳，立刻眉目展开，"好吧！有我无敌。干！"

刘官讳自从有了这块心病，逢人总不自然。直到现在，他还未知自己落入朱道枸的圈套里。离开朱道枸家，匆匆回自己的房里来，关门闭户，独自坐在床前出神。想起朱道枸刚才讲的"计策"，不禁毛骨悚然起来。这样的事，谁干得出来呢？他恨黎明，恨不能吃他的肉。本来医院里风平浪静，这小子一来，就把死潭给搅浑了。堂堂一个留学生，没有锦绣前程还不算，就连这碗饭都快保不住了！这正是"虎落平阳，龙困浅滩"啊。平时自己对欧红英不错，这妮子，为何听黎明的话，怀疑到自己头上来了。真可恶！是呀，眼下医院的这次运动，肯定是支持黎明，讨伐我刘某了。朱说得也有道理，跳进黄河也洗不清……

他越想越觉得不妙，便决定去找小欧，去探一下口风也好。

他走到小欧门前，徘徊了一阵，伸手敲敲门。

"谁？"里面传来了一声清脆的女声。

"我，听不出吗？"

275

小欧开门出来，但没有把他请进去里面，而是将身护住房间门口，问："有事吗，刘副院长？"

"喔，哎。"他一时找不到话来答，脚却不知怎么先踏了进去，小欧一时抵挡不得，只好侧身过一边，让他进来。

他坐到椅子上。小欧对于他早就有了反感，现在他又这样乱闯进来，她便警惕了起来。

此时，刘官讳也清醒了许多，望着小欧，悻悻地说："我过去对黎明的态度，太过分了些。你说，他会不会原谅我呢？"

小欧本想敲打他几句，话到嘴边，又咽了回去，说道："刘副院长，这些话，你该找支书讲去。我只是个普通的护士，什么也不懂，也没有责任，更没有权利和你谈这些。"

"小欧，不能这么说嘛。你是一个很好的姑娘，自从你分来外科，我对你也——"

"得了，得了，得了，我不要听你的这些话，这样的话你也不应该对我说。如果有什么别的事请快说，不要拐弯抹角。"小欧不耐烦地打断他的话。

"好，好。那我就直说吧。"刘官讳打着官腔，可却又老半天也说不出一句半句来。

"你怎么啦？"小欧看着他，十分奇怪。

"我……今晚多喝了两杯，有点儿醉了……"

说着，他慢慢退出门外。小欧以为他走了，谁知道他却又转身走了回来。虽然没有坐下，却将身倚在了门框上，望着小欧。小欧也愣在那里，丈二和尚，摸不着头脑。两个人都愣了一会儿，他才走了。

七月的猛雨，一下就是三天。兰河水卷着巨浪，冲击着两岸陡峭的崖壁，奔腾着向东流去。小水沟也变成了大河，大河成了汹涌澎湃的大江。山城的交通，暂时受到了阻塞。到各公社去的公路都断的断，垮的垮了，许多路段还塌下半个山来。

就在这样一个时刻，黎明迎着风雨，背着行李，步行回到了县城。

是张伯伯叫他回来的，到底有什么事也不说清楚。

黎明刚到宿舍走廊里，就碰上小欧。

小欧笑眯眯地跟他打招呼："回来啦？看你，衣服都湿了。"

黎明只"嗯"了一声，点点头。

小欧接过他的背包，他用钥匙开了门，二人进了房间。

小欧还未放下东西，黎明便急忙问道："张伯伯叫我回来，有什么事，你知道吗？"

"你先别急，休息好了再说。"小欧笑吟吟地说。

"别让我急死啦，快告诉我。"

她不语，微笑地走了出去，不一会儿提了一桶热水来。

"黎医生，你先好好休息，我不打扰你了。"说罢，兴奋地向门外跑去。

黎明望着小欧的身影离去了，这才觉得身子疲倦。但他没有用她送来的那桶热水，他打开箱取出衣服，提了另一只锑桶便朝冲凉房而去。

冲凉房里，有科室的几个同志正在那里洗衣服。刚好刘官讳也提了一桶热水走过来。见是黎明，先是一惊，随即放下桶走了过来，并热情地喊道："哎呀，是黎医生！你刚回来吗？"

黎明轻轻地说："嗯，回来一会儿啦。"

刘官讳上下打量着黎明。黎明只是抿嘴一笑，对他点点头，便不再理他，拧开了水龙头接水。

刘官讳见黎明没有丝毫转变态度，就把一堆衣服丢进桶里，两手一按，直起腰来，一手提桶，一手指向自己的宿舍："黎医生，一会儿到我那里去玩吧？"

黎明望着他，若有所思地笑一声，答应一声："好的。"

其他科室的几位见黎明来到，不知怎的急忙就走开了。黎明也不理会，提了一桶水进去，痛痛快快地洗了起来。

黎明洗完澡回宿舍来，刘官讳早已在走廊里站着等他。见黎明走来，便笑眯眯地说："我等你好久啦！"他像根本没有发生过什么事情似的，递来一支烟给黎明。

黎明摆手道："我不会抽烟。"

黎明不知他葫芦里卖些什么药，自己分配来这里两年之久，可刘官讳从来未像今晚这样眉开眼笑，面露善形。

"进我房间来坐吧，刘副院长。"黎明停下来招呼他。

"不坐了，我今晚没事，你到我房间来和我聊聊吧！"他打量着黎明。

黎明不推辞，放了桶，把脏衣服浸到水里，就出来了。

跟他进了宿舍，客厅里的摆设雅致得很，桌上一堆书，全是外文的，写字台上，是没写完的论文，以及一些医学杂志。物件的堆砌还算整齐。

"请坐。"

黎明不客气地坐上去。刘官讳装作接待贵客似的，他明知黎明不抽烟，也抽出一支放到黎明跟前，自己抽上一支。

约莫半分钟，谁也不开腔，黎明利用这空隙时间把这个两开间的房间里外都浏览了一遍。外面这隔是客厅，里面那隔是睡觉间。

"黎医生，乡下工作忙，辛苦你了。"他目不转睛地望着黎明。

黎明轻轻一笑："工作当然从平凡开始。"

"我十分担忧你的身体呀！"他用极关心的口吻说，甩了甩烟灰。

"这是小毛病，不要紧的。"黎明知道他是假意关心，便随口答他。

"身体是革命的本钱，你要注意才行。"他故意拖长腔调。

"谢谢你的关心，我会注意的。"黎明利索地说。

停顿片刻，他才假装显出痛苦地叹气说："唉，肖大夫突然调去南宁之事，我真为你难过。作为一个领导，我没有尽到责任。"

黎明却爽快地笑着说："去与留，那是她的志向。"

"话虽是这么说，可你们十多年来的友谊，你能一时忘却吗？"

黎明还不很清楚个中的内幕。他曾经也有过一点点怀疑，可是对同志的信任使他摒弃了这个念头。他倒以为是彦梅的小资产阶级思想太过严重，害怕艰苦，想享受城市生活，如此种种。其实，彦梅的内心也因黎明的愚昧而痛苦过，常常提醒他，可他就是木头脑袋。本来彦梅这些思想转变他早就应该有所体察的，谁知他只顾工作，没有留意到。他更没有想到那陷害他未婚妻、拆散他们未来美好婚姻的，就是坐在前面的这位刘官讳。

"彦梅的走，我虽然难过，但这丝毫没有影响到我的工作。一个真正为事业做贡献的人，不能让理想停留在爱情的港湾。"

黎明仍然是那么纯真,他没有一丝隐蔽自己的心怀,他还没有发现刘官讳的所作所为。

"好,我敬佩黎医生的意志!我为自己有这样的同事而感到自豪。"

黎明谦虚地摆摆手,不屑地一笑。

现在,刘官讳当然不肯失掉奉承黎明的任何机会了。他很快又昂起头问:"黎医生,此次不下去了吧?"

黎明笑了笑,不假思索地说:"还不是服从领导分配。"

刘官讳顿时眉开眼笑:"这就好了。告诉你,肖彦梅走后,她的主治医师位子空着,我征求李副科长的意见,准备——"

"刘副院长,这主治大夫的职位,你还是另请高明吧。"

不待他说完,黎明一口拒绝了他。

"不,不是这个意思,黎医生误会了。"刘官讳用焦急的神态望着黎明。

"我没有误会,是你自己误会了。"黎明利索地辩解道。

刘官讳现出难为情的样子,求饶似的说:"这么说,黎医生还是不肯原谅以前的事吗?"

黎明爽快地笑着说:"哪里的话,我没有这个意思。"

"那么黎医生明天要不要去外科上班?"他狐疑地问,不住地瞅黎明。

"不去。"黎明干净利索地说。

"为什么?"

"你们并不是叫我回来上班的,当然我还是得回乡下去改造。"黎明不客气地说。

"哦，对，对。我差点儿忘啦。"刘官讳做出一个滑稽的手势。

黎明才刚刚走出刘官讳的房间，后面便传来了一声重重的关门声。他并不回头去看。狂风暴雨他尚且不怕，野兽毒蛇他尚且不怕，还怕他什么？他径直向自己的宿舍走去。斗争正在开始，革命的路还长呢！欧伯伯的话，仍在他耳边回响。

刘官讳为什么提起肖彦梅呢？无非是想以她来扰乱自己的心，让自己不能安心工作。黎明默默地想着，揣摩着刘官讳的这番用意。

回到了自己的房间，还未坐得一分钟，门外便传来了嘭嘭嘭几下敲门声。这声音不大，好像很有礼貌的样子。

他过去拉开门，门外站着朱道枸。黎明立时感到奇怪，他到医院这么久，朱道枸上门来这还是第一回呢。黎明忙笑着迎接："啊，是朱主任大驾光临。稀客，贵客。请进来坐吧。"

朱道枸笑容可掬地走进来："我见电灯亮，想必是你回来了，便过来看一看。"说罢，坐在床上，打量房间一番，又说，"唉，你东西还未整理好呢，一晃时间就过去这么久了。现在你身体好些了吗？"他皮笑肉不笑地说。

"好多了。"黎明平时见他极少说话，以为他是在埋头工作，心中颇有好感。

他看着黎明消瘦的面容，随即问："小欧说，你把体检证明收起来了，是吗？这不好，革命的路还长，没有一个好身体不行。"

"谢谢同志们的关心。我这是小毛病，没问题的。"黎明注意打量着朱道枸的这张大麻脸良久。虽然是同事，平时见得多了，可他突然觉得这张脸曾经在什么地方看见过的。或者，天下麻脸的太多了，张张一样，才这么熟悉？

"看，差点儿忘了。"他说着，从袋子里拿出两瓶麦乳精、一瓶人参精来放到台上，对黎明说，"补一补身体，还有好多工作等待你去做。"

黎明大为感动，但他不愿收。

"朱主任，谢谢你的好意，我不能收。"

他哪知道朱道枸已将毒药放进这几瓶补品里呢？他哪知道这个朱主任想毒死他呢？他哪知道这个朱主任便是曾经想杀害他、告密他藏身之处的牛大夫呢？他只认为这是同志之间的关心、善意。

"这是我的一点儿心意。如果你不收，我可要生气了。"他心里急着，生怕黎明不收。

"我病了，可以领药吃。这些我不能收下。"黎明坚持拒收这份情。

"唉，你是不是嫌这太少了呢？我再去买来一些。"他试探黎明的神情。

黎明仍然笑着说："不是这个意思，你不拿回去，我可要送去啦。"

沉默一会儿，朱道枸才提起黎明受处分的事："刘副院长对你也太过分了，同志之间，有问题应该当面讲。背后处分，这可是一种明显的报复。"

黎明猜不透他的意思，他向来不关心这些事，黎明不得不有些猜疑。但他仍然不表露出任何神态，仍然笑着说："这种事对我来说无所谓。"

"对，君子不记小人过。"朱道枸点点脑壳，滑稽地说。

黎明朗声大笑："是啊……"

朱道枸又皮笑肉不笑地说："这下可好了，张支书回来调解，事情会搞清楚的。"

黎明只是笑了笑，不再说什么。朱道枸又天南地北、不着边际地扯谈一阵，才悻悻地离去。黎明待他去后，拿出笔记本来，想了想，就动手写了几个月的简单总结，等张伯伯回来好向他汇报。

第十二章　前赴后继

　　张伯伯太忙，于是黎明又回了向阳村。

　　很快又一个星期过去了。每天他都与小平分头下寨下屯，没有一天停过脚步。

　　这天中午，他刚从七家山生产队出诊回来，前脚刚进家，文书后脚跟了进来。他跟黎明已经成了熟人朋友，两个人的关系一向很好。他接过黎明肩上的出诊箱，对黎明说道："黎明，有电话找你。"

　　"哪儿来的？"黎明边抹汗边问。

　　"公社办公室打来的，听不出是哪个，像是北方人的口音。"

　　"是不是他们来了？"黎明很高兴，跟着文书就走。

　　黎明和文书来到大队，他拿起话筒，原来是刘官讳的声音。黎明不由得感到万分失望。不过，他心中的高兴是不消说的，因为向阳村的合作医疗已经全面开花，成了全县的先进典型。巩固农村合作医疗工作队到向阳大队来检查，他原以为是庞国坤主任带的队，原来是刘官讳带队。是他带队也没什么大不了的事，反正他一个人再怎么反对，也无济于事，他想。

这时，刘官讳在电话里大声地问："是黎明吗？"

"是呀！刘副院长，什么时候来的？"

"今天我们要去向阳大队，不懂路，公社抽不出人带路，你来接我们吧。"

"好，共来多少人？"

"我这个队来安定公社七个人，现在是我和朱主任，还有施大姐三个要到你们向阳去。"

"好啊，我马上就去。"

"要快些来呀！"

黎明放下话筒，对文书说："工作队来了，要我立即去接。"

"你安排煮饭吧，由我去接。"

"你还未吃早饭呢。"黎明说他。

"不要紧，你不是也一样还没有吃吗？"

"他们指名道姓要我去接，所以我不去不好。这样，我就顺便到公社吃也行。"黎明知道刘官讳的脾气，还是快些去的好。

他回房间背了药箱就出发了，边走边想。他不懂为什么是刘官讳来，原来定的是庞国坤主任来的。不管怎样，来了也好，对他也是个锻炼。

这里到公社有十五六里的土山路，路很好走，多是下坡与平路，黎明差不多一路都是小跑。他跑着跑着，当绕过一片小树林时，冷不防有人叫他一声："医生！"

他停下脚步看，是一位中年妇女，就站在小路边的草丛中。

"什么事？"

"黎医生，真的是你！"她认出了黎明，便高兴起来。

黎明想不起这妇女是哪个队的，怎么认得自己："是家里有病人吗？"

"这让我怎么说好呢？"看样子，她很为难。

"就照直说吧。"黎明神情认真地说。

"是这样……"她回头向树林子里望去，用手指去，艰难地说，"你看……"

黎明不明白她的意思，只好走过去，原来是一个大肚子孕妇。他愣住了。

那中年妇女说："我们是周邦河小队的。我弟媳产期快到了，没有人抬，只好两个慢慢地走。想到公社卫生院去待产，谁想才走到这里，就……就……"

她这么一说，黎明明白了。但自己是个外科医生，又不是妇产科医生。怎么办好，药箱里又什么接生器械也没有。但是这个话，又怎样说给她们呢？

"医生……"那中年妇女见黎明沉思，还以为他封建呢，忙说，"医生，这太对不起你了，但这是没有办法的事。前不着村后不着店的深山老林……"

"好吧，我尽我的能力！"黎明横下了心，跟着那中年妇女走进去。

"阿芬，医生来啦！"那中年妇女唤道。

"真的吗？嫂子！这太好了！"她也看见了嫂子身后的黎明，"医生，谢谢你！"

黎明这才看清她的脸，原来是个年轻的产妇，心里不由得慌了些。但他只得硬着头皮走近，放下药箱，开了箱，又不知拿什么好，只好问："你们是哪里的？"刚才她嫂子已告诉过他，他明知故问。

"周邦河小队的。"

"你……到时候啦？"

"到了。"还是她嫂子在一边帮答。两个妇女全把希望放到黎明身上。

黎明一个劲搓手，心里不住地想：要是大出血怎么办？自己是个外行的，可对病人的责任心又驱使他马上进入工作。他定定神，靠近阿芬问："破水啦？"

"早破了。我们在这里已有几个钟头了。"还是嫂子代言。

"胎位呢？正吗？"

"胎位？"这可把她俩问住了。

"医生，你给检查检查吧，怕是胎儿活不了啦？"阿芬极担心地说。

黎明取出听诊器来，阿芬的嫂子忙帮掀起衣服。黎明左听右听，听不出个所以然来。"你还感觉胎动吗？"

"动啊，还在动。"阿芬挣扎着说。

"动就不怕。"黎明索性取下听诊器不听了。

这时，阿芬又哼起来，直冒冷汗。"快了，快了！医生！"

黎明急忙打开药箱来，取出止血钳、剪刀和酒精。把剪刀与止血钳都放在酒精里泡。阿芬的嫂子毕竟是过来人，就先把阿芬扶住，躺下，叮嘱她："芬，张口呼吸，先别向下用力。"

她跑过来帮助黎明,很快做成一个小脐封。黎明又递给她一截丝线。外科的器械是他的本行,所以还是有些把握的。为了万一,他还取出缝针、肠线来,与阿芬的嫂子做的脐封一块儿浸在酒精里。实习时,他曾听说过,初产妇有时要几天几夜。要真是这样,可不太好办呢。

"嫂子,这阵痛得紧哪。"阿芬对嫂子说。

"阿芬,不到时候,可别乱用力。"嫂子在叮咛阿芬。

"这阵痛得又密了,怎么办?"阿芬泪水都快流出来了。

"别慌,慌就乱了。"嫂子安慰她。

黎明想了一会儿,给阿芬打了一筒一百毫升的高渗糖水。

大约守了有一个钟头时间,阿芬痛了几次又停。这使黎明更急了,刘官讳他们在公社肯定等得急了,说不定正在骂人哩!可这边又放不下,他唯有焦虑不安,再也想不出什么好的办法来。他急得一头大汗,不停地在阿芬身边走来走去,把肚饿也忘了。既为阿芬担忧,又担忧刘官讳他们,真是进退维谷。

阿芬见状,不由担心地问:"医生,有什么问题吗?"

"没有,放心,只是产期未到。"他有点语无伦次地说。

两个女人把全部的希望,都寄在黎明的身上了。

黎明看了看阿芬,决心要认真检查一番。他轻轻地在阿芬下腹摸了摸,硬邦邦的。他将手消毒干净,伸两个指头进去,触到了胎头,宫口还算开全,不过宫缩无力罢了!黎明顿时高兴起来,又给阿芬再注射第二筒药。之后把什么不愉快的都摒到脑后,静下心来耐着性子又等了一会儿,终于阿芬屏息呼吸,又喊痛起来。

到婴儿哇的一声落地时,黎明的衣服早已湿透,汗也流了满头满脸，阿芬的嫂子还有一点儿经验，很快地给婴儿处理了脐带。黎明取出布片来，给小家伙包上。

"阿芬，你得一个千金！"嫂子惊喜地告诉她。阿芬闭上了眼睛。不一会儿，胎盘也出来了。黎明这才松了一口气。

"怎么办，要回家呢？还是到公社？"黎明问她俩。

嫂子迟疑一阵，回周邦嘛，要翻几座山，产妇恐怕走不了，便说："先到公社去也好。"

黎明点点头："我也这么认为，先去公社好些。"说罢，他替阿芬的嫂子抱婴儿，并把行李都放到肩上，嫂子携着阿芬，朝公社走来。

到公社的时候，太阳早已落坡，只留一堆红彤彤的晚霞挂在天边。刘官讳歪戴着顶帽子，早在那里骂了大半天了。一见到黎明。就要发作，可才张了张口，当看见黎明身后的两个农村妇女时，骂不出了。

但他还是忍不下这口气，怒声问道："怎么现在才到？"

"半路碰上她俩，有妇女临产，帮处理了一下。"

"喔，原来外科专家也当上了妇产科医生。"他在嘲讽黎明。黎明只是轻轻一笑，不理睬他。

"现在走，还能到向阳吗？"朱道枸走过来问，手上还拿着一根粗如手腕的茶油木当拐杖。

黎明答道："两个钟头的路，能到的。"

"那就马上走吧！"刘官讳假积极地催促道。

"走就走。"为了使刘官讳不生气，黎明同意走了，他把饿压下去。

施大姐也出来了，见到黎明很高兴。

"租的马呢？快拉来。准备出发！"刘官讳大声地叫起来。

一个社员拉来三匹马，朱道枸和施大姐各人上了一匹。

施大姐问他："黎明，你没有马？"

"我骑不惯马。"黎明笑着说。

"那好，你在前面带路。"刘官讳在马背上说道。

整天一粒饭未下肚的黎明，半个钟头的休息也不得。他忍住饿，背着药箱，迈开步，又上了山。刘官讳他们骑着三匹马紧紧跟在后面。一阵，来到了小河边，马过不了木桥，得要涉水。他们怎么打，马还是不下水。气得刘官讳破口大骂："这些野马，留有啥用，宰吃算啦！"

黎明便立即放下药箱，挽起裤脚，跑过来，拉住施大姐的那匹马，然后对朱道枸、刘官讳说："抓好缰绳，这匹下水，你们的两匹也会跟着下。"

施大姐在马背上面，看着急湍湍的流水，惊讶地问："黎明，过不去不要勉强。"

"别怕，你扶好就是啦！"黎明安慰施大姐。

那马在岸上使劲勒住脖子，黎明勒紧缰绳。马奈何不过人，长嘶着一声，终于下水了。后面两匹马见前面那匹下河很安全，也跟着下了。不一会儿，便到了对岸。

月亮爬上山顶了，他们才到村里。邱大爷和许多社员都在村口迎接。小孩见生人来了，都围上来看热闹。邱大爷过来与他们见了面。住宿早安排好了，刘官讳与朱道枸住在学校。施大姐住在大队部的房间里，但吃的还得与群众同甘共苦。

时间过得飞快，刘官讳的"医疗工作队"到向阳来也有一个多星期的时间了。除了黎明一个东奔西跑出诊外，谁也没有下队巡回。但也办起了一期小队卫生员"提高班"，刘官讳给学员们讲了一堂"神经来源"，朱道枸讲了"药物的配伍"，其余都是施大姐和黎明包课。

这天，学员们正在上课，热辣辣的太阳突然阴沉下来，飘来一阵沉闷的热风。小平忙跑出课堂，到晒药场上，用手遮住额，向天空望去。黎明也从中草药室走出来，见她在看什么，便问："你在看什么？"

"我在观看天气，看下不下雨。"小平只顾看天。

"雨肯定是下的，我的腰早就发出预告了。"黎明说。

"是的，你看蜻蜓飞这么低！"她指着正在飞行的蜻蜓群。

施大姐和几个卫生员也跑过来了。大家七手八脚地动手，一会儿工夫，两万多斤草药全部收进房里了。

一场罕有的暴风雨果然来了，四处的天边全黑暗下来了，与傍晚将近黑夜时差不多相似。雨点夹带着鸽卵般的冰雹，铺天盖地砸下来。中草药棚的茅草眼看就要被掀翻，邱大爷和一帮社员也赶来了。

小平扛来梯子，刚放好，黎明第一个爬上去。风把他的草帽吹到哪里去了也不知，头上肩上着了几颗冰雹。邱大爷找来几床油布，放下来，见黎明爬上去，便厉声喊道："黎明，下来！"

风声呼啸，黎明听不清。他身扑在一堆茅草上，用身子压住不让风吹跑。"黎明！黎医生！"卫生员们一个接一个爬上房顶。

茅房顶不住这么多的人，黎明急得叫着："别上来这么多人，

快递油布给我！"

　　小平已挤上去。她把自己的油帽扣在黎明头上："爷爷叫你下去！"

　　"你上来干啥？快下去。"黎明命令她下去。

　　"不，你下去。"

　　她也用身子压在草上面。下面递来几条竹篾、绳子。大伙儿七手八脚地动起手来，不一会儿，终于把屋顶护住了。这时风雨来得更猛烈了。达梁坡塌了方，洪水把周邦河灌满了。巨浪像板一样打着岸边，发出刺耳的响声。

　　"下来！"邱大爷担心地催促房顶的人，大风用力吹着，不小心，就有摔下来的危险。

　　黎明又把帽子给小平戴回去，催她下梯子。小平正要下梯子，一颗冰雹打来，砸破了她的油帽，正打中她的头部，她"哎哟"一声叫着，脚下一滑，便往下滚去。黎明眼疾手快，伸脚一拦，挡住了小平，但自己却扑通一声摔了下来。

　　傍晚，雨停了。小平端来一碗热气腾腾的鸡蛋面条。黎明已醒过来了，正在床上看书。他的腰摔伤了，又着凉发起了高烧。"你还未休息？"黎明见她进来，问道。

　　"没有，我来给你探温。"她轻柔地说。

　　"不用，烧退一些了。"他推辞着。

　　"我不信。"小平把面条放在床前，伸手甩了甩体温计，"喏，夹好。"

　　床头的钟，嘀嗒嘀嗒地走着。黎明闭上眼睛，急促地呼吸。小平看时间到了，轻轻地取出体温计来，靠近窗边看，结果吓了她一跳,差一点儿就 42 摄氏度了。她可从未碰到这样的高温病人,一时呆住了。很快又想起什么,便转身离去。

正在这时,朱道枸拖着那根粗大的茶油木"拐杖"进来了,黎明还来不及招呼他,他便开口说:"刚才石头弯来电话,说军属邱大妈的小孙子得了急病,医生又不在,请求我们立即出诊。"

黎明坐起来,望望他那根大"拐杖"说:"明天邱大爷给卫生员讲思想课,一刻也离不得。没有人了,还是我去。"

"你……不是正病着吗?"

"现在好多了。"

朱道枸沉思一阵,才说:"嗯,也只好这样了,刘副院长忙写总结,动不了。我风湿病和胃痛又复发,施大姐是个女人,又没有走过夜路。"

"我这就去。"黎明爬起来。

"好,我立即去拿电筒。"朱道枸满意地笑着,扶着拐杖,一歪一斜地走了。

黎明望着他的背影消失在黑暗中,这才起身要雨衣,准备点药。

小平走进来,手里拿着什么东西,见黎明要穿雨衣,忙问道:"要上哪里去?"

"石头弯。"

"石头弯?!"小平惊讶地望着他,重复一遍。

"军属邱大妈的小孙子得了急病,叫我们立即去。"

"这……"小平望望窗外,黑洞洞的。她坚定地向他说:"你病着,让我去!"

"你?不行。"黎明去过石头弯,此时他想到了猴子冲、螺丝

岭的险峻。

"我不行，你更不行。说不定夜里还要来雨，你这还病着的身子，受得了吗？还是我去。"

她顺手夺过黎明的雨衣，披在身上，伸手就拿药箱。

"小平，你一个女的，我不放心！"他焦急地盯住她说。

"你去我更不放心！"她也固执着。

"去问邱大爷。"黎明争不过她，只好这么说。

小平笑着："那你准要输的。"

黎明沉着地望着她："要是别个晚上，我还放心些，今晚我实在不想让你去，天黑路滑，猴子冲、螺丝岭那里又危险。"

"怕什么呢？我又不是娇小姐，山里生山里长的人，还怕走黑夜路？"

她笑了笑，拾了药箱，亮开手电出发了。

黎明走出去，唤一声："小平！"

不知为什么，黎明今晚对小平特别依依不舍，怎么也不想让她去。他总有一些不祥的预感。

她转回头来，调皮地说："别啰唆了，你等着我的电话，大概十二点左右到。"

她很快消失在黑暗中。一阵风吹来，灯光燃着。黎明把窗子打开，盯着小平去的方向，只见小平去的方向电筒光，一歪一斜的，渐渐地消失在深山谷中。

小平去后，黎明把房里零乱的东西整理了一番，他觉得很累，伸手摸了摸额头，烧是退了些，可腰还隐隐作痛。他将头靠在床头，眼睛盯住钟出神。四下静悄悄的，只有时钟嘀嗒嘀嗒作响。时间过得太慢，他恨不得时间快一些过去。慢慢地，灯渐渐暗下来，灯芯在一跳一跳的。他伸手拨拨灯，原来油已尽了，他起来给灯添上油，拨亮，由此而想起了马克思一句名言："生命的灯，因思维而点燃，但是劳动会把油加进去！"他品味着这话的深远含义。

　　黎明睡不着觉，他下了床，走到屋外。黑暗的天空中，有几颗微弱的星光，凉风扑面吹来。看来雨不会下了。他来到晒场，坐在一块大石板上，望着山那边，不知小平走到哪里了，是不是正在爬七里螺丝岭呢？小平是邱大爷唯一的亲人了。邱大爷是爸爸的老战友，这位革命老人，为革命献出了自己的一切，多高贵的品德呀！还有欧伯伯。假如爸爸知道他们正在一块儿战斗，那他有多高兴呢？小平也是个不错的好妹妹，共患难的童年朋友！对，应该给爸爸写一封信，汇报半年来的思想收获，把这些动人的事也告诉他。想到这里，黎明仰望长空，稀星仍然在微弱地闪烁，他似乎看到了一点点光线。在革命的历史长河里，革命的胜利，只是万里长征走完的第一步，今后的路程更长，工作更繁重。只有用战斗的一生谱写这壮丽的诗篇！

　　又一阵凉风吹来，黎明感到胸中沉闷，胃口不适。一阵头晕目眩，接着呕了几大口。呕了一阵，才觉得舒服一些。欠欠身子，站起来，慢慢地缓步回房里。看看钟，还未到十二点。"今夜的时间怎么过得这么慢？"黎明望着放在台上的那碗面，早已冷了。他用报纸盖在上面，等小平回来，热给她吃。然后坐到凳子上，从枕下掏出日记本来。因为病，日记也中断了。今晚他要写，写这些斗争经历，把小平也写进去！他刚拧开笔帽，正要写着，门外传来了一阵零乱的脚步声。黎明正待起身，施大姐已面容失色地推门进来，

凄厉地喊道："黎明，黎明，小平她——"

"她怎么啦？"黎明周身一震，推开凳子痛苦地问。小平一定出事了，或者跌……他不敢往下想："她怎么啦？好大姐，快告诉我。"

施大姐身子也颤抖着，说不出一句话。半晌，才从牙缝里挤出几个字来："小平被人杀害了……"

"啊——"这个消息，犹如晴天霹雳般轰炸黎明。他顿时身子摇晃，摇摇欲坠，就要倒下去。

施大姐急忙上前扶住："黎明！"

黎明立稳身子，挣扎着，拉住施大姐双手："你说清楚些，到底是怎么回事？"

施大姐满面是泪，说不出一句话来。才短短的几十分钟，一位纯真、对事业满腔热情的姑娘，竟离开了战斗生活——与世长别！

黎明不敢相信自己的耳朵。

施大姐哽咽着，用手往门外指了指，黎明这才听到外面人声嘈杂，电筒光、灯光和火把亮成一片。他不知从哪来的力量，箭步冲了出去……

到晒谷场上，人们已聚集在那里了。他分开人群，走进人群中，只见小平静静地躺在一张锦花棉被上。

黎明俯下身去，双手轻轻地托起小平的头。小平的头满是血污，她紧紧地闭着美丽的眼睛，面色无血，嘴角淌出来的一线血迹，还未干结呢。可是，她永远永远不会回答黎明的呼唤了。

黎明痛苦地喊道："小平！小平……"

小平永远不会答应了。黎明如雨的泪水，落在了她安详而平静的脸上。卫生员已经将她的头包扎好了，鲜红的血染湿了层层纱布。施大姐走过来，用棉被给小平盖上。

黎明慢慢站起来。两个从石头弯来的人，是来接医生的民兵，从人群中挤到黎明身边，递过那只熟悉的药箱。药箱上面，还沾满泥水与鲜血，里面的药瓶已破碎了；她那支手电，玻璃罩也碎成三片，但仍亮着。黎明拭去泪，问那两个石头弯来的民兵是怎么回事。一位矮个子民兵就简单地叙述："今天邱大妈的小孙子突然发急病，用些草药，熬到晚上，仍不奏效。我们知道医疗队在这边，便挂个电话来请求你们派人出诊。邱大妈猜想一定是黎医生，或者是小平来。在这黑咕隆咚的雨夜，一个人独行不方便，怕有危险，我们就来接了。刚走到螺丝岭，离猴子冲的石崖角还相当远，山谷里突然传来一声清晰的人叫声。我们想，不好了，一定是医生摔下山谷了。急忙跑去，果真见一支电筒丢在地上，又不见人。喊了几声，没人回声。看来事情不妙，我索性下去，找到时，原来是小平。她仰卧在一堆乱石涧，鲜红的血洒了一地。旁边有一束野百合，也沾了滴滴鲜红的血！她已经人事不省，怎么喊也不应。我立时惊慌，就撕下衣服给她包扎伤口。上面的另一位民兵也下来了。我们一个先把小平背回村里，还有一个人留在后面检查现场。我们在现场查看时，发现路边的石块上都沾满了血。人还未跌，怎么会有血洒在这里呢？又用手电四处照照，见旁边有一顶男人的帽子！在石崖角下又找到了一根大木棍。"

他将这顶帽与棍子递给黎明，黎明接过帽在手上翻了翻，好像在哪儿见过。再看看这根木棍，前半截沾满了鲜血。他立刻明白了一切。

黎明控诉般向大家说了自己的全部怀疑。大家默默地听着，个个咬牙切齿。施大姐从黎明手中拿过去那根木棍，她的脸色铁青，泪水不住地流淌。

"凶手呢？凶手在哪里？"大家问。

黎明两眼发出怒火，他又盯了施大姐手中这根熟悉的木棍一眼。瞬间就高喊一声道："跟我来！"

众人还不明白他的意思，他已拿过那根木棍，转身朝学校奔去。两位民兵对看一眼，急忙紧追而去。大家见状，也随后跟着跑来⋯⋯

早有预谋杀人的朱道枸，此次奉李薪的指示，被任命为合作医疗工作队副队长，到安定公社向阳大队蹲点检查工作。此次对他来说，是一次良好的机会。可来了一个多星期了，仍没有机会。今晚算是来了个好机会，石头弯大队叫出诊，在这样的黑雨夜，没有谁敢走那条路——猴子冲、螺丝岭。只有黎明，这个胆大如虎的小子，他会去的。于是他立即到邱大爷家来通知黎明，黎明爽快地答应去了。在得到了一个满意的回答后，他偷偷在心里笑了。回了电话后，朱道枸一个人摸到学校里，刘官讳已经睡熟。他想了想，事不宜迟，便立即动手拿过刘官讳的那顶礼帽戴上，拧开那瓶喝剩的白兰地，猛灌了几口，摸摸那张麻脸两下，然后拿起那根茶油木棍出发了。他在黑暗中摸索着，借着几颗微弱的星光行走。

这条路，是他二十年前曾经走过的路。他还隐隐约约记得。他急急地一脚高一脚低地走着。不一会儿，就来到了险峻的石崖角。这里，是猴子冲的拐弯处，直上五十米，全是石板砌成的石梯。左边是十五六丈深的悬崖，又陡又滑，路只有尺许宽，胆子不大的不说夜晚走,就是白天走也提心吊胆。这里,朱道枸并不陌生。新中国成立前夕,他从武鸣逃到这里,曾经断送过不少人的生命。想不到事隔二十多年,今夜又在这里干起这"老行当"来。他躲在二十年前曾经多少回躲过的那块突出的巨石后面,静静地听着山下的动静。不一会儿,山谷里传来了狗吠声,他知道是黎明出村了。等了一阵,山脚下,有一支手电筒在晃动。渐渐地,越走越近了。朱道枸捏住木棍的手迸出了汗,他狠狠地咬着牙,露出凶相,就像二十年前当土匪时,拦路抢劫杀人一样。

朱道枸与刘官讳住的教室门口紧闭着。黎明高喊一声:"朱道枸,你给我出来!"

没有人答应。他用力拍门,也没有人应答。他就猛地飞起一脚,"嘭"的一声,门被踢开了。三支手电明晃晃地同时射进去。

黎明那支电筒正好射到朱道枸的床上,朱道枸干完回来之后,便蒙头睡大觉,似乎还未惊醒。

"朱道枸!"黎明厉声喝着,走近床前。

朱道枸这才翻身过来,睁开眼,又忙用手遮住电筒光,若无其事地镇定地问:"谁?什么事?"

一位民兵把灯点亮,持着枪走过来,站在黎明旁边。"起来!"黎明愤怒地呵斥,他已看见朱道枸床下的那双还滴着水的翻毛皮鞋。

"到底出了什么事?"朱道枸赖在床上,慢慢斜着身子,装腔作势地问。

黎明厉声问他:"你刚才干什么去了?"

"我不是一直在这里躺着吗,咦,你这人怎么如此多事?!"

"你的鞋,为什么这么脏?!"

"我出门解大便屙野屎，半夜黑洞洞的，踩在稀泥地上，能不脏吗？"

"别狡辩了！快起来！"

"你想干什么？"朱道枸愤怒了，两眼露出了凶光。

"想干什么，你自己做的事还不清楚吗？"黎明一点也不怕他。

"起来！"两个民兵也厉声喝道，并用枪指着他的头。

朱道枸无奈，慢吞吞坐了起来，可他仍然是坐在床上，被子紧紧地捂住下半身。

黎明指着那双皮鞋，再次问他："你说，皮鞋上为何有血迹？"

"这是我自己的血，"朱道枸脸色立即变得煞白起来，"不小心跌倒，划伤的。"他语无伦次地支吾着，凶狠地盯着黎明。

"你伤在哪里还暂时不问，我只问你：这是你的拐杖吧？"

黎明把那根还沾着血迹的茶油木，伸到他的鼻尖底下。

"不，不是我的。"他急急地答道。

"你真够卑鄙的，坏蛋！"

一股仇恨填满了黎明的胸腔，面对杀人凶手，他就是再怎样克制也终究忍不住，咬紧牙关伸手一把掀去他的棉被，就要将他揪下床来。岂料早有防备的朱道枸突然一跃而起，猛的一下扑到黎明身上，手中一把明晃晃的匕首同时朝黎明就刺了过来！说时迟，那时快，矮个子民兵用枪筒一挡，拦住了尖刀。可朱道枸又即刻举起第二刀狠命往下刺，刀尖划伤了黎明的头部。黎明站不稳，抱住朱道枸一起向后跌去。朱道枸压在他身上，举刀猛刺，黎明一只手敏捷地一下子顶住朱道枸的刀，一只手捏了拳狠命往上一击，嗒的一声响，刚好击在了朱道枸的鼻梁上，顿时鼻血四溅。两个民兵也迅即

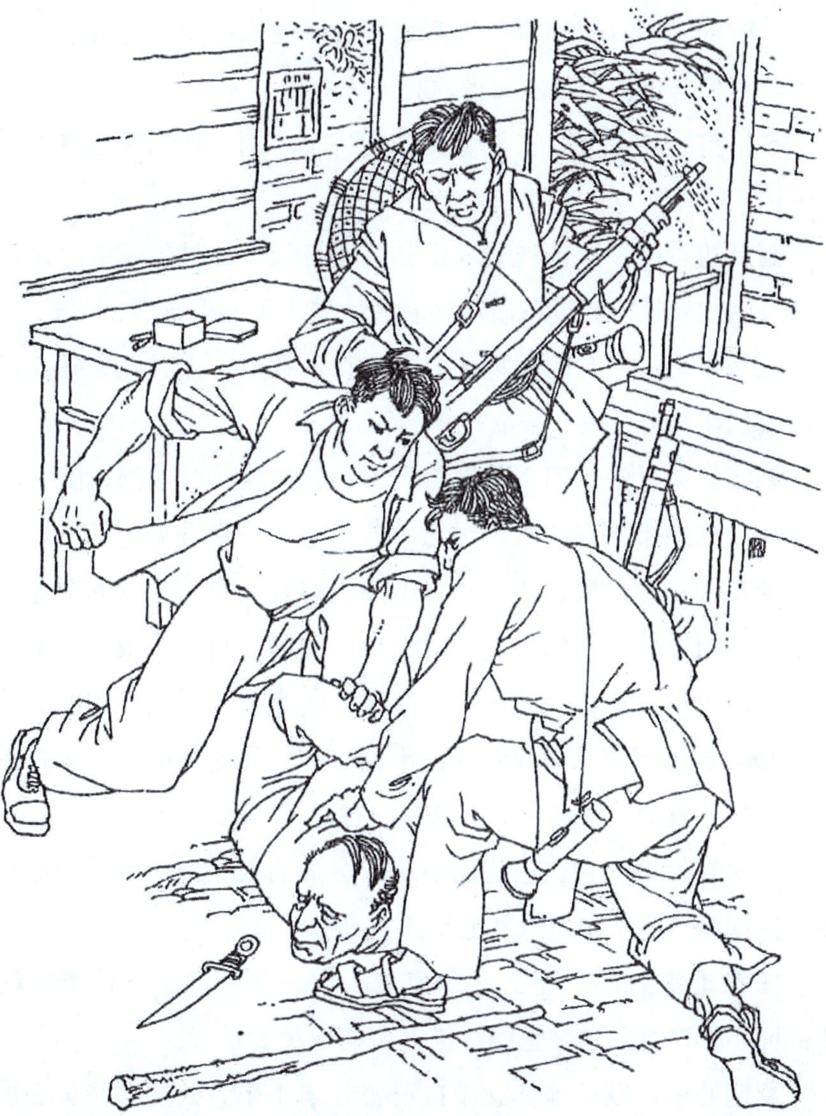

扑了过来，紧紧将朱道枸按翻在地，解下他的裤带，将他双手反捆住了。

此时的黎明，却因流血过多而昏迷了过去。周围的群众也闻声赶到，火把与电筒把教室照得通亮……

事情过了没几天，在朱道枸的交代下，刘官讳的罪行也暴露无遗……

雨后的青山，一山连着一山，一派葱绿。此时的天空中划出了一道亮丽的彩虹。经过风雨洗涤后的兰城，更显得雄辉、壮丽。

兰峰顶上，烈士陵园里，彩旗飘舞，歌声荡漾。纪念碑高高耸立，人们在这节日里，载歌载舞。

创伤痊愈后的黎明，独自捧了一只自己精心扎制的花圈登上了峰顶，默默地来到革命烈士纪念碑前。他第一眼看见的是一只一样精致的花圈，也是松针扎成的。上面嵌有几朵质白美丽的纸花，花圈中间，用镶着红边的竹篾围成一个美丽的五角星。中间一条纸幅上，写着"献给最可爱的人"几个清秀的字。看着这只花圈，他不由想起了自己初登兰峰的时候，不也曾经见过这样的一只吗？那是小平与小欧放的。那么今天的这只，肯定是小欧放的了……

黎明轻轻地也将自己扎的小花圈，端端正正地与小欧的那只花圈并排摆着，脱下帽，默默地站立，垂下了头。

庄严雄伟的革命烈士纪念碑上，今天又多添了一位英雄的名字：邱小平，她的名字也同样染上血的颜色。

黎明心中，默默地怀念着自己曾经与小平共处的那些美好愉快的日子。望着朋友的名字，想到从此再也不能见到她的容颜，他的眼角迸出了泪珠。眼前不住地浮现着小平那昳丽动人、天真烂漫的倩影。

"生活的变化多大呀，斗争是要流血的。朋友，你的遗愿终于实现了。如今，有你的鲜血浇灌的合作医疗之花，已开遍了兰县的山山岭岭。你用青春的生命，谱写了一曲壮丽的凯歌。你短暂的一生是闪光的，你的精神、你的品质，我们活着的人会永远铭刻在心中，执着一个信念，继续前进！"

黎明默默地想着，不住地回忆与小平共同战斗的日子。悲痛已化成了奋进的力量，一个精神在鼓舞着他。号角已经吹响，战鼓正在紧催。他想，不管怎样，事业是伟大的，前途就一定也是光明的，沿着正确的方向，踏着先烈的足迹，壮丽的理想总有一天会实现。

他在附近挖了一株野百合，小心翼翼地植在了小平坟前。是的，他想，又一个美丽的春天正在来临，他相信，美丽的野百合会在小平的坟前，漫开出一片片洁白无瑕的鲜花。

…………

2006 年 12 月 30 日一稿
2007 年 5 月 15 日定稿

读后记

别具馨香的野百合
——读林坚毅《野百合》有感

黄孟林

有幸拜读同事林坚毅的长篇小说《野百合》,读后觉得有一种别具馨香之感。但我不是评论小说作品的料,对于我来说,说评析不敢当,说赏析不恰当,最合适的说法应该是学习心得,或者叫作抛砖引玉。

一、野百合花的馨香

野百合花朵洁白,芬芳清香。野百合喜阳耐阴,抗热耐寒,生命力强。野百合长于山中,善吸水分,争夺阳光占优势。野百合的茎根发达,可生于陡坡,亦可长于悬崖。野百合可作药用,补气治邪。这就是野百合的可爱之处。而这一可爱之处,在长篇小说《野百合》里可闻其馨香。黎明和肖彦梅的爱情就像一朵洁白的野百合花;革命烈士后代黎明更像一朵抗热耐寒、扎根革命老区、不屈不挠的野百合花；革命先烈的后代欧红英、邱小平等也像一朵朵野百合，在贫困的山区里学医术、抗疟疾，使农村合作医疗之花在革命老区开得更灿烂、更鲜艳、更芬芳！

二、悬念引人的馨香

小说《野百合》开头采用了悬念的表现手法："纪念碑前，端端正正地搁着一只刚扎的花圈，花圈全用翠绿的松针扎成，上面插满了桃花和梨花。这是一个奇特的花圈，因桃花是一朵一朵地细心嵌插进去的，并用洁白的梨花花瓣组合成了个精致的'奠'字。花圈下方，系有一条素色的手绢，微风中不住地飘动。这手绢，是花圈主人的。"手绢上"用红丝线绣有非常秀气的'欧·英'两个字"。"欧·英"是什么人？今天不是清明节她为什么要纪念碑前送花圈？这样，小说主人公一出场就给人一种悬念的馨香。

这种悬念的馨香开头还有一处："歌声刚落，便看见不远的山下，有一个人朝这边慢慢走来。""他穿着一套褪色的旧军装，脚下踏着一双用汽车外胎切割成的凉鞋。那人六十开外年纪，背上背着一个行军背包，雄赳赳地渐走渐近。"这老伯是谁？今天不是清明节为什么也来纪念碑？而且，当他听到"黎明"的名字时为什么"突然惊愕地看定黎明好一阵"？这样的悬念馨香给读者一种艺术享受。

三、递进起伏的馨香

小说《野百合》以20世纪70年代广西山区医院为背景，以烈士后代黎明医学院毕业后放弃都市工作主动要求到革命老区小山城工作并致力防治山村疟疾和农村合作医疗为主线，一步一步推进，一个高潮接一个高潮：先是黎明到医院报到第一天的风波，后被刘官讳报复冒雨下乡出诊；再到黎明被刘官讳罗列"八大罪状"，后与钟院长吵架惊动全医院；接着黎明试验服草药中毒；紧接着又发生了蒙冤之事，因遭人构陷致病重的孩子身亡而受处分；黎明的女朋友肖彦梅被刘官讳强奸；最后黎明被下放到向阳大队劳动改造；再到邱小平被阴险谋杀、黎明险些被害……就这样，层层递进，逐渐展示，把复杂的历史人生，把主人公的爱与恨的境遇、生与死的命运，用流畅的文笔勾勒纸上，读后引人入胜。小说虽写的是几十年前的故事，但读后让人如临其境，当年的痛楚历历在目。

小说在这方面的运用纯熟而自然，虽然没有说"欲知后事如何，且听下回分解"，但效果是一样的。

四、写景状物的馨香

好的小说在写景状物时都是与故事情节和人物心境密切相关的，绝不是为了写景而写景，为了状物而状物。即所谓"感时花溅泪，恨别鸟惊心"是也！

小说《野百合》在这方面大多采用拟人化的手法，颇为感人。

下面撷取一段，大家共欣赏："回首搜寻，隐约看见一棵松树后面凝立着两位姑娘。""她们中有一位的手上还捏着一朵洁白的野百合花。"

这一小段写景亦写人，人景交融，文字虽短却有感染力！

五、精巧细节的馨香

小说《野百合》中，不少描述感情的细节颇为出色，颇为精彩。"她凝视着蚊帐顶，黎明的笑貌几乎出现在眼前，她伸手去摸摸，没有触到什么。她定神一看，黎明的笑貌没有了，只见一片白色的蚊帐顶。她的心立刻有一种失落感，辛酸的泪水含满了眼眶，就要往外流，视线模糊，她看不见一丝希望的光。"

这一细节，让读者深深体味到肖彦梅对黎明浓浓的温情，让人心里一热。

六、山区医院的馨香

同事林坚毅是位勤奋的作家，他学过医，在报社当过总编，又在文联从事文学创作六年，可谓集医学、新闻、文学于一身。《野百合》以清一色的医界人物、医疗事件、医学名词术语为特色，以医生独特的眼光，从山村防治疟疾和合作医疗的独特视角，写出一幕幕的充满野百合馨香的生活画面，塑造出一个个充满野百合馨香的人物形象，可谓医学、新闻、文学三位一体的结晶。由于这一个个充满野百合馨香人物的血汗浇灌，合作医疗之野百合花开遍了山

山岭岭。

当然，小说《野百合》还有一些值得商榷的地方，比如有的人物形象还可以写得更丰满一些，有的情节还可以写得更生动一些，有的语言还可以写得更感人一些。即便如此，小说《野百合》散发的馨香是无疑的。

以上读书心得只是抛砖引玉，就教于各位文友。谢谢大家！

（黄孟林，钦州市文联副主席、作家）